Mark Twain

AS AVENTURAS DE TOM SAWYER

TRADUÇÃO DE **Alexandre Barbosa de Souza**

Editora Nova Fronteira

Título original: *The Adventures of Tom Sawyer*

Direitos de edição da obra em língua portuguesa no Brasil adquiridos pela Editora Nova Fronteira Participações S.A. Todos os direitos reservados. Nenhuma parte desta obra pode ser apropriada e estocada em sistema de banco de dados ou processo similar, em qualquer forma ou meio, seja eletrônico, de fotocópia, gravação etc., sem a permissão do detentor do copirraite.

Editora Nova Fronteira Participações S.A.
Rua Candelária, 60 – 7º andar – Centro – 20091-020
Rio de Janeiro – RJ – Brasil
Tel.: (21) 3882-8200

Imagens de capa e miolo: Shutterstock – Vertyr/Robert F. Balazik/majivecka/Viktorya170377/Vector Tradition

cip-brasil. catalogação na fonte
sindicato nacional dos editores de livros, rj

T969a   Twain, Mark
           As aventuras de Tom Sawyer / Mark Twain; traduzido por Alexandre Barbosa de Souza. – Rio de Janeiro: Nova Fronteira, 2022.
           240 p.; 13,5 x 20,8cm; (Grandes Histórias de Todos os Tempos)

Título original: The Adventures of Tom Sawyer
ISBN: 978-65-56405-18-6

1. Literatura americana. I. Ribeiro, Pedro.
II. Afonso, Paulo. III. Título.

CDD: 810   CDU: 821.111(73)

André Queiroz – CRB-4/2242

Conheça outros livros da editora

SUMÁRIO

Nota sobre a tradução
9

Nota do autor
11

1
Ô Toooom — Tia Polly reflete sobre o dever — Tom estuda música — O desafio — Uma entrada particular
13

2
Tentações fortes — Movimentos estratégicos — Os inocentes enganados
22

3
Tom é general — Triunfo e recompensa — Felicidade triste — Comissão e omissão
28

4
Acrobacias mentais — Na escola dominical — O superintendente — "Exibindo-se" — Tom é idolatrado
34

5
Um pastor útil — Na igreja — O clímax
44

6
Autoexame — Dentista — O amuleto da meia-noite — Bruxas e demônios — Abordagens cuidadosas — Horas felizes
50

7
Chegando a um acordo — Primeiras lições — Um erro cometido
62

8
Tom decide o que fazer —
Velhas cenas reencenadas
68

9
Uma situação solene —
Temas sérios introduzidos —
Injun Joe explica
74

10
Juramento solente —
O terror traz o arrependimento —
Castigo mental
81

11
Muff Potter se apresenta —
A consciência de Tom em ação
88

12
Tom mostra sua generosidade —
Tia Polly adoece
93

13
Os jovens piratas —
Indo ao encontro —
Conversa à fogueira
98

14
Acampados — Uma sensação —
Tom foge do acampamento
106

15
Tom reconhece o terreno —
Avaliando a situação —
Relato no acampamento
113

16
As atrações de um dia—
Tom revela um segredo —
Os piratas aprendem uma lição —
Uma surpresa noturna —
A guerra de um índio
118

17
Memórias de heróis perdidos —
A questão do segredo de Tom
127

18
Os sentimentos de Tom
investigados — Sonho
maravilhoso — Becky Thatcher
esquecida — Tom sente
ciúmes — Vingança negra
131

19
Tom conta a verdade
140

20
Becky em um dilema —
A nobreza de Tom se afirma
143

21
Eloquência juvenil —
Redações de moças — Uma longa
visão — A vingança do menino
149

22
A confiança de Tom é traída —
O castigo de esperar o sinal
156

23
Amigos do velho Muff —
Muff Potter no tribunal —
Muff Potter é salvo
159

24
Tom é o herói da vila —
Dias de esplendor e noites
de horror — A perseguição
a Injun Joe
166

25
Sobre reis e diamantes —
Busca do tesouro —
Mortos e fantasmas
168

26
A casa mal-assombrada —
Fantasmas com sono —
Um baú de ouro —
Sorte amarga
176

27
Dúvidas a serem resolvidas —
Os jovens detetives
185

28
Uma tentativa no
quarto número 2 —
Huck sentinela
188

29
O piquenique —
Huck no rastro de Injun Joe —
O serviço da "Vingança" —
Auxílio à viúva
192

30
*O relato do galês —
Huck sob fogo — A história
conhecida — Uma nova s
ensação — A esperança dá
lugar ao desespero*
200

31
*Uma expedição exploratória
— Começam os problemas —
Perdidos na caverna —
Escuridão total — Encontrados
porém não salvos*
209

32
*Tom conta a história
de sua escapada — O inimigo
de Tom está preso*
218

33
*O destino de Injun Joe —
Huck e Tom comparam
anotações — Uma expedição
à caverna — Proteção contra
fantasmas — "Um lugar
terrivelmente aconchegante" —
Uma festa na casa
da viúva Douglas*
221

34
*Espalhando um segredo —
O fracasso da surpresa
do sr. Jones*
231

35
*Uma nova ordem de coisas —
Pobre Huck — Novas
aventuras planejadas*
234

Conclusão
239

Nota sobre a tradução

Quando publicou *As aventuras de Tom Sawyer* (1876), Mark Twain tinha 41 anos, e quando da publicação de *As aventuras de Huckleberry Finn* (1885), cinquenta. Porém, ambos se passavam "trinta ou quarenta anos atrás" — quando o autor era um menino pobre como seus personagens —, assim como as duas sequências, *As viagens de Tom Sawyer* (1894) e *Tom Sawyer, detetive* (1896). A Guerra Civil Americana, entre os estados escravagistas do Sul — como o Missouri natal do autor, onde se passa o primeiro livro — e os estados abolicionistas do Norte — como Illinois, para onde os protagonistas do segundo livro tentam fugir pelo rio Mississippi —, duraria de 1861 a 1865, encerrada com a abolição da escravatura em todos os Estados Unidos.

Autodidata, tipógrafo, piloto de vapor, mineiro, jornalista, Twain se mudou para São Francisco depois da guerra, foi às Ilhas Sandwich (atual Havaí) e passou a escrever cartas para jornais, fazer palestras e viajar pelo mundo (Europa, Oriente Médio, Índia). Casado, mudou-se para Buffalo, em Nova York, e depois para Hartford, em Connecticut, onde escreveria seus principais livros (1874-1891). Quatro anos antes de morrer, em sua *Autobiografia de Mark Twain* (1906), o próprio autor explicaria sua perspectiva infantil da escravidão:

> Nos meus tempos de menino, eu não tinha aversão à escravidão. Eu não me dava conta de que havia algo de errado naquilo. Ninguém a denunciava aos meus ouvidos; os jornais locais não falavam nada contra ela;

AS AVENTURAS DE TOM SAWYER

no púlpito da igreja local nos ensinavam que Deus a aprovava, que era uma coisa sagrada e que quem duvidasse bastava procurar na Bíblia, se quisesse tranquilizar sua consciência — e depois as escrituras eram lidas em voz alta para termos certeza; se os próprios escravos tinham aversão à escravidão, eram prudentes e não diziam nada.

No momento dessas narrativas de aventuras, portanto, a escravidão dos negros era uma prática legal nos territórios americanos desde a Declaração de Independência de 1776, e pode-se dizer que o racismo praticado pelos personagens brancos contra negros e índios era considerado normal e aceito pela sociedade americana da época. Termos como "nigger", "injun" e "half-breed", usados no original, são pejorativos que designam geralmente personagens "não brancos" ou mestiços pobres nos estados do Sul. No Brasil, último país da América a abolir a escravidão, o substantivo "negro" não reproduz o grau de desprezo social da expressão especificamente norte-americana quando utilizada por falantes brancos; já o substantivo "preto", embora fosse comum no século XIX como pejorativo da elite escravocrata para se referir aos escravos e negros em geral, foi retomado no século XX pelo movimento negro brasileiro como forma preferível de autorreferência. Optou-se, portanto, na maioria dos casos, pela tradução "escravo" para "nigger".

Alexandre Barbosa de Souza

NOTA DO AUTOR

Q UASE TODAS as aventuras registradas neste livro realmente aconteceram. Uma ou duas foram experiências minhas; as restantes, de meninos que foram meus colegas de escola. Huck Finn é inspirado numa pessoa real; Tom Sawyer também, mas não num único indivíduo. Ele é uma combinação de características de três meninos que conheci, portanto pertence à ordem de composição da arquitetura.

As estranhas superstições brevemente abordadas foram todas conhecidas entre crianças e escravos no Ocidente no período em que esta história se passa — isto é, trinta ou quarenta anos atrás.

Embora a intenção principal deste meu livro seja o entretenimento de meninos e meninas, espero que não seja desdenhado por homens e mulheres só por isso, pois parte do meu plano era tentar lembrar aos adultos, de maneira agradável, o que eles mesmos foram um dia e fazê-los recordar como se sentiam, pensavam, falavam, e as bizarras empreitadas em que às vezes se metiam.

O autor
Hartford, 1876

I

—TOM!
Ninguém respondeu.
— Tom!
Ninguém respondeu.
— Onde se enfiou esse garoto, é o que eu queria saber. Tom!
Ninguém respondeu.
A velha senhora baixou os óculos e olhou para a sala por cima das lentes; depois, tornou a pô-los e olhou por baixo delas. Quase nunca, ou talvez nunca, olhava *através* das lentes para procurar algo tão pequeno quanto um menino. Aqueles eram seus óculos especiais, orgulho de seu coração, e eram óculos de "estilo", não de serviço — o mesmo que usar duas tampas de boca de fogão sobre os olhos.
Ela ficou perplexa por um momento e então disse, não brava, mas com a voz ainda alta o suficiente para fazer tremer a mobília:
— Bem, juro que se eu puser as mãos em você, você vai...
Não chegou a concluir, pois já estava se abaixando e batendo embaixo da cama com a vassoura, portanto precisou tomar fôlego para pontuar as vassouradas. A única coisa que fez foi ressuscitar o gato.
— Não vi nem sombra desse menino!
Ela saiu pela porta aberta, parou, olhou entre os tomates e trombetas entrelaçadas que formavam a horta. Nada de Tom. Assim, ergueu a voz em determinado ângulo calculado segundo a distância e berrou:
— Ô Toooom!
Ao menor ruído atrás de si, virou-se, bem a tempo de agarrar o garotinho pela barra da jaqueta e impedir sua fuga.

— Aí está você! Eu devia ter pensado no armário. O que você estava fazendo aí dentro?

— Nada.

— Nada? Veja como estão suas mãos! E sua boca! Que porcaria é essa?

— Não sei, tia.

— Bem, pois eu sei. É geleia, isso, sim. Falei quarenta vezes para você deixar a geleia onde estava ou eu arrancaria sua pele. Passe-me a vara.

A vara zuniu no ar, e um medo desesperador se apossou do menino.

— Olha! Atrás da senhora, tia!

A velha senhora se virou e puxou a saia para se livrar de algum perigo.

O menino sumiu nesse instante, saltou por cima das tábuas da cerca alta e desapareceu do outro lado.

Sua tia Polly ficou surpresa por um momento, mas depois soltou uma risada amistosa.

— Maldito menino! Será que não aprendo nunca? Quantas vezes ele já não me enganou desse jeito e continuo indo atrás dele?! Como velho é bobo! Cachorro velho não aprende mais nada, como diz o ditado. Mas, por tudo o que é mais sagrado, ele nunca faz o mesmo truque duas vezes. Como eu ia saber? Parece que ele sabe até o limite que pode me atormentar, antes que eu perca as estribeiras, e sabe que se me distrair por um minuto ou me fizer dar risada, lá se vai tudo por água abaixo e não consigo acertá-lo mais. Não estou conseguindo cumprir meu dever com esse menino. Essa é a verdade do Senhor, Deus sabe. Quem evita a vara estraga a criança, dizem as Escrituras. Estou acumulando pecados e sofrimentos por nós dois, disso eu sei. Ele está danado com o Velho Tinhoso, Deus me livre! Ele é filho da minha falecida irmã, pobrezinho, e não tenho coragem de bater nele, não sei explicar. Toda vez que deixo passar uma travessura dele, minha consciência dói muito, mas toda vez que bato nele fico com o coração quase partido. Ora, ora, homem nascido de mulher é de poucos dias e cheio de inquietação, como diz a Escritura, e concordo totalmente. Esta tarde ele vai faltar à aula, mas vou ser obrigada a mandá-lo trabalhar amanhã, como castigo. É bem cruel fazê-lo trabalhar no sábado, quando todos os meninos estão de folga, mas ele odeia trabalhar mais do que tudo, e sou obrigada a cumprir minhas obrigações com ele, ou isso vai estragar essa criança.

Tom realmente faltou à aula e se divertiu muito. Voltou para casa só na hora de ajudar Jim, o pretinho, a serrar lenha para o dia seguinte e a rachar alguns tocos antes do jantar — a bem dizer, chegou a tempo de contar suas aventuras a Jim enquanto este fazia três quartos do serviço. O irmão caçula — ou, melhor, meio-irmão — de Tom, Sid, já havia terminado sua parte do serviço (catar os cavacos), pois era um menino comportado e não tinha aquele jeito aventuroso, baderneiro.

Enquanto Tom jantava, surrupiando açúcar sempre que havia uma oportunidade, tia Polly lhe fazia perguntas cheias de malícia e muito profundas, porque queria pegá-lo desprevenido e obrigá-lo a revelar algo comprometedor. Como muitas outras almas singelas, ela tinha uma vaidade mesquinha de se acreditar dotada de talento para diplomacias obscuras, misteriosas, e adorava contemplar seus estratagemas mais transparentes como prodígios da mais brutal astúcia. Ela disse:

— Tom, não é que estava muito calor hoje na escola?

— É, sim, senhora.

— Mas estava muito quente mesmo, não é?

— É, sim, senhora.

— Você não ficou com vontade de nadar, Tom?

Um pavor percorreu o corpo de Tom, um toque de desconfiança incômoda. Ele avaliou o semblante de tia Polly, mas não decifrou nada, e disse:

— Não, senhora. Bem, não muita.

A velha senhora estendeu a mão, tocou na camisa de Tom e disse:
— Mas você não está muito suado agora.

Sentiu-se orgulhosa ao ver que havia descoberto que a camisa estava seca sem que ninguém percebesse o que tinha em mente. Mas, apesar dos esforços dela em disfarçar, Tom percebeu para onde soprava aquele vento e antecipou o que seria o movimento seguinte:

— Uns meninos jogaram água na nossa cabeça. A minha ainda está úmida. Está vendo?

Tia Polly ficou contrariada por não ter reparado naquela prova circunstancial e perdeu uma chance. Mas teve nova inspiração:

— Tom, para molhar a cabeça não precisaria desfazer os pontos que dei no colarinho, não é mesmo? Desabotoe a jaqueta!

A preocupação sumiu do semblante de Tom, que abriu a jaqueta. O colarinho da camisa continuava costurado.

— Ora! Bem, pode ir. Eu tinha certeza de que você havia matado aula para ir nadar. Mas o perdoo, Tom. Reconheço que você é melhor do que parece, como se diz: um gato escaldado. Dessa vez passa.

Ela ficou um tanto aborrecida por sua sagacidade não ter funcionado e contente por Tom ter tido uma conduta obediente uma vez na vida.

Sidney, porém, disse:

— Ora veja, pensei que a senhora tivesse costurado o colarinho dele com linha branca, mas essa é preta.

— Mas costurei com branca. Tom!

Tom, contudo, não esperou pelo resto da história. Antes de sair porta afora, disse:

— Siddy, você me paga por isso.

Já em lugar seguro, Tom examinou as duas agulhas compridas espetadas nas lapelas da jaqueta, com linhas enfiadas, uma branca e a outra preta.

Ele disse:

— Ela nunca teria reparado se não fosse o Sid. Jesus! Às vezes ela costura com branca, às vezes com preta. Quem dera ela se decidisse por uma cor ou por outra. Não consigo acompanhar as mudanças.

Mas pode apostar que vou dar uma corrida no Sid por essa. Vou dar uma lição nele!

Tom não era o Menino Exemplar da vila, mas sabia muito bem quem era esse menino exemplar. E o odiava.

Dois minutos depois, ou até menos, já havia esquecido todos os seus problemas. Não porque tivessem ficado menos pesados e amargos do que os de um homem são para um homem, mas porque um novo e poderoso interesse surgiu e os afastou por um momento de seus pensamentos, assim como as desventuras dos homens são esquecidas na excitação das novas empreitadas. Esse novo interesse era uma valiosa novidade em termos de assobio, que ele acabara de aprender com um escravo e vinha penando para tentar praticá-la sossegadamente. Tratava-se de um gorjeio de pássaro peculiar, uma espécie de trinado líquido, produzido ao encostar a língua no céu da boca em intervalos curtos em meio à música — provavelmente o leitor lembrará como fazê-lo, se um dia foi menino. Diligência e atenção logo lhe mostraram o jeito da coisa, e ele seguiu pela rua com a boca cheia de harmonia e a alma cheia de gratidão.

Sentia quase o mesmo que sente um astrônomo que descobriu um novo planeta — sem dúvida, em termos de prazer forte, profundo, puro, a vantagem ficaria com o menino, não com o astrônomo.

As noites de verão eram longas. Não estava ainda escuro. Tom parou de assobiar. Havia um desconhecido à sua frente, um menino um pouco maior que ele. Um recém-chegado de qualquer idade ou gênero era uma atração e tanto na pequena e antiquada vila de St. Petersburg. O menino estava bem-vestido, até demais para um dia de semana. Era espantoso. O chapéu era um primor, a jaqueta azul abotoada era nova e da moda, assim como a calça. Estava de sapatos, e ainda era sexta-feira. Usava até uma gravata, uma fita colorida no pescoço. Tinha um ar citadino que devorava as vísceras de Tom. Quanto mais Tom fitava o esplêndido prodígio, mais torcia o nariz para aquela elegância toda e mais maltrapilhas suas próprias roupas lhe pareciam. O menino não falou nada. Se um se mexia, o outro se mexia também, mas apenas de lado, em círculos. Ficaram os dois cara a cara, olho no olho, o tempo inteiro.

Enfim, Tom disse:

— Vou te bater!

— Quero ver você tentar.

— Bem, eu poderia te bater agora.

— Não poderia, não.

— Eu poderia, sim.

— Não poderia nada.

— Poderia.

— Não poderia.

— Se eu quiser, posso, sim!

— Não pode, não!

Houve uma pausa incômoda, e Tom falou:

— Como você se chama?

— Não interessa.

— Bem, você vai ver o que não interessa.

— Ora, por que você não me mostra?

— Se você falar mais alguma coisa, vou mesmo.

— Mais alguma coisa, mais alguma coisa, mais alguma coisa. Pronto! Falei.

— Oh, você se acha esperto, não? Eu poderia te bater com uma das mãos amarrada nas costas, se eu quisesse.

— Bem, por que você não bate, então? Se você acha que consegue...

— Vou mesmo, se você ficar fazendo gracinha comigo.

— Ah, sei. Já vi que vai chamar a família inteira.

— Seu metido a esperto! Você se acha grande coisa, não é? Oh, que chapéu é esse?

— Se você não gostou do meu chapéu, pode tentar amassar. Duvido tirar da minha cabeça. Quem se arriscar vai ficar com a boca torta.

— Mentiroso!

— Mentiroso é você.

— Você é mentiroso e briguento e não quer admitir.
— Ah, vai passear!
— Estou falando. Se continuar com essas gracinhas, vou pegar uma pedra e jogar na sua cabeça.
— Oh, até parece!
— Vou mesmo.
— Bem, então por que não joga logo? De que adianta ficar dizendo que vai jogar? Por que não joga logo? É porque você está com medinho.
— Não estou.
— Está, sim.
— Não estou nada.
— Está.

Outra pausa, e os dois se deram mais encaradas e alguns passos de lado, rodeando-se, até ficarem ombro a ombro. Tom disse:
— Sai daqui!
— Sai daqui você!
— Não vou sair.
— Também não vou.

Ali ficaram, cada um com um pé plantado formando um ângulo, como uma trava, empurrando-se com todas as forças, encarando-se com ódio mútuo. Mas nenhum deles levava vantagem sobre o outro. Depois de tanto esforço, ficaram os dois suados e corados. Relaxaram a força com cuidadosa atenção, e Tom falou:
— Você é um covarde de um almofadinha! Vou falar para meu irmão sobre você e ele vai te bater com um dedo. Vou mandar ele fazer isso.
— E eu lá tenho medo de irmão mais velho? O meu é maior que o seu. E tem mais: ele vai jogar seu irmão por cima daquela cerca.

(Ambos os irmãos eram imaginários.)
— Mas que mentira!
— Não é porque você fala que é verdade.

Tom riscou uma linha na terra com o pé e intimidou:

— Não passe dessa linha, ou vou te bater até você não conseguir mais se levantar. Quem arriscar é ladrão de ovelha.

O menino novo logo pisou na linha e retrucou:

— Agora você falou que ia me bater. Vamos, quero ver.

— Não me pressione. Melhor você tomar cuidado.

— Bem, você disse que ia me bater. Por que não bate agora?

— Jesus! Por dois centavos, bato.

O menino novo tirou duas moedas de cobre do bolso e lhe estendeu com desdém. Tom jogou as moedas no chão. Instantaneamente, os dois rolaram e caíram na terra, agarraram-se feito dois gatos. Durante um minuto, puxaram os cabelos e rasgaram as roupas um do outro, socaram e arranharam o nariz um do outro, cobriram-se inteiros de barro e glória. De repente, a poeira baixou, e através das brumas da batalha Tom apareceu, sentado em cima do menino novo, batendo nele com os punhos.

— Pede água! — disse ele.

O menino só queria tentar se soltar. Estava chorando, sobretudo de raiva.

— Pede água!

E a surra continuou.

Enfim, o novato soltou um sufocado "Água!". Tom deixou que se levantasse e disse:

— Agora você aprendeu. Tome mais cuidado com suas gracinhas da próxima vez.

O menino novo foi embora sacudindo a poeira das roupas, soluçando, fungando. De vez em quando olhava para trás, balançava a cabeça e ameaçava fazer isso e aquilo contra Tom da próxima vez que o encontrasse no caminho.

Tom respondeu com uma risada zombeteira e seguiu em frente com bom humor. Assim que ficou de costas, o menino novo pegou uma pedra, atirou-a e acertou-o entre os ombros, virando-se e correndo feito um antílope na sequência. Tom perseguiu o traidor até sua casa e descobriu onde ele morava. Postou-se diante do portão por algum tempo, desafiando o inimigo a sair, mas o garoto só ficou fazendo caretas para ele da janela e recusou o convite. Por fim, apareceu a mãe do menino, que disse que Tom era uma criança má, cruel, vulgar, e mandou-o embora. Ele foi, mas jurando que ia esperar a hora de acertar as contas.

Naquela noite, ele voltou para casa muito tarde. Quando escalava a fachada até a janela, percebeu uma emboscada. Era sua tia. Quando ela viu o estado em que estavam as roupas do sobrinho, sua decisão de transformar o sábado livre em castigo com trabalho pesado se tornou ainda mais firme.

2

RAIOU A manhã do sábado, e o mundo inteiro no verão estava claro, fresco e transbordante de vida. Havia uma canção em cada coração. Se o coração fosse jovem, a música saía pelos lábios. Havia uma alegria em cada rosto e molas nas solas dos pés a cada passo. As acácias estavam floridas e a fragrância das flores enchia o ar. Cardiff Hill, além e acima da vila, estava verdejante e pairava a uma distância suficiente para parecer uma Terra dos Prazeres, onírica, repousante e convidativa.

Tom apareceu na calçada com um balde de cal e uma brocha de cabo comprido. Ao avaliar a cerca, toda a alegria o abandonou e uma profunda melancolia se instalou em seu espírito. Trinta jardas de cerca com nove pés de altura. A vida lhe pareceu vazia, e a existência, um mero fardo. Suspirando, mergulhou a brocha, passando-a ao longo da ripa mais alta, e repetiu a operação. Comparou a faixa insignificante de cal com a imensa extensão de cerca sem cal e se sentou junto a um arbusto desencorajado. Jim veio se esgueirando pela porteira com um balde de lata e cantando Buffalo Gals. Trazer água da bomba da cidade sempre fora uma tarefa odiosa aos olhos de Tom até aquele momento, mas agora não lhe parecia tão ruim. Ele lembrou que havia companhia. Meninas e meninos brancos, mulatos e negros estavam sempre lá esperando sua vez, descansando, trocando brinquedos, discutindo, brigando e fazendo graça. Tom recordou que, apesar de a bomba ficar a apenas cento e cinquenta jardas dali, Jim nunca voltava com um balde de água em menos de uma hora, e quase sempre alguém tinha de ir até lá chamá-lo. Tom propôs:

— Jim, vou buscar a água se você caiar um pouco a cerca.

Jim balançou a cabeça e respondeu:

— Não posso, seu Tom. A patroa mandou eu ir buscar água, não parar no caminho e não falar com ninguém. Ela bem que falou que seu Tom ia querer me enganar, para caiar por ele, então ela mandou eu ir direto e fazer minha tarefa logo. Ela disse que ela mesma ia ver se estava tudo caiado.

— Não se preocupe com o que ela disse, Jim. Sempre fala isso. Dê o balde aqui, vou levar um minuto. Ela nem vai saber.

— Não posso, seu Tom. A patroa falou que arranca minha cabeça. Juro que ela vai.

— Ora, ela nunca bate em ninguém. Só bate na nossa cabeça com o dedal, e quem tem medo de dedal? É o que eu gostaria de saber. Ela fala muito, mas falar não machuca. Quer dizer, não machuca se ela não chora. Jim, vou lhe dar uma bola de gude. Uma branca.

Jim começou a hesitar.

— Uma branca, Jim! E é uma bola campeã.

— Jesus! Deve ser uma bola linda, tenho certeza! Mas, seu Tom, morro de medo da patroa...

— Além do mais, se você aceitar, eu te mostro o meu dedo machucado.

Jim era humano, e tamanha atração foi demais para ele. Deixou o balde no chão, aceitou a bola de gude branca e se aproximou do pé de Tom com interesse enquanto a bandagem era removida. No momento seguinte, estava correndo pela rua com seu balde e o traseiro dolorido. Tom caiava vigorosamente, e tia Polly estava se retirando do campo com o chinelo na mão e um triunfo no olhar.

A energia de Tom, entretanto, não durou muito. Ele começou a pensar na diversão que havia planejado para aquele dia e sua tristeza se multiplicou. Logo os meninos que não estavam de castigo viriam pela estrada, vindo de todo tipo de expedições deliciosas, e fariam mil troças da cara dele por precisar trabalhar. Só de pensar nisso, ardeu como fogo. Tirou dos bolsos toda a riqueza de que dispunha e examinou: pedaços de brinquedos, bolas de gude e lixo, talvez o suficiente para comprar uma troca de trabalhos, mas nem a metade do necessário para comprar mais do que meia hora de pura liberdade. Guardou de volta os parcos recursos no bolso e desistiu da ideia de tentar subornar os meninos. Nesse momento escuro e desesperado, uma inspiração se fez dentro dele. Nada menos do que uma grandiosa e magnífica inspiração.

Ele pegou a brocha e foi trabalhar tranquilamente. Ben Rogers, então, apareceu, justo o menino, entre todos, por quem mais temia ser ridicularizado. Ben vinha em seu passo saltitante e esquivo, sinal de que seu coração estava leve e sua expectativa era alta. Comia uma maçã e dava, de quando em quando, um guincho melodioso, seguido por graves dingue-dongues, dingue-dongues, pois ele estava imitando um barco a vapor. Conforme se aproximava, foi reduzindo a velocidade, passou para o meio da rua, inclinou-se mais para estibordo e manobrou pesadamente e com elaborada pompa e circunstância, uma vez que estava imitando o Big Missouri e imaginava estar flutuando a nove pés de profundidade. Ele era o barco, o capitão e os sinos da caldeira combinados, de modo que precisava se imaginar de pé no próprio convés, dando as ordens e as obedecendo:

— Pare, senhor! Ting-a-ling-ling!

A atracagem havia quase acabado, e lentamente ele se aproximou da calçada.

— Retroceder! Ting-a-ling-ling!

Seus braços se esticaram e penderam rígidos ao lado do corpo.

— Devolver a estibordo! Ting-a-ling-ling! Chow! Ch-chow-wow! Chow!

Sua mão direita, nesse ínterim, descrevia círculos majestosos, representando uma roda de pás de quarenta pés.

— Deixe voltar a bombordo! Ting-a-ling-ling! Chow-ch-chow-chow!

A mão esquerda começou a descrever círculos.

— Está muito a estibordo! Ting-a-ling-ling! Está muito a bombordo! Vamos a estibordo! Parou! Agora deixe virar um pouco, devagar!

Ting-a-ling-ling! Chow-ow-ow! Cuidado com a proa! Com força agora! Vá, desça com a corda. O que você está esperando? Passe a corda naquele toco, por tudo o que é mais sagrado! Oriente-se pela doca agora. Solte! Motores desligados, senhor! Ting-a-ling-ling! Claque! Claque! Claque!

(Mexendo nas válvulas.)

Tom continuou caiando, sem prestar qualquer atenção ao barco a vapor. Ben ficou encarando por um momento e indagou:

— Você está enrascado mesmo, não é?

Nenhuma resposta. Tom avaliou a última demão com olho de artista, depois passou delicadamente a brocha outra vez e avaliou o resultado, como antes. Ben se aproximou dele. Tom ficou com água na boca ao ver aquela maçã, mas continuou trabalhando. Ben disse:

— Olá, meu velho. Precisou trabalhar hoje, hein?!

Tom se virou de repente e proferiu:

— Ah, é você, Ben! Eu não tinha reparado.

— Pois bem. Estou indo nadar, sabe? Você não gostaria de poder ir também? Ah, mas você vai preferir trabalhar, não é mesmo? Claro que vai!

Tom contemplou o menino por um momento e disse:

— Como assim, trabalhar?

— Ora, você não está trabalhando?

Tom retomou a caiação e respondeu, despreocupado:

— Bem, talvez seja, talvez não seja trabalho. Só posso dizer que o Tom Sawyer aqui está gostando.

— Ora, vamos, nem tente me convencer de que está gostando...

A brocha continuou em movimento.

— Gostando? Ora, não vejo por que eu não gostaria. Não é todo dia que um menino tem a oportunidade de caiar uma cerca.

Aquilo fez Ben refletir. Ele parou de mordiscar a maçã. Tom passou a brocha para lá e para cá, recuou para observar o efeito, acrescentou um toque aqui e ali, criticando o efeito outra vez. Ben observava cada movimento e ficava cada vez mais interessado, absorvido. Então, pediu:

— Ei, Tom, deixa eu caiar um pouco.

Tom refletiu e estava prestes a consentir, mas mudou de ideia:

— Não, não. Pensando melhor, não vai dar, Ben. Você sabe, a tia Polly dá muita importância a essa cerca bem aqui na rua, você sabe. Mas, se tivesse uma cerca nos fundos, eu não me importava. E ela também não. Ela dá muita importância a essa cerca; precisa caiar com muito cuidado. Acho que só um entre mil meninos, talvez dois mil, seria capaz de caiar essa cerca do jeito que precisa ser caiada.

— Não diga! É mesmo? Ora, vamos, deixe-me tentar. Só um pouco. Eu deixaria se fosse você, Tom.

— Ben, eu bem que gostaria, palavra de honra, mas a tia Polly... bem, o Jim também quis caiar, mas ela não deixou. O Sid queria também, e ela não deixou nem o Sid. Você entende minha responsabilidade? Se você se encarregar dessa cerca e qualquer coisa acontecer com ela...

— Ora bolas, eu vou tomar cuidado. Deixe-me tentar. Eu te dou o miolo da minha maçã.

— Bem, tome... Não, Ben, agora não. Estou com medo.

— Eu te dou a maçã inteira!

Tom cedeu a brocha com relutância no semblante, mas com alegria no coração. Enquanto o vapor Big Missouri trabalhava e suava ao sol, o artista aposentado se sentou no barril à sombra, balançando as pernas, devorando a maçã e planejando o massacre de mais inocentes. Material era o que não faltava. Os meninos apareciam de quando em quando, iam zombar, mas acabavam caiando a cerca. Quando Ben ficou exausto, Tom já havia trocado a próxima vez de caiar com Billy Fisher por uma pipa de papel de seda em boas condições. Quando Billy acabou, Johnny Miller comprou a brocha por um rato morto e um barbante para girar o rato no ar — e assim por diante, sucessivamente, uma hora cada um.

No meio da tarde, Tom havia passado de um menino que, pela manhã, era pobre a outro que nadava em riqueza. Ele tinha, além das coisas já mencionadas, doze bolas de gude, uma parte de um berimbau de boca, um pedaço de vidro de garrafa azul para olhar através dele, um canhão de carretel, uma chave que abria qualquer fechadura, um toco de giz, uma rolha de vidro de um decantador, um soldadinho de chumbo, dois girinos, seis bombinhas de fogos de artifício, um gatinho com um olho só, uma maçaneta de latão, uma coleira de cachorro — mas sem cachorro —, o cabo de uma faca, quatro pedaços de casca de laranja e o batente de uma velha janela caindo aos pedaços.

Ele se divertiu bastante durante todo aquele tempo, cheio de companhias, e a cerca ficou com três demãos de cal. Se a cal não tivesse acabado, teria levado à bancarrota todos os meninos da vila.

Tom pensou consigo mesmo que o mundo, afinal, não era tão vazio. Ele havia aprendido uma grande lei da ação humana, sem saber disso: que, para fazer um homem ou um menino cobiçar algo, só é necessário tornar a coisa difícil de obter. Se fosse um grande e sábio filósofo, como o escritor deste livro, teria compreendido que trabalhar consiste em qualquer coisa que o corpo é obrigado a fazer e que brincar consiste em tudo aquilo que o corpo não é obrigado a fazer. Isso ajudaria Tom a entender por que construir flores artificiais ou operar um moinho era trabalho, enquanto jogar boliche ou escalar o monte Branco era só diversão. Há ricos cavalheiros na Inglaterra que dirigem carruagens de quatro cavalos, levando passageiros por vinte ou trinta milhas diariamente no verão, e esse privilégio lhes custa um dinheiro considerável. Mas, se lhes oferecessem salários pelo serviço, essa atividade se transformaria em trabalho, e assim eles desistiriam.

O menino ficou algum tempo contemplando a mudança substancial que ocorrera em suas circunstâncias materiais e depois seguiu em direção ao quartel-general para fazer seu relatório.

3

Tom se apresentou diante da tia Polly, que estava sentada próximo à janela aberta em seu agradável barração dos fundos, que era uma combinação de quarto, sala de café, de jantar e biblioteca. O ar ameno do verão, o silêncio repousante, o odor das flores e o sonolento murmúrio das abelhas haviam exercido seu efeito, fazendo-a pegar no sono e cabecear sobre o tricô. Ela não tinha outra companhia além do gato, que dormia em seu colo. Seus óculos estavam posicionados no alto da cabeça grisalha, por segurança. Ela achava que Tom tivesse abandonado o trabalho havia tempo e se espantou ao vê-lo ali à sua disposição, outra vez, com seu jeito intrépido. Ele disse:

— Será que agora posso brincar, tia?

— Mas já? Quanto você já caiou?

— Já caiei tudo, tia.

— Tom, não minta para mim. Não tolero mentira.

— Não estou mentindo, tia. Já está pronto.

Tia Polly não confiou muito e foi ver com os próprios olhos. Ela já teria ficado satisfeita se vinte por cento do que Tom dissera fosse verdade. Ao descobrir que a cerca inteira estava caiada e recaiada, até com uma faixa branca a mais acrescentada ao chão, seu espanto foi quase indizível. Ela se espantou.

— Nunca imaginei! Sem nenhuma artimanha! Você é capaz de trabalhar quando se dedica, Tom. — Ela diluiu o elogio, acrescentando. — Mas é incrivelmente raro você se dedicar a alguma coisa, devo admitir. Bem, vá brincar. Mas não desapareça por uma semana, senão arranco seu couro.

A tia ficou tão extasiada com o esplendor do trabalho do sobrinho que o levou até a despensa, escolheu uma maçã especial e lhe entregou, pregando-lhe um sermão edificante sobre o valor e o sabor adicionais de uma recompensa recebida sem ser oriunda do pecado, mas do esforço virtuoso. Enquanto encerrava com um feliz floreio bíblico, Tom "surrupiou" uma rosquinha.

Logo depois, ele saiu e viu Sid no alto da escada externa que levava aos cômodos dos fundos no segundo andar. Tinha torrões de terra à mão e deixou o ar cheio deles num piscar de olhos. Os torrões estouraram em volta de Sid como uma tempestade de granizo. Antes que tia Polly pudesse se recuperar da surpresa e correr para acudi-lo, seis ou sete torrões de terra atingiram o alvo. Tom pulou a cerca e sumiu. Havia um portão, mas em geral ele estava com o tempo muito apertado para usá-lo. Sua alma estava em paz, agora que ele acertara as contas com Sid.

Tom contornou o quarteirão e chegou a uma viela barrenta que levava aos fundos do estábulo da tia. Ali estava a salvo de perseguidores e algozes. Foi correndo até a praça da vila, onde duas companhias "militares" de meninos se encontravam para combater, conforme marcado com antecedência. Tom era o general de um desses exércitos; Joe Harper, um de seus melhores amigos, o general do outro. Esses dois grandes comandantes não concordariam em lutar pessoalmente, o que cabia melhor aos meninos menores, mas se sentavam juntos num promontório e conduziam as operações de campo por meio de ordens enviadas por um *aide-de-camp*. O exército de Tom conquistou uma grande vitória, após longa e acirrada batalha. Então, os mortos foram contados; os prisioneiros, trocados; os termos da próxima desavença, acordados; e o dia da necessária batalha, definido. Depois disso, os exércitos se perfilaram e foram embora marchando. Tom voltou para casa sozinho.

Ao passar pela casa onde morava Jeff Thatcher, viu uma menina nova no jardim, uma adorável criaturazinha de olhos azuis com cabelos louros, duas longas tranças, vestido branco de verão e pantalete bordada. O herói recém-coroado caiu sem que nenhum tiro fosse disparado. Uma certa Amy Lawrence desapareceu de seu coração e não deixou nem lembrança para trás. Ele achava que a amava loucamente, considerava sua paixão uma adoração, mas agora via se tratar de mera parcialidade evanescente. Tom vinha tentando conquistá-la havia meses, havia aberto seu coração para ela e era o menino mais feliz e orgulhoso do mundo havia breves sete dias. Mas ali, naquele instante, Amy sumia de seu coração como se fosse uma visita casual.

Tom idolatrou aquele novo anjo com olhares furtivos, até se dar conta de que ela o notara. Então, fingiu não a ver e começou a se exibir, com todo tipo de meninice, a fim de conquistar sua admiração. Ele continuou com aquela tolice grotesca por algum tempo. A certa altura, quando estava em meio a uma perigosa performance ginástica, olhou de lado e viu que a menina estava indo embora para casa. Tom chegou até a cerca e se apoiou, lamentando, porque imaginava que ela fosse ficar mais um pouco. Soltou um longo suspiro quando a garota pisou no umbral da entrada, mas seu semblante logo se iluminou, pois ela atirou um amor-perfeito sobre a cerca um momento antes de desaparecer.

O menino deu a volta correndo, parou a meio metro da flor, cobriu os olhos com a mão e começou a olhar para a rua como se tivesse visto algo interessante naquela direção. Em seguida, pegou uma palha e começou a tentar equilibrá-la no nariz, com a cabeça bem inclinada para trás. Conforme se mexia para os lados, foi se aproximando cada vez mais do amor-perfeito. Enfim, seu pé descalço parou sobre a flor. Ele a pinçou com os dedos, foi embora saltitando com o tesouro e sumiu virando a esquina. Mas isso durou apenas um minuto, o tempo de ele prender a flor por dentro da jaqueta, junto ao coração — ou junto ao estômago, talvez, tendo em vista que não era muito bom de anatomia nem muito crítico.

Ele retornou e ficou parado perto da cerca até anoitecer, "exibindo-se", como antes, mas a menina não apareceu mais, embora Tom tenha se consolado um pouco com a esperança de que ela estivesse perto da janela, ciente da presença dele. Enfim, voltou a passos relutantes para casa, com a pobre cabeça cheia de ideias.

Durante todo o jantar, seu humor estava tão bom que sua tia se perguntou o que teria acontecido com aquele menino. Tom levou uma boa bronca por ter jogado torrões de terra em Sid, mas pareceu não dar importância alguma. Tentou roubar açúcar bem debaixo do nariz da tia e levou um tapa na mão por isso. Resmungou:

— Tia, a senhora não bate no Sid quando ele pega.

— Bem, o Sid não me atormenta como você. Você não largaria esse açucareiro se eu não ficasse vigiando.

Ela entrou na cozinha, e Sid, feliz com sua imunidade, pegou o açucareiro, tripudiando de Tom a um ponto quase insuportável. Mas os dedos de Sid escorregaram, e o açucareiro caiu e se quebrou. Tom ficou em tamanho êxtase que até conseguiu controlar a língua e ficou calado. Disse a si mesmo que não falaria nada, mesmo quando a tia voltasse, e que ficaria sentado até ela perguntar quem havia feito aquilo. Nesse caso, contaria tudo, e não haveria nada tão bom no mundo quanto ver aquele menino exemplar "levar a dele". Estava tão transbordante de exultação que mal conseguiu se segurar quando a velha senhora voltou e parou diante do estrago, lançando faíscas pelos óculos. Disse para si mesmo: "Agora quero ver". No instante seguinte, estava estatelado no chão. A poderosa palma estava erguida para bater outra vez quando ele gritou:

— Espere aí! Por que você está me batendo? Foi o Sid que quebrou!

Tia Polly fez uma pausa, perplexa, e Tom esperou uma compaixão redentora. Mas quando ela retomou a palavra, simplesmente disse:

— Bem, você não apanhou à toa, de qualquer forma. Muito provavelmente você cometeu alguma má-criação audaciosa quando eu não estava.

Depois a consciência da tia a censurou e ela quis dizer algo gentil e amoroso, mas julgou que isso seria interpretado como uma confissão de que havia errado, algo que a disciplina proibia. Assim, continuou em silêncio, com seus afazeres e o coração pesado. Tom ficou tristonho no canto e exaltado em sua dor. Sabia que, no coração da tia, ela estava ajoelhada diante dele, e ficou grato por isso, ainda que não demonstrasse. Tinha consciência de que o olhar ansioso da tia pairava de quando em quando sobre ele, por trás de olhos marejados, mas se recusou a reconhecer isso. Imaginou-se no próprio leito de morte, com a tia ajoelhada ao seu lado, à espera de uma palavra de perdão, mas ele viraria o rosto para a parede e morreria sem dizer nada. Ah, como ela se sentiria?! Ele se imaginou sendo retirado morto do rio e levado para casa, com os cachos molhados e o coração magoado em paz. Como ela se lançaria sobre ele! Como suas lágrimas jorrariam como a chuva e seus lábios rezariam a Deus pedindo seu menino de volta, dizendo que ela nunca mais abusaria dele! Mas ele ficaria ali deitado, frio e branco, sem dar nenhum sinal, um pobre menino sofredor cujos sofrimentos teriam fim. Tom forçou tanto seus sentimentos que precisou respirar, porque estava prestes a sufocar. Seus olhos ficaram cheios d'água e transbordaram quando ele piscou, fazendo lágrimas escorrerem e pingarem da ponta do nariz.

Sentiu tamanha delícia ao se refestelar nas próprias tristezas que não teria suportado a intromissão de nenhuma alegria mundana ou prazer conflitante naquele momento. Era algo sagrado demais para esse tipo de contato. Quando sua prima Mary entrou dançando, feliz por voltar para casa após a eternidade de uma semana no campo, Tom se levantou e saiu por uma porta, debaixo de nuvens e escuridão, enquanto ela trazia música e sol pela outra.

O menino vagou para muito longe de onde os outros garotos costumavam ir e buscou locais desolados, mais em harmonia com seu espírito. Uma jangada de troncos o convidou a embarcar. Sentou-se na borda externa e contemplou a lúgubre vastidão do riacho, desejando morrer afogado, ao mesmo tempo e inconscientemente, sem ter que passar por toda a desconfortável rotina inventada pela natureza.

Então ele pensou em sua flor. Tirou-a da jaqueta, amassada e murcha, o que aumentou bastante sua triste felicidade. Imaginou se ela teria pena dele se soubesse, se choraria e desejaria ter o direito de abraçá-lo e consolá-lo. Ou se lhe daria as costas como todo aquele mundo vazio. Essa imagem lhe trouxe uma agonia de sofrimento tão prazerosa que a ficou repetindo nos pensamentos, a cada vez sob novas formas e luzes variadas, até desgastá-la. Enfim, levantou-se suspirando e sumiu no escuro.

Às nove e meia, dez horas, apareceu na rua deserta onde a Adorada Desconhecida morava. Parou por um momento. Nenhum som chegou a seus ouvidos atentos. Uma vela lançava um brilho difuso na cortina de uma janela do andar de cima. Estaria ali a sagrada presença? Escalou a cerca e se esgueirou entre as plantas, até chegar embaixo daquela janela. Encarou-a por um longo tempo e com emoção. Depois, deitou-se no chão embaixo dela, de costas, com as mãos entrelaçadas no peito e segurando a pobre flor murcha. Assim ele morreria: ao relento, no mundo gelado, sem teto sobre sua cabeça de menino de rua, sem mão amiga para enxugar os suores da morte de sua testa, sem rosto amoroso a se debruçar sobre ele com pena quando a grande agonia viesse. E assim ela o veria ao olhar pela janela na manhã alegre. Será que deixaria cair uma lagrimazinha sobre seu pobre corpo sem vida? Será que soltaria um suspirozinho ao ver uma jovem vida brilhante tão rudemente abatida, tão intempestivamente interrompida?

A janela se abriu, a voz de uma empregada contrariada profanou a calma sagrada e um dilúvio de água encharcou os restos mortais do jovem mártir!

O herói sufocado se levantou com um espirro de alívio. Houve um zunido como o de um míssil no ar, mesclado ao murmúrio de um xingamento. Um som como o de vidro estilhaçado se seguiu e um vulto pequeno, vago, pulou a cerca e desapareceu na escuridão.

Não muito depois, quando Tom, já despido para se deitar, vasculhava os trajes encharcados à luz de um toco de vela, Sid acordou. Mas, se tinha a intenção de fazer qualquer "referência ou alusão", pensou melhor e ficou quieto, pois havia perigo nos olhos de Tom, que adormeceu sem se dar ao incômodo extra de rezar, omissão da qual Sid, mentalmente, tomou nota.

4

O SOL NASCEU tranquilo e raiou sobre a pacata vila feito uma bênção. Depois do café da manhã, tia Polly fazia um louvor em família que começava com uma oração e ia crescendo até se tornar um sólido sermão recheado de citações das Escrituras, cimentado com uma massa fina de originalidade. No auge, declamava um capítulo soturno da Lei Mosaica, como se estivesse no alto do Sinai.

Tom, por assim dizer, apertou o cinto e foi trabalhar em "seus versículos". Sid já havia aprendido os seus dias antes. Tom depositou todas as suas energias em decorar cinco versículos e escolheu uma parte do Sermão da Montanha, já que em nenhuma outra os versículos eram tão curtos. Ao fim de meia hora, tinha uma vaga ideia do que deveria decorar, não mais do que isso, afinal seus pensamentos atravessavam todo o campo do intelecto humano e suas mãos estavam ocupadas com recreações que o distraíam. Mary pegou seu livro para ouvi-lo recitar, e ele tentou encontrar seu caminho através do nevoeiro:

— Bem-aventurados os...

— Pobres...

— Sim, pobres. Bem-aventurados os pobres...

— De espírito.

— De espírito. Bem-aventurados sejam os pobres de espírito, pois eles... eles...

— Deles...

— Pois deles... Bem-aventurados os pobres de espírito, pois deles é o reino do céu. Bem-aventurados aqueles que choram, pois eles... eles...

— Ser...

— Pois eles se...

— S, E, R..

— Pois eles S, E... Oh, não sei o que é!

— Serão!

— Oh, serão! Pois eles serão, pois eles serão, serão chor... Aventurados eles serão. Eles, que... chorarão. Pois eles serão... Serão o quê? Por que você não diz logo, Mary? Por que tem que ser tão cruel?

— Oh, Tom, seu cabecinha-dura, não estou provocando. Eu não faria isso. Você precisa voltar e decorar. Não desanime, você vai dar um jeito. Se você conseguir, vou te dar uma coisa linda. Pronto! Bom menino.

— Está bem! O que é, Mary? Diga o que é.

— Não se preocupe, Tom. Você sabe que, se eu disse que é uma coisa linda, é uma coisa linda.

— Pode apostar que é verdade, Mary. Tudo bem, vou atacar de novo.

E ele "atacou de novo". Sob a dupla pressão da curiosidade e da perspectiva de ganhos, atacou com tanto espírito que obteve um reluzente sucesso. Mary lhe deu um canivete Barlow novo em folha e uma moeda de meio centavo, e o menino tremeu dos pés à cabeça de felicidade. O canivete não cortava nada, mas era um Barlow "legítimo", e havia uma grandiosidade inconcebível nesse fato, embora seja um mistério saber de onde os meninos do Oeste tiraram essa ideia de que tal arma pudesse ser falsificada. Talvez permaneça um mistério para sempre.

Tom conseguiu arranhar o armário da cozinha com o canivete e estava começando a fazer o mesmo no armário da sala quando foi chamado para se vestir e ir à escola dominical. Mary lhe deu uma tina de lata cheia de água e uma barra de sabão. Ele saiu pela porta, pôs a tina no banquinho do lado de fora, mergulhou o sabão na água e se abaixou, arregaçou as mangas, derramou a água no chão delicadamente, entrou na cozinha e começou a enxugar o rosto com entusiasmo na toalha atrás da porta. Mas Mary puxou a toalha e ralhou:

— Ora, Tom, você não tem vergonha?! Não seja tão malcriado. Água não machuca.

Tom ficou um pouco desconcertado. A tina foi novamente enchida de água, e dessa vez ele ficou um pouco mais de tempo ali parado, tomando coragem, até que respirou fundo e começou. Ao entrar na cozinha com os dois olhos fechados e tateando em busca da toalha com as mãos, um honroso testemunho de bolhas e água gotejava de seu rosto. Mas, quando emergiu da toalha, ainda não estava satisfatório, porque o território limpo parava em seu queixo e sua mandíbula, como se estivesse de máscara. Além daquela linha havia uma vastidão escura de terra não irrigada que se estendia para baixo, na frente e atrás do pescoço. Mary o pegou pela mão. Quando terminou, ele era outra vez um homem e um irmão, sem distinção de cor. Seu cabelo denso estava caprichosamente escovado; os cachos curtos, ressaltados num efeito geral delicado e simétrico.

(Ao ficar sozinho, Tom alisou os cachos com empenho e dificuldade, emplastrando o cabelo rente à cabeça. Ele achava os cachos um tanto efeminados, motivo para encher sua vida de amargura.)

Depois Mary tirou do armário dele um paletó que nos últimos dois anos só fora usado aos domingos e ao qual ele se referia como sua "outra roupa". Assim, ficamos sabendo o tamanho de seu guarda-roupa. A menina "o deixou arrumado" depois que ele se vestiu: abotoou o paletó até em cima, virou a imensa gola da camisa sobre os ombros, escovou-o e coroou-o com um chapéu de palha mosqueado. Parecia extremamente melhorado e incomodado. Havia algo nas roupas e na limpeza que o deixava contrariado. Esperava que Mary esquecesse seus sapatos, mas ela os cobriu de sebo, como era costume, e os trouxe. Tom perdeu a paciência e disse que era sempre obrigado a fazer tudo o que não queria. Mary clamou, persuasiva:

— Por favor, Tom. Pronto! Bom menino.

Ele calçou os sapatos, rosnando. Mary logo ficou pronta, e as três crianças saíram para a escola dominical, que Tom odiava do fundo do coração. Sid e Mary gostavam.

A lição de catecismo ia das nove às dez e meia, seguida de missa. Duas das crianças ficavam voluntariamente para o sermão e o outro sempre precisava ficar também, por motivos de força maior. Os bancos de encosto alto, sem estofamento, da igreja acomodavam cerca de trezentas pessoas. O edifício era muito pequeno e simples, com uma espécie de caixa de pranchas de pinho no alto, à guisa de campanário. À porta, Tom deu um passo atrás e se aproximou de um camarada em trajes domingueiros:

— Ei, Billy, você tem um bilhete amarelo?

— Tenho.

— O que quer por ele?

— O que você me dá?

— Um pedaço de alcaçuz e um anzol.

— Deixa eu ver.

Tom mostrou. Foi satisfatório, e a propriedade trocou de mãos. Depois Tom trocou duas bolas de gude brancas por três bilhetes vermelhos e uns poucos trocados ou coisa que o valha por um par de bilhetes azuis. Ele abordou outros meninos no caminho e continuou comprando bilhetes de várias cores por mais dez ou quinze minutos. Entrou na igreja, que estava repleta de crianças limpas e ruidosas, foi até seu banco e começou a brigar com o primeiro menino que apareceu. O professor, um homem sério e idoso, interveio. Depois virou de costas por um momento, no que Tom puxou o cabelo do menino no banco vizinho e fingiu estar concentrado em seu livro quando o menino se virou. Em seguida, espetou outro menino com um alfinete e levou outra bronca do professor. A classe inteira de Tom era de um mesmo padrão de meninos: irrequietos, barulhentos e baderneiros. Quando chegou a hora de cada um recitar seus versículos, nenhum deles sabia perfeitamente e precisaram ser ajudados o tempo inteiro. No entanto, mesmo com dificuldade, foram até o fim e receberam uma recompensa na forma de pequenos bilhetes azuis, cada um com uma passagem das Escrituras, o pagamento por dois versículos recitados. Dez bilhetes azuis equivaliam a um bilhete vermelho, pelo qual podiam trocar; dez bilhetes vermelhos equivaliam a um amarelo; por dez bilhetes amarelos, o superintendente dava uma Bíblia encadernada bastante comum à criança, que custava quarenta centavos na época. Quantos dos meus leitores teriam o expediente e a aplicação para decorar dois mil versículos, mesmo que fosse em troca de uma Bíblia de Doré? No entanto, Mary ganhara duas Bíblias assim — fruto do trabalho paciente de dois anos —, e um menino filho de alemães havia ganhado quatro ou cinco. Tal menino, certa vez, recitou três mil versículos sem parar. Mas o esforço foi demais para suas faculdades mentais, e desse dia em diante ele ficou pouco melhor que um idiota, uma lamentável fatalidade para a escola, já que nos grandes eventos, diante de todos, o superintendente, como Tom dizia, sempre mandava o menino "se exibir".

Só os alunos mais velhos conseguiram guardar seus bilhetes e continuar o tedioso trabalho por tempo suficiente para ganhar a Bíblia, daí a entrega de um desses prêmios ser uma circunstância rara e notável. O aluno bem-sucedido ficava tão importante e famoso naquele dia que todos os outros sentiam o coração arder com uma nova ambição que geralmente durava duas semanas. É possível que Tom nunca tenha desejado tais prêmios, mas todo o seu ser, por muitos dias, ansiava pela glória e pelo brilho que o prêmio trazia. No momento devido, o superintendente se ergueu na frente do púlpito e, com um hinário fechado na mão e o indicador enfiado entre as páginas, pediu atenção. Quando um superintendente de escola dominical faz seu discursozinho de costume, um hinário na mão é tão necessário quanto a inevitável página de música na mão de um cantor que se posta diante de um atril e canta um concerto solo, ainda que não se saiba o porquê, tendo em vista que nem o hinário nem a página de música são consultados pelo intérprete.

O superintendente era uma criatura esguia de trinta e cinco anos, com cavanhaque e cabelos curtos aloirados. Usava um colarinho alto engomado, cuja borda superior quase lhe chegava às orelhas e pontas agudas se curvavam tal e qual os cantos de sua boca, uma espécie de cerca que obrigava a um olhar reto, para a frente, e um giro completo do corpo quando queria olhar para os lados. Seu queixo ficava apoiado numa gravata larga, de ponta franjada. Os bicos de suas botas eram virados para cima, moda na época, como dois trenós — efeito pacientemente bem produzido pelos rapazes que se sentavam com os bicos das botas pressionados contra uma parede durante horas a fio.

O sr. Walters tinha um semblante franco, um coração sincero e honesto. Tinha enorme reverência pelas coisas e pelos lugares sagrados, separando-os tanto das questões materiais que, de modo inconsciente, sua voz na escola dominical adquiria uma entonação peculiar, ausente nos dias de semana. Ele começou da seguinte maneira:

— Ora, crianças, quero que vocês todos se levantem, fiquem bem aprumados, bonzinhos, e me deem toda a atenção por um ou dois minutos. Pronto! Assim está melhor. É dessa forma que bons meninos e meninas fazem. Estou vendo uma garotinha olhando pela janela. Será que ela pensa que estou lá fora, talvez no alto daquelas árvores, fazendo um sermão aos passarinhos? (Risos de aprovação.) Quero lhes contar como me sinto bem ao ver tantos rostinhos brilhantes, limpos, reunidos aqui, aprendendo a fazer o certo e a serem bons.

E assim prosseguiu, sucessivamente. Não é necessário transcrever o restante do sermão. Era um padrão que não variava, familiar a todos nós.

O terço final foi marcado pela retomada das brigas e por outras brincadeiras entre alguns dos meninos bagunceiros, bem como por agitação e sussurros que se estenderam por toda parte, incluindo os incorruptíveis Sid e Mary. Mas, de repente, todos os sons cessaram com a precipitação da voz do sr. Walters, e a conclusão do discurso foi recebida com uma explosão de gratidão silenciosa.

Boa parte dos sussurros havia sido ocasionada por um acontecimento mais ou menos raro, a entrada do advogado Thatcher, acompanhado por um homem muito frágil e velho; de um cavalheiro distinto, corpulento, de meia-idade e cabelos grisalhos; e de uma senhora muito digna que, sem dúvida, era esposa desse último. A senhora trazia uma criança. Tom estava irritado e descontente, com a consciência pesada. Não podia cruzar olhares com Amy Lawrence, pois não suportaria seu olhar amoroso. Mas, ao ver a pequena recém-chegada, sua alma se inflamou de êxtase no mesmo instante. No momento seguinte, já estava "se exibindo" com todas as suas forças, dando tapas em meninos, puxando cabelos, fazendo caretas — em suma, usando todas as artes que parecessem capazes de fascinar uma menina e conquistar seu aplauso. Sua exaltação tinha um único porém: a lembrança de sua humilhação no jardim daquele anjo, e essa marca na areia estava rapidamente sendo lavada pelas ondas de felicidade que agora lhe passavam por cima.

Os visitantes foram levados ao lugar de honra mais alto. Assim que o sermão do sr. Walters terminou, ele foi lhes mostrar a escola. O senhor de meia-idade se revelou um personagem prodigioso, ninguém menos do que o juiz do condado, quase a criatura mais augusta em quem aquelas crianças já haviam posto os olhos. Elas se perguntavam de que tipo de matéria ele seria feito. Se, por um lado, desejavam ouvi-lo rugir, por outro, tinham medo de que ele o fizesse.

Ele era de Constantinople, a doze milhas dali, de modo que viajara e vira o mundo. Aqueles olhos haviam visto o tribunal do condado, que diziam ter telhado de zinco.

A reverência que essas reflexões inspiraram foi atestada pelo impressionante silêncio e pelas fileiras de olhos arregalados. Aquele era o grande juiz Thatcher, irmão do advogado da vila. Jeff Thatcher logo se aproximou para mostrar familiaridade com o grande homem e ser invejado pela escola inteira. Seria música para sua alma ouvir os sussurros:

— Olha só para ele, Jim! Ele está indo lá. Nossa! Olha só! Ele vai dar a mão para ele. Está apertando a mão dele! Jesus, você não queria ser o Jeff?

O sr. Walters também começou a "se exibir", com todo tipo de movimentos e atividades oficiais, dando ordens, emitindo juízos, despachando orientações aqui e ali, onde quer que encontrasse um alvo. O bibliotecário também quis "se exibir", correndo para lá e para cá cheio de livros, gaguejando e se atrapalhando, bem ao gosto das autoridades empoladas. As professoras moças "se exibiram" inclinando-se delicadamente sobre os alunos que até então espancavam, erguendo belos dedinhos de advertência para os bagunceiros e dando tapinhas amorosos nos bonzinhos. Os professores rapazes "se exibiram" com bronquinhas e outras pequenas demonstrações de autoridade e boa atenção à disciplina. A maioria dos professores, de ambos os gêneros, arrumara o que fazer na biblioteca, diante do púlpito — afazeres que muitas vezes precisavam ser refeitos duas ou três vezes —, aparentando muita contrariedade. As meninas "se exibiram" de várias formas, enquanto os meninos "se exibiram" com tamanho empenho que o ar ficou denso de pedaços de papel e murmúrios de discussões. Acima de tudo, o grande homem ficou sentado com seu majestoso sorriso judicial sobre toda a casa, aquecendo-se ao sol de sua própria grandeza, haja vista que também ele estava "se exibindo".

Só faltava uma coisa para tornar o êxtase do sr. Walters completo: a oportunidade de entregar uma Bíblia como prêmio e exibir um prodígio. Diversos alunos tinham alguns bilhetes amarelos, mas nenhum tinha o suficiente. Ele havia passado entre os melhores alunos perguntando, e daria tudo agora para ter aquele alemãozinho de volta com a cabeça no lugar.

Nesse momento, quando a esperança estava morta, Tom Sawyer se aproximou com nove bilhetes amarelos, nove bilhetes vermelhos, dez azuis e pedindo uma Bíblia. Isso caiu como um raio em céu azul. Walters não esperava uma solicitação de tal procedência pelos próximos dez anos, mas não havia como tergiversar. Ali estavam os bilhetes certificados, com seu valor nominal. Tom foi levado a um lugar com o juiz e os outros eleitos, e a grande notícia, anunciada do alto-comando. Foi a surpresa mais espantosa da década, causando sensação tão profunda que alçou o novo herói àquela altitude judicial. A escola teve dois portentos para contemplar em vez de apenas um. Os meninos ficaram roídos de inveja, mas os que sofreram as pontadas mais doídas foram os que perceberam tarde demais que eles mesmos haviam contribuído para aquele esplendor odioso ao trocar bilhetes com Tom pela riqueza que amealhara vendendo privilégios de caiação.

Sentiram-se irritados por terem sido vítimas de uma fraude astuciosa, de uma maligna serpente oculta na relva.

O prêmio foi entregue a Tom com o máximo de efusão que o superintendente conseguiu extrair em tais circunstâncias. Mas lhe faltou um pouco de genuíno entusiasmo, pois o instinto do pobre sujeito lhe dizia que ali havia um mistério que talvez não se sustentasse à luz do dia. Era absurdo que aquele menino tivesse guardado dois mil versículos da sabedoria das Escrituras sob sua gestão. Uma dúzia já seria demais para ele, sem dúvida.

Amy Lawrence ficou orgulhosa, contente, e tentou fazer Tom perceber isso em seu semblante. Mas ele não a encarou. Ela ficou intrigada, depois preocupada e, em seguida, desconfiada, o que logo passou. Ela se pôs atenta, com olhar furtivo. Seu coração se partiu, e então sentiu ciúme e raiva. Lágrimas caíram de seus olhos, e ela odiou todo mundo, sobretudo Tom — pensou.

Tom foi apresentado ao juiz, mas sua língua ficou travada. Mal tinha fôlego. Seu coração disparou — em parte devido à terrível grandeza do homem, mas em particular porque era pai dela. Ele teria se ajoelhado e idolatrado o sujeito, caso estivesse escuro. O juiz pôs a mão na cabeça de Tom, disse-lhe que era um rapazinho distinto e perguntou seu nome. O menino gaguejou engasgou e soltou:

— Tom.

— Oh, não. Tom, não. É...

— Thomas.

— Ah, agora, sim. Imaginei que não fosse apenas Tom. Muito bem. Mas você deve ter um outro. Você vai me dizer seu nome completo, não?

— Diga ao cavalheiro seu sobrenome, Thomas — exigiu Walters.
— E o chame de senhor. Não esqueça as boas maneiras.
— Thomas Sawyer, senhor.
— Isso mesmo! Você é um bom menino. Um menino de valor. Um bom rapazinho de valor. Dois mil versículos é muita coisa. Muita, muita coisa mesmo. E o trabalho que teve para decorar valeu a pena, pois o conhecimento é a coisa mais valiosa do mundo, é o que forma os grandes homens e os homens bons. Um dia você vai ser um grande homem e um homem bom também, Thomas, e vai poder olhar para trás e dizer: "Devo tudo ao precioso privilégio da escola dominical da minha infância; aos meus queridos professores, que me ensinaram a decorar; ao bom superintendente, que me estimulou, cuidou de mim e me deu uma linda Bíblia, esplêndida e elegante, para guardar e ser minha para sempre. Devo tudo à boa criação que tive!" Eis o que você vai dizer, Thomas. Você não trocaria esses dois mil versículos por nenhum dinheiro do mundo. Não, não trocaria. E agora você não se incomodaria de me dizer alguma coisa que decorou — tenho certeza de que não vai se incomodar —, pois temos orgulho de meninos que decoram. Ora, sem dúvida você sabe os nomes dos doze apóstolos. Poderia nos dizer os nomes dos dois primeiros?

Tom estava morrendo de vergonha. Ficou corado e baixou os olhos. O coração do sr. Walters afundou dentro do peito, sem acreditar que ele não soubesse responder a uma pergunta tão simples. Por que o juiz havia perguntado isso? No entanto, sentiu-se obrigado a falar alguma coisa.

— Responda ao cavalheiro, Thomas. Não tenha medo.

Tom continuava envergonhado.

— Agora, sei que você sabe — disse a senhora. — Os dois primeiros apóstolos foram...

— Davi e Golias!

O restante da cena não precisa ser contado.

5

Por volta das dez e meia, o sino rachado da igrejinha começou a badalar, e o povo começou a se reunir para o sermão da manhã. As crianças da escola dominical se distribuíram pela casa e ocuparam os bancos com os pais, de modo a ficarem sob sua supervisão. Tia Polly chegou, e Tom, Sid e Mary se sentaram com ela. Tom se sentou no corredor, para que pudesse ficar o mais longe possível da janela aberta e dos sedutores cenários do verão lá fora.

A multidão lotou os corredores: o velho e exigente agente do correio, que já vira melhores dias; o prefeito e a esposa — tinham prefeito por lá, entre outras coisas supérfluas; o juiz de paz; a viúva Douglas, bela, sagaz e quarentona, uma alma generosa, de bom coração e bem de vida, dona do único palacete da cidade, a mais hospitaleira e farta em termos de festividades de que St. Petersburg poderia se gabar; o curvado e venerável Major e a sra. Ward; o advogado Riverson, nova celebridade da região; ao lado, a beldade da vila, seguida por uma tropa de jovens destruidoras de corações em vestidos de algodão com fitas; depois, todos os jovens funcionários da cidade unidos — pois tinham ficado no vestíbulo chupando o castão das próprias bengalas, uma parede circular de admiradores emplastrados e risonhos, até que a última garota passasse pelo corredor que formavam; por último, veio o Menino Exemplar, Willie Mufferson, tomando um cuidado tão extremo com a mãe que era como se ela fosse de vidro. Ele sempre a levava à igreja e era o orgulho de todas as matronas. Os meninos todos o odiavam porque ele era bom demais. Além do mais, era sempre "usado como exemplo contra eles".

Seu lenço branco ficava aparecendo no bolso de trás, como sempre aos domingos — acidentalmente. Tom não tinha lenço e achava esnobes os meninos que tinham.

Com a congregação totalmente reunida, o sino tocou mais uma vez, para avisar aos relapsos e atrasados, e um silêncio solene se formou na igreja, só rompido por cochichos do coro na galeria. O coro sempre ficava cochichando e sussurrando durante todo o serviço. Já houve um coro de igreja que não era mal-educado, mas me esqueci de onde era. Faz muitos e muitos anos, não consigo lembrar alguma coisa a respeito dele, mas acho que era num país estrangeiro.

O ministro começou o hino, lendo-o inteiro com gosto, num estilo peculiar muito admirado naquela parte do país. Sua voz começou em tom médio e foi subindo aos poucos até atingir certa altura, em que permaneceu com forte ênfase na palavra mais aguda, de onde mergulhou na sequência como de um trampolim:

Devo ser levado ao céu
Em flóridos campos de paz,
Enquanto outros lutam pelo troféu
Em mares de sangue fatais...

Ele era considerado um leitor magnífico. Nos eventos "sociais", era sempre chamado para ler poesia. Ao terminar, as mulheres ergueram as mãos, deixaram-nas cair desamparadas no colo, "cobriram" os olhos e balançaram a cabeça, como se dissessem: "Não há palavras capazes de expressar isso. É bonito demais, bonito DEMAIS para este mundo mortal".

Depois de cantado o hino, o reverendo Sprague se virou para uma tabela a fim de ler "avisos" de reuniões, eventos sociais e coisas assim. Parecia que a lista se estenderia até o fim do mundo. É um estranho costume ainda presente nos Estados Unidos, mesmo nesta era abundante de jornais. No mais das vezes, quanto menos justificável for um costume tradicional, mais difícil é se livrar dele.

O pastor fez sua oração, uma boa oração, generosa e cheia de detalhes. Pedia pela igreja, pelas criancinhas da igreja, pelas outras igrejas da vila, pela vila em si, pelo país, pelo estado, pelos oficiais do estado; pelas igrejas do país; pelo Congresso; pelo presidente; pelos funcionários do governo; pelos pobres marinheiros, lançados em mares bravios; pelos milhões de oprimidos que gemiam sob o jugo de monarquias europeias e despotismos orientais; por aqueles que estavam diante da luz e da boa-nova, mas não tinham olhos para ver nem ouvidos para escutar; pelos pagãos das ilhas remotas do oceano. Encerrou com uma súplica para que as palavras que proferia encontrassem a graça, o favor, e fossem como sementes lançadas em terra fértil, que dariam com o tempo uma bem-vinda colheita de bondade. Amém.

Houve um farfalhar de vestidos, e a congregação, que estava de pé, se sentou. O menino cuja história este livro relata não gostou da oração; apenas a suportou calado, se é que chegou a tanto. Ficou inquieto durante a oração inteira, acompanhando os detalhes inconscientemente — não estava ouvindo, mas conhecia bem o terreno e o trajeto de costume do pastor. Quando algum novo material era intercalado, por mínimo que fosse, seu ouvido detectava, e todo o seu ser se ressentia daquilo. Ele considerava injustos os acréscimos, algo inescrupuloso. No meio da oração, uma mosca pousou no encosto do banco da frente e torturou o espírito de Tom, que esfregou calmamente as mãos, envolvendo a cabeça nos braços e polindo-a com tanto vigor que parecia que ia arrancá-la do corpo. O fio delgado do pescoço do inseto ficou exposto à vista. A mosca raspou as asas com as pernas de trás e as alisou rente ao corpo como se fossem caudas de casaca, perfazendo toda a toalete tranquilamente, como se soubesse estar em perfeita segurança. De fato estava, porque, mesmo que as mãos de Tom estivessem se coçando de vontade de agarrar aquela mosca, não ousariam. Ele acreditava que sua alma seria destruída no mesmo instante se fizesse tal coisa durante a oração. Mas sua mão começou a se curvar, a avançar, e no momento do "Amém" a mosca foi feita prisioneira de guerra. A tia flagrou o ato e o obrigou a soltá-la.

O pastor disse seu texto e percorreu monotonamente um argumento tão prosaico que muitas cabeças aqui e ali começaram a cair de sono. No entanto, era um argumento que lidava como o fogo e o enxofre eternos, reduzindo os eleitos predestinados a um grupo tão pequeno que mal valia a pena tentar salvá-los.

Tom contou as páginas do sermão. Depois do culto, sempre sabia quantas páginas haviam sido, mas quase nunca entendia nada do conteúdo. Dessa vez, porém, ficou realmente interessado por alguns momentos. O pastor formou uma imagem grandiosa e comovente da reunião das hostes no fim dos tempos, quando o leão e o cordeiro se deitarão juntos e um menino os guiará.

A questão, a lição e a moral do grande espetáculo, todavia, não diziam nada ao menino, que só pensava na proeminência do personagem principal diante de todas as nações a observá-lo. Seu semblante se iluminou com esse pensamento, e ele disse a si mesmo que gostaria de ser aquele menino, caso o leão fosse manso.

Então, voltou a sofrer, porquanto o árido argumento foi retomado. Nisso se lembrou de um tesouro que tinha consigo e o tirou do bolso. Era um grande besouro preto com uma mandíbula formidável — um "beliscador", como o chamava. Estava numa caixa de munição. A primeira coisa que o besouro fez foi agarrar seu dedo. Um peteleco natural se seguiu, o besouro caiu no corredor, virado de costas, e o dedo ferido entrou na boca do menino. O besouro ficou ali deitado, mexendo as pernas inutilmente, incapaz de se virar. Tom ficou olhando o besouro caído, ansioso, mas fora de seu alcance. Outros desinteressados no sermão encontraram alívio no besouro e também ficaram olhando. De repente, um poodle, de coração triste, veio à toa, preguiçoso com a suavidade e a tranquilidade do verão, cansado do cativeiro, suspirando por mudanças. Espiou o besouro, e o rabo caído se levantou, agitando-se. Avaliou o banquete: andou em volta dele, farejou-o a uma distância segura, rodeou-o outra vez, tomou coragem e chegou mais perto. Ergueu o lábio e tentou abocanhar o inseto com cautela, mas errou. Tentou de novo e de novo. Começou a gostar da brincadeira. Deitou-se de bruços, com o besouro entre as patas, e continuou seus experimentos. Exausto, acabou ficando indiferente e alheio. Cabeceou de sono e, pouco a pouco, seu queixo foi descendo até encostar no inimigo, que o beliscou. Houve um latido alto. A cabeça do poodle se agitou, e o besouro foi lançado a poucos metros dali, mais uma vez de costas no chão.

Os espectadores mais próximos deram risada com uma delicada alegria introspectiva, diversos rostos se esconderam atrás de leques e lenços, e Tom ficou muito feliz. O cachorro parecia tolo, e provavelmente se sentia assim. Mas havia um ressentimento em seu coração e um desejo de vingança. Dessa forma, ele foi até o besouro e começou a atacá-lo novamente com cautela, saltando sobre ele de todos os pontos de um círculo, pousando as patas dianteiras a menos de três centímetros da criatura, tentando abocanhá-la cada vez mais de perto com os dentes e sacudindo a cabeça até suas orelhas baterem como asas. Mais uma vez, entretanto, cansou-se daquilo depois de algum tempo. Tentou se divertir com uma mosca, mas não adiantou. Seguiu o trajeto de uma formiga, com o focinho perto do chão, e logo ficou entediado com aquilo. Bocejou, suspirou, esqueceu completamente o besouro e se sentou em cima dele. Então, ouviu-se um ganido selvagem de agonia, e o poodle foi se arrastando pelo corredor. Os ganidos e o cão continuaram. Ele atravessou a casa na frente do altar, voltou correndo pelo outro corredor, passou pela frente da porta, fez aos prantos o trecho final — sua angústia crescia à medida que avançava —, até que enfim se tornou um mero cometa lanoso se movendo na própria órbita com o clarão e a velocidade da luz. Enfim, o frenético sofredor mudou seu trajeto e se atirou no colo do dono, que o atirou pela janela. A voz de aflição rapidamente foi sumindo até morrer na distância.

A essa altura, a igreja inteira estava vermelha e sufocando de risos contidos, e o sermão precisou acabar no ponto em que estava. O discurso, então, foi retomado, mas sem graça, hesitante, encerrando toda a possibilidade de causar boa impressão, já que até o sentimento mais grave era muitas vezes recebido com um acesso reprimido de júbilo profano, escondido atrás do encosto de um banco remoto, como se o pobre pastor tivesse dito algo burlesco. Foi um alívio genuíno para toda a congregação quando o sacrifício terminou e as bênçãos foram pronunciadas.

Tom Sawyer foi para casa bastante animado, pensando que existia, enfim, alguma satisfação no serviço divino quando havia um pouco de variedade. Ele tinha só um pensamento que o contrariava. Estava disposto a deixar o cachorro brincar com seu besouro beliscador, mas não achou certo da parte dele tê-lo levado embora.

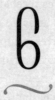

A MANHÃ DE segunda-feira encontrou Tom Sawyer angustiado. Estava sempre assim nas manhãs de segunda-feira, porque começava outra vez o lento sofrimento semanal da escola. Geralmente, ele começava esses dias desejando não ter tido o intervalo do fim de semana, o que tornava a volta ao cativeiro e aos grilhões muito mais odiosa.

Tom ficou deitado pensando, então lhe ocorreu que queria mesmo estar doente, pois assim poderia ficar em casa e faltar à aula. Eis uma vaga possibilidade. Avaliou suas condições. Nenhum machucado foi encontrado. Investigou novamente. Dessa vez, pensou ter detectado sintomas de cólica e começou a encorajá-los com considerável esperança. Mas eles logo ficaram fracos e sumiram por completo. O menino refletiu mais um pouco. De repente, descobriu alguma coisa. Um de seus dentes de cima, na frente, estava mole. Estava prestes a começar a gemer quando lhe ocorreu que, se levasse seu caso ao tribunal com aquele argumento, a tia arrancaria o dente fora, o que iria doer. Então, achou melhor preservar o dente por ora e investigar mais.

Nada apareceu por mais algum tempo, até que se lembrou de ter ouvido o médico falar de uma doença que deixava o paciente duas ou três semanas de cama e podia levar à perda de um dedo. Então, num segundo, tirou o dedo machucado do pé para fora do lençol e o estendeu para inspeção, mesmo sem saber os sintomas necessários. No entanto, parecia valer a pena arriscar, de modo que se deitou gemendo com considerável entusiasmo.

Sid, porém, dormia inconsciente.

Tom gemeu mais alto, fingindo sentir dor no dedo do pé.

Nada de Sid.

Tom estava ofegante de tanto esforço a essa altura. Descansou um pouco, tomou fôlego e emendou uma sucessão de admiráveis gemidos.

Sid roncava.

Tom ficou irritado, chamou por Sid duas vezes e o sacudiu. Funcionou, portanto começou a gemer de novo. Sid bocejou, espreguiçou-se, apoiou-se no cotovelo, fungando, e começou a encarar Tom, que continuou gemendo. Sid perguntou:

— Tom! Fale alguma coisa, Tom! — Sem resposta. — Ei, Tom! TOM! O que houve, Tom?

Ele o sacudiu e olhou aflito para o rosto do primo.

Tom se lamentou:

— Não, Sid. Não me sacode.

— Ora, o que foi, Tom? Vou chamar a titia.

— Não, deixa. Vai passar aos poucos, talvez. Não chame ninguém.

— Mas tenho que chamar! Pare de gemer assim, Tom, é horrível. Há quanto tempo você está assim?

— Horas. Ai! Oh, não me sacode assim, Sid. Vai acabar me matando.

— Tom, por que você não me acordou antes? Tom, pare! Estou tremendo só de ouvir você gemer. O que aconteceu?

— Eu te perdoo por tudo, Sid. — Gemido. — Tudo o que você já fez para mim. Quando eu morrer...

— Oh, Tom, você não vai morrer, é? Não, Tom. Não morra. Talvez...

— Perdoo todo mundo, Sid. — Gemido. — Diga isso a todo mundo. Dê minha esquadria de janela e meu gato caolho para aquela menina nova que se mudou para cá. Diga a ela...

Sid, contudo, já havia pegado suas roupas e saído. Tom estava sofrendo de verdade, tamanha era sua imaginação. Seus gemidos adquiriram um tom bastante genuíno.

Sid desceu correndo e avisou:

— Tia Polly, venha logo! O Tom está morrendo!

— Morrendo?

— Sim, senhora. Não dá para esperar. Venha já.

— Bobagem! Não acredito!

Mesmo assim, ela subiu correndo, com Sid e Mary logo atrás. Seu rosto ficou pálido e seus lábios, trêmulos. Ao chegar ao lado da cama, exclamou:

— Ei, Tom! Tom, o que você tem?

— Oh, titia, estou...

— O que houve com você? O que há de errado com você, menino?

— Oh, titia, meu dedo do pé está morto!

A velha senhora afundou na cadeira e riu um pouco, depois chorou um pouco e, então, fez as duas coisas ao mesmo tempo. Revigorada, comentou:

— Que susto você me deu! Agora, pare com essa bobagem e saia já dessa cama.

Os gemidos pararam e a dor no dedo do pé passou. O menino se sentiu fazendo papel de bobo e enunciou:

— Tia Polly, parecia que meu dedo estava morto. Estava doendo tanto que nem dei importância ao meu dente mole.

— Dente mole? Qual é o problema com seu dente agora?

— Um deles está mole e eu estou com uma dor insuportável.

— Entendi. Não comece a gemer de novo. Abra a boca. Bem. Seu dente está mole, mas você não vai morrer por isso. Mary, vá buscar uma linha de seda e traga um carvão em brasa da cozinha.

Tom clamou:

— Por favor, titia, não arranque. Não está mais doendo. Quero ficar paralítico se estiver doendo. Por favor, titia, não. Não quero ficar em casa e faltar à escola.

— Não quer, é? Quer dizer que todo esse alvoroço é porque achou que poderia ficar em casa e não ir à escola para pescar? Tom, Tom, eu te amo tanto! Você parece fazer tudo que pode para partir meu coração com suas maldades.

A essa altura, os instrumentos dentais já estavam prontos. A velha senhora amarrou uma ponta da linha de seda no dente de Tom e a outra no poste da cama. Depois, pegou o carvão em brasa e quase encostou no rosto do menino. O dente agora estava pendurado no poste da cama.

Todo sacrifício, todavia, traz sua compensação. No caminho para a escola, após o café da manhã, Tom causou inveja em todos os meninos que encontrou, porque o vazio na fileira superior de dentes lhe permitia expectorar de maneira nova e admirável. Em torno dele, formou-se um bando de seguidores interessados nessa exibição. Um deles, que havia cortado o dedo da mão e vinha sendo o centro do fascínio e das homenagens até o momento, viu-se subitamente sem adeptos, desdenhado em sua glória. Com o coração pesado, o menino disse com desdém que não achava grande coisa cuspir como Tom Sawyer, mas outro menino disse: "A raposa e as uvas!",* e ele foi embora como um herói destituído.

Logo Tom deparou com o pária juvenil da vila, Huckleberry Finn, filho do bêbado da cidade. Huckleberry era odiado e temido por todas as mães da cidade por ser desocupado, baderneiro, vulgar e mau, e também porque todos os filhos o admiravam muito, adoravam partilhar sua companhia proibida e queriam ter coragem de ser como ele.

Tom era como o resto dos meninos respeitáveis no fato de invejar a condição aberrante de excluído de Huckleberry e de ter ordem estrita de não brincar com ele, de modo que ele brincava com ele sempre que tinha uma oportunidade. Huckleberry estava sempre vestido com roupas de adulto jogadas fora, sempre floridas e em trapos. Seu chapéu era uma ruína com uma larga meia-lua arrancada da aba. Seu casaco, quando usava um, ia quase até os tornozelos e os botões de trás ficavam muito abaixo da cintura. Um único suspensório sustentava suas

....
* Esopo (620-560 a.C.), *Fábulas*, "A raposa e as uvas", recontada por La Fontaine (1621-1695). (N. do T.)

calças. O traseiro da calça ficava frouxo e vazio, as pernas esfarrapadas arrastavam na lama quando não estavam arregaçadas.

Huckleberry ia e vinha a seu bel-prazer. Dormia nas escadas no tempo bom e em barris no tempo úmido; não precisava ir à escola, nem à igreja, nem chamar qualquer pessoa de senhor, nem obedecer a ninguém; podia ir pescar ou nadar quando e onde escolhesse, ficando o tempo que desejasse; ninguém o impedia de brigar; podia ficar acordado à noite e dormir a hora que quisesse; era sempre o primeiro menino a sair descalço na primavera e o último a calçar as botas no outono; nunca precisava tomar banho nem vestir roupas limpas; era capaz de xingar como ninguém. Em suma, tudo o que torna a vida preciosa, aquele menino tinha. Era o que pensavam todos os meninos respeitáveis, atormentados e reprimidos de St. Petersburg.

Tom saudou o romântico excluído:

— Olá, Huckleberry.

— Olá para você também. Diga o que acha disso.

— O que você tem aí?

— Um gato morto.

— Deixa eu ver, Huck. Jesus, está bem duro! Onde você achou?

— Comprei de um menino.

— O que deu em troca?

— Um bilhete azul e uma bexiga de boi que peguei no matadouro.

— Onde arranjou o bilhete azul?

— Comprei do Ben Rogers faz duas semanas por um arame de rolar aro.

— Ora... E para que serve um gato morto, Huck?

— Para quê? Para curar verruga.

— Não! É sério? Sei de uma coisa melhor.

— Aposto que não é. O que é?

— Ora, água parada.

— Água parada! Não acredito em água parada.

— Mal dá para acreditar, não é? Mas já experimentou?

— Não, eu não. Mas o Bob Tanner já.

— Quem disse?

— Ora, ele disse ao Jeff Thatcher, que contou ao Johnny Baker, que contou ao Jim Hollis, que contou ao Ben Rogers, que contou a um escravo, que me contou.

— Bem, mas e daí? São todos mentirosos, principalmente o escravo. Não sei que escravo é esse, mas nunca vi um escravo que não fosse mentiroso. Jesus! Agora me diga como o Bob Tanner fez, Huck.

— Ele enfiou a mão num cepo podre em que havia água de chuva parada.

— Durante o dia?

— Certamente.

— Com a cara virada para o cepo?

— Sim. Pelo menos, acho que sim.

— Ele falou alguma coisa?

— Acho que não. Não sei.

— Aham! Curar verruga com água parada desse jeito?! Ora, assim não adianta nada. Você tem que ir sozinho para o meio da floresta, onde sabe que há um cepo com água parada, e só quando der meia-noite você chega de costas para o cepo, enfia a mão dentro e fala: "Cevadinha, cevadinha, mingau de milho de índio, água parada, água parada, nessa verruga dê fim". Depois saia depressa, dando onze passos de olhos fechados, dê três voltas e vá para casa sem falar com ninguém. Porque se falar passa o encanto.

— Bem, parece um bom jeito, mas não foi assim que o Bob Tanner fez.

— Não, senhor, pode apostar que ele não fez, porque é o menino mais verruguento desta cidade. Ele não teria nenhuma verruga se soubesse usar água parada. Já tirei milhares de verrugas da minha mão desse jeito, Huck. Brinco muito com rã e elas sempre têm muitas verrugas. Às vezes arranco com feijão.

— Sei, feijão é bom. Já usei também.

— Já usou? Como fez?

— Você abre o feijão no meio, corta a verruga até sair um pouco de sangue, põe o sangue no feijão; cava um buraco, enterra por volta da meia-noite na encruzilhada, sob a lua nova, e depois queima o resto do feijão. Você vai ver que o pedaço com sangue vai continuar puxando, puxando, para atrair o outro pedaço, e assim ajuda o sangue a expulsar a verruga, que logo some.

— Sim, é assim mesmo, Huck. Só que, quando você está enterrando, se disser "Vai, feijão. Fora, verruga, e não volte mais a me incomodar!", é ainda melhor. É assim que o Joe Harper faz. Ele já foi quase até Coonville e esteve quase em toda parte. Mas me diga: como tira verruga com gato morto?

— Você pega o gato morto e vai a um cemitério antes de dar meia-noite, quando alguém muito malvado for enterrado. Quando der meia-noite virá um demônio, talvez dois ou três, mas você não conseguirá vê-los. Só vai ouvir o vento, ou talvez os demônios conversando. Quando eles estiverem levando o morto embora, você mostra o gato para eles e fala: "Diabo segue cadáver, gato segue diabo, verruga segue gato, já chega!" Isso vai tirar todas as verrugas.

— Parece bom. Você já tentou, Huck?

— Não, mas a velha Mãe Hopkins me ensinou.

— Bem, então acho que é verdade. Porque dizem que ela é bruxa.

— Jesus! Tenho certeza de que ela é: Ela enfeitiçou meu pai. Meu pai mesmo falou. Ele chegou um dia e viu que ela estava fazendo um feitiço para ele, então pegou uma pedra. Se ela não tivesse desviado, ele teria acertado. Naquela mesma noite, ele caiu de um telheiro onde estava dormindo bêbado e quebrou o braço.

— Que horror! Como ele sabia que o feitiço era para ele?

— Jesus, o meu pai sabe. Ele diz que quando ficam olhando firme para você, estão enfeitiçando, especialmente se murmuram alguma coisa. Quando murmuram, estão dizendo o pai-nosso ao contrário.

— Ei, Hucky, quando vai experimentar o gato?

— Hoje à noite. Parece que os demônios virão buscar a alma do velho Hoss Williams hoje à noite.

— Mas ele foi enterrado no sábado. Será que já não levaram no sábado à noite?

— Como você diz uma coisa dessas? Como o feitiço pode funcionar até a meia-noite? Além do mais, é domingo, e os demônios não saem muito aos domingos, acho.

— Nunca havia pensado nisso. É verdade. Posso ir com você?

— Claro. Se não for medroso.

— Medroso! Até parece. Você vai miar para me chamar?

— Sim. E você mia em resposta, se puder. Da última vez você me fez ficar miando até o velho Hays atirar pedras em mim e me xingar. Joguei um tijolo na janela dele. Mas não vá contar para ninguém.

— Pode deixar. Naquela noite não pude miar porque minha tia estava de olho em mim, mas dessa vez mio. O que é isso?

— Só um carrapato.

— Onde o arranjou?

— Aí no mato.

— E para que serve?

— Não sei. Mas não quero vender.

— Tudo bem. É um carrapatinho bem pequeno, na verdade.

— Qualquer pessoa pode desmerecer o carrapato alheio. Estou satisfeito com esse. É um carrapato bom o suficiente para mim.

— Claro, carrapato é o que não falta. Eu poderia ter mil carrapatos, se quisesse.

— Então por que você não tem? Porque sabe muito bem que não dá. Este carrapato é prematuro, eu diria. É o primeiro que vejo este ano.

— Ei, Huck, eu lhe dou meu dente pelo carrapato.

— Deixa eu ver.

Tom tirou um pedaço de papel e, cuidadosamente, o desenrolou. Huckleberry o observou, melancólico. A tentação era muito forte. Enfim, ele disse:

— É um dente de verdade?

Tom ergueu o lábio e mostrou o vazio entre os dentes.

— Bem, está certo — respondeu Huckleberry. — Negócio fechado.

Tom trancou o carrapato na caixa de munição que ultimamente vinha sendo a prisão do besouro beliscador e os meninos se separaram, ambos se sentindo mais ricos do que antes.

Quando Tom chegou à pequena e isolada escola, acelerou o passo, como alguém que vinha de casa na maior velocidade possível. Pendurou seu chapéu e foi correndo se sentar com a alegria de um comerciante. O professor, no alto de sua grandiosa poltrona de assento de palha trançada, estava cochilando, embalado pelo sonolento rumor do estudo. A interrupção o despertou.

— Thomas Sawyer!

Tom sabia que quando seu nome era pronunciado completo significava problema.

— Pois não, senhor?

— Venha cá. Agora, senhorzinho. Por que se atrasou, como sempre?

Tom estava prestes a se refugiar numa mentira quando viu duas longas tranças de cabelo loiro descendo pelas costas. Ao lado daquela figura estava o único lugar vazio do lado das meninas. Ele respondeu:

— Parei para conversar com Huckleberry Finn.

O coração do professor quase parou. Ele ficou olhando desoladamente para o menino e o burburinho do estudo cessou. Os alunos se perguntaram se aquele menino tolo havia enlouquecido. O professor indagou:

— Você... você fez o quê?

— Parei para conversar com o Huckleberry Finn.

Não havia nenhuma confusão de palavras.

— Thomas Sawyer, esta é a confissão mais espantosa que já ouvi na vida. Uma ofensa dessas não se paga só com a palmatória. Tire a jaqueta.

O braço do professor subiu e desceu até ficar cansado. Seu estoque de varas quase se esgotou. Então, veio a ordem:

— Agora, senhorzinho, vá se sentar com as meninas! E que isso lhe sirva de lição.

Os risinhos ondularam pela sala e embaraçaram o menino, mas na realidade o resultado foi causado mais pela adoração reverente de seu ídolo desconhecido e pelo temeroso prazer que lhe esperava em sua grande bem-aventurança. Ele se sentou na ponta do banco de pinho e a menina recuou virando a cabeça. Cutucões, piscadelas e cochichos atravessaram a sala, mas Tom continuou sentado, com os braços sobre a comprida e baixa carteira diante de si. Parecia estudar seu livro.

Aos poucos a atenção foi se desviando dele, e o rumor escolar de costume encheu o ar parado mais uma vez. Então, o menino começou a olhar furtivamente de relance para a menina, que ficou observando, "fez um bico" para ele e lhe deu as costas durante um minuto. Quando ela cuidadosamente voltou a virar o rosto, havia um pêssego na sua frente sobre a carteira. Ela afastou a fruta com a mão e Tom gentilmente a devolveu. A garota tornou a empurrar o pêssego, mas com menos animosidade. Tom mais uma vez o pôs na frente dela, que dessa vez o deixou ficar. O menino rabiscou em sua lousinha de ardósia: "Por favor, aceite. Tenho mais". A menina olhou de relance as palavras, mas não fez nenhum sinal em resposta. Ele, então, começou a desenhar algo na lousinha, escondendo o desenho com a mão esquerda. Por algum tempo, a menina se recusou a olhar, mas sua curiosidade humana começou a se manifestar por sinais quase imperceptíveis. O menino continuou desenhando, aparentemente inconsciente. A menina fez uma espécie de tentativa discreta de olhar, mas o menino não deu sinal de que estava percebendo nada disso. Enfim, ela cedeu e sussurrou:

— Deixa eu ver.

Tom descobriu uma parte de uma sofrível caricatura de uma casa com duas janelas e um saca-rolhas de fumaça saindo da chaminé. Ela contemplou o desenho por um momento e pediu:

— Ficou bom. Agora faça um homem.

O artista erigiu um homem no jardim da frente, do tamanho de uma torre. O desenho do homem era maior que a casa, mas a menina não era muito crítica. Ficou contente com o monstro e sussurrou:

— Ficou um belo homem. Agora me faça chegando.

Tom desenhou uma ampulheta com uma lua cheia em cima, braços e pernas de palito, e armou os dedos de um portentoso leque. A menina disse:

— Está cada vez mais bonito. Quem me dera saber desenhar.

— É fácil — sussurrou Tom. — Eu te ensino.

— Você jura? Quando?

— À tarde. Você volta para comer em casa?

— Se você ficar, eu fico.

— Ótimo, combinado. Como você se chama?

— Becky Thatcher. E você? Ah, eu sei. Thomas Sawyer.

— Esse é o meu nome quando me dão bronca. Quando sou bonzinho, é Tom. Você pode me chamar de Tom?

— Sim.

Tom começou a rabiscar alguma coisa na lousinha, escondendo as palavras da menina. Mas dessa vez ela não estava de costas e implorou para ver. Tom respondeu:

— Não é nada.

— É, sim.

— Não é, não. Você não vai querer ver.

— Vou, sim. Na verdade, quero ver. Por favor.

— Você vai contar para todo mundo.

— Não vou. Juro, juro, juro que não vou.

— Não vai contar para ninguém mesmo? Nunca, enquanto estiver viva?

— Não vou contar nunca, para ninguém. Agora deixa eu ver.

— Você não vai querer ver!

— Agora que você provocou, vou ver.

Ela pôs sua mãozinha sobre a dele e seguiu-se um breve contratempo. Tom fingia resistir, mas deixava a mão deslizar aos poucos, até que as seguintes palavras foram reveladas: "Eu te amo".

— Seu malvado!

Ela deu um rápido tapinha na mão dele, mas ficou corada e pareceu contente mesmo assim.

Nesse exato momento, o menino sentiu um puxão lento e fatídico na orelha, e um forte impulso para cima. Dessa maneira, foi levado pela sala e depositado em sua própria carteira, sob o fogo provocante de risinhos da classe toda. O professor parou diante dele por um momento e voltou para seu trono sem dizer nada.

Embora a orelha de Tom estivesse doendo, seu coração estava em festa.

Conforme a classe se acalmou, Tom fez um honesto esforço para estudar, mas o turbilhão dentro de si era grande demais. Ficou sentado na aula de leitura, mas não aprendeu nada. Na aula de geografia, transformou lagos em montanhas, montanhas em rios e rios em continentes, até que o caos se instaurasse outra vez. Depois, na hora de soletrar, "foi derrotado" por uma série de palavras fáceis, a ponto de errar todas e ter de entregar a medalha de lata que usara com orgulho durante meses.

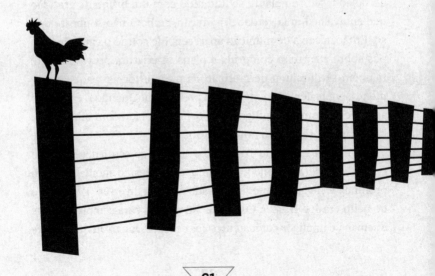

QUANTO MAIS Tom tentava concentrar seus pensamentos no livro, mais suas ideias divagavam. Até que, com um suspiro e um bocejo, desistiu. Parecia-lhe que o intervalo do meio-dia não chegaria nunca. O murmúrio sonolento dos vinte e cinco alunos estudando aliviava a alma como o encanto do murmúrio das abelhas.

Lá longe, sob o sol flamejante, Cardiff Hill erguia suas vertentes verdejantes e macias através de um véu cintilante de calor, tingida com o púrpura da distância. Alguns passarinhos flutuavam com asas preguiçosas bem alto no ar; nenhum outro ser vivo era visível além de algumas vacas, e mesmo elas estavam dormindo. O coração de Tom doía de vontade de ser livre ou de ter outro interesse para passar aquelas horas pavorosas. Sua mão tateou dentro do bolso e seu semblante se iluminou com um brilho de gratidão que equivalia a uma verdadeira oração, embora não soubesse disso. Então, a caixa de munição apareceu. Ele soltou o carrapato e o pôs sobre a carteira comprida e plana. A criatura provavelmente também se iluminou de gratidão da mesma forma, naquele momento, equivalendo a uma oração prematura. Quando o carrapato agradecido começou a fugir, Tom o virou de lado com um alfinete e o obrigou a seguir em nova direção.

O melhor amigo de Tom veio se sentar ao seu lado, sofrendo como Tom viera sofrendo até então, e no mesmo momento ficou profunda e aliviadamente interessado naquela diversão. Esse amigo do peito era Joe Harper. Os dois eram amigos para sempre durante a semana e inimigos combatentes aos sábados. Joe tirou um alfinete da lapela e começou a ajudar a exercitar o prisioneiro. O esporte foi ficando cada vez mais interessante. Logo Tom disse que estavam interferindo um alfinete com o outro, e nenhum dos dois estava aproveitando o carrapato. Ele pôs a lousinha de Joe sobre a carteira e traçou uma linha no meio de cima a baixo.

— Pronto! Enquanto ele estiver no seu lado, você pode mexer como quiser com ele que eu deixo ele em paz. Mas se você deixar fugir e ele vier para o meu lado, posso ficar com ele enquanto não atravessar para o seu.

— Está bem. Vamos, comece você.

O carrapato escapou de Tom e atravessou o equador. Joe o incomodou um pouco e o carrapato atravessou de volta. Essa mudança de base ocorreu com frequência. Enquanto um menino se preocupava com o carrapato com absorto interesse, o outro ficava olhando com o mesmo interesse, com as duas cabeças inclinadas juntas sobre a lousinha e as duas almas mortas para todo o resto do mundo. Enfim a sorte pareceu se fixar em Joe. O carrapato tentou isso e aquilo, e aquilo outro, e ficou tão excitado e aflito quanto os próprios garotos. Na hora em que o inseto parecia que ia escapar ao seu comando e os dedos de Tom já se coçavam para ser sua vez, o alfinete de Joe o capturava e conservava o carrapato. Tom não suportou mais aquilo. A tentação era forte demais. Ele estendeu o braço e deu uma ajuda com o alfinete. Joe ficou logo irritado e reclamou:

— Tom, deixa o carrapato decidir.

— Só estou tentando animá-lo um pouco.

— Deixa o carrapato em paz, estou dizendo.

— Não quero.

— Você tem que deixar. O carrapato está do meu lado da linha.

— Escuta aqui, Joe Harper, de quem é o carrapato?

— Não interessa de quem é o carrapato. Ele está do meu lado da linha e você não pode encostar nele agora.

— Bem, mas acho que vou encostar. O carrapato é meu e faço o que bem entender com ele. Quem não concordar, morra discordando.

Um tremendo golpe atingiu os ombros de Tom e foi duplicado em Joe. Pelo espaço de dois minutos, a poeira continuou subindo das duas jaquetas e a classe inteira aproveitou para assistir. Os meninos estavam absortos demais para reparar no silêncio que se fez quando o professor foi na ponta dos pés até eles e parou. Ele assistiu a boa parte da cena antes de contribuir com sua parcela de variedade.

Quando a turma foi liberada, ao meio-dia, Tom foi correndo até Becky Thatcher e sussurrou no ouvido dela:

— Ponha seu chapéu e faça como se estivesse indo para casa. Quando chegar à esquina, despiste os outros e volte pela alameda para cá. Vou pelo outro lado e farei a mesma coisa.

Assim, um foi embora com um grupo de alunos; o outro, com estudantes diferentes. Dali a pouco, os dois se encontraram na alameda. Ao chegarem à escola, estavam a sós. Eles se sentaram juntos, com a lousinha diante deles. Tom deu a Becky o giz e segurou sua mão dentro da dele, criando outra casa surpreendente. Quando o interesse pela arte começou a passar, os dois começaram a conversar. Tom nadava em êxtase. Ele perguntou:

— Você gosta de rato?

— Não! Odeio!

— Bem, eu também. Rato vivo. Mas quero dizer rato morto, que dá para amarrar um barbante e girar sobre a cabeça.

— Não, também não gosto. Gosto de goma de mascar.

— Eu também. Quem dera eu tivesse um chiclete agora.

— Você quer? Eu tenho. Vou deixar você mascar um pouco, mas depois você me devolve.

Acharam bom. Revezaram-se mascando e balançaram as pernas no banco num excesso de contentamento.

— Você já foi ao circo? — indagou Tom.

— Já, e meu pai vai me levar de novo algum dia, se eu for boazinha.

— Já fui ao circo umas três ou quatro vezes. Muitas vezes. Igreja nem se compara com circo. No circo, sempre tem alguma coisa acontecendo. Quando eu crescer, vou ser palhaço de circo.

— Jura? Isso seria ótimo. Adoro os palhaços, com aquelas roupas de bolas coloridas.

— Isso, isso mesmo. E eles ganham rios de dinheiro. Quase um dólar por dia, segundo o Ben Rogers. Diga, Becky, você já está prometida?

— O que é isso?

— Ora, para casar.

— Não.

— Você gostaria?

— Acho que sim. Não sei. Como é?

— Como é? É diferente de tudo. Basta você dizer a um menino que nunca mais vai querer nenhum outro além dele, para todo o sempre, dá um beijo e acabou. Qualquer pessoa pode.

— Beijo? Beijo para quê?

— Isso, você sabe, é para... Bem, as pessoas sempre fazem assim.

— Todo mundo?

— Sim, todo mundo que se ama. Você lembra o que escrevi na lousa?

— Le... lembro, sim.

— E o que era?

— Não posso falar.

— Posso então falar?

— Po... pode... mas não agora.

— Não, tem que ser agora.

— Não, agora não. A... amanhã.

— Não, agora. Por favor, Becky. Sussurro no seu ouvido, sussurro, é fácil.

Becky hesitou, Tom tomou aquilo por consentimento, passou o braço pela cintura dela e sussurrou o que havia escrito muito baixinho, com a boca próxima do ouvido dela. E acrescentou:

— Agora você sussurra para mim a mesma coisa.

Ela resistiu por algum tempo e depois disse:

— Então vire o rosto para não ver e depois digo. Mas você não pode contar para ninguém. Combinado, Tom? Você não vai contar, vai?

— Não, não vou mesmo. Agora, Becky...

Ele virou o rosto, ela se inclinou timidamente sobre ele até seu hálito agitar os cachos dele e sussurrou: "Eu... te... amo".

Depois, a menina se levantou correndo em volta de carteiras e bancos, com Tom em seu encalço. Ela se escondeu num canto, cobrindo o rosto com seu aventalzinho branco. Tom a pegou pelo pescoço e implorou:

— Pronto, Becky! Já está feito, só falta o beijo. Não tenha medo, não é nada. Por favor, Becky.

Ele puxou o avental e as mãos dela.

Aos poucos, ela cedeu e deixou as mãos soltas. Seu rosto, corado da luta, apareceu e se ofereceu. Tom beijou seus lábios vermelhos e sussurrou:

— Pronto! Agora acabou, Becky. Depois disso, para sempre, você nunca mais vai amar ninguém além de mim. Nunca, jamais, em tempo algum. Você jura?

— Juro. Nunca vou amar ninguém além de você, Tom, e você nunca vai se casar com ninguém além de mim.

— É claro, faz parte do acordo. Sempre na ida para a escola ou na volta para casa você tem que andar comigo, quando não tiver ninguém olhando. Você me escolhe e eu escolho você na hora de formar grupos, porque é assim que se faz quando a pessoa está comprometida.

— Que bom! Nunca ouvi falar nisso antes.

— É sempre divertido. Eu e a Amy Lawrence...

Os olhos arregalados dela revelaram a Tom seu erro e ele parou, confuso.

— Oh, Tom! Quer dizer que não é seu primeiro compromisso?

A menina começou a chorar, e Tom tentou corrigir:

— Não chore, Becky, não gosto mais dela.

— Gosta, sim, Tom. Você sabe que gosta.

Tom tentou passar o braço pelo seu pescoço, mas ela o empurrou, virou-se para a parede e continuou chorando. Tom tentou mais uma vez, com palavras suaves na ponta da língua, e foi repelido outra vez. Então, seu orgulho falou mais alto, ele se afastou e saiu da sala. Ficou por ali, inquieto e contrariado, por algum tempo, olhando para a porta, de quando em quando, na esperança de que ela se arrependesse e viesse procurá-lo. Mas ela não apareceu. Ele começou a se sentir mal e com medo de ter cometido um erro. Foi uma luta ferrenha dentro de si para se convencer a tentar de novo, mas tomou coragem e entrou. Becky ainda estava de costas no canto, soluçando, com o rosto apoiado à parede. O coração de Tom se despedaçou. Ele foi até ela e ficou ali um momento, sem saber exatamente como agir. Com hesitação, começou:

— Becky, eu... não gosto de mais ninguém além de você.

Nenhuma resposta, além de soluços.

— Becky! — implorou. — Você não vai dizer nada?

Mais soluços.

Tom recorreu à sua principal joia, uma maçaneta de latão que arrematava uma grade de lareira. Passou para ela, para que pudesse ver o objeto, e clamou:

— Por favor, Becky, não quer aceitar?

A garota jogou a maçaneta no chão. Tom saiu da escola e seguiu pelas colinas até chegar muito longe, não voltando mais à escola naquele dia. Depois, Becky começou a desconfiar. Correu porta afora, ele não estava. Correu para o pátio, ele não estava. Chamou:

— Tom! Volta, Tom!

Ela apurou bem os ouvidos, mas não ouviu resposta. Não havia outra companhia além do silêncio e da solidão. Sentou-se e começou a chorar de novo e a se culpar. A essa altura os professores já estavam voltando. Ela precisou esconder a tristeza, acalmar o coração partido e carregar a cruz de uma longa e tenebrosa tarde de sofrimento, sem ninguém entre aqueles desconhecidos à sua volta para compartilhar suas mágoas.

8

TOM SE esquivou para lá e para cá através de alamedas até estar bem longe do trajeto dos professores que voltavam para a escola, adotando um passo pensativo. Cruzou um pequeno "braço" duas ou três vezes, graças à superstição juvenil da época de que cruzar água confundia o perseguidor. Meia hora depois, sumiu atrás da mansão Douglas, no topo de Cardiff Hill, e a escola mal se distinguia lá embaixo no vale. Penetrou um bosque denso, tomou um caminho sem trilha até o centro do bosque e se sentou sobre os musgos, embaixo de um frondoso carvalho. Não havia sequer um zéfiro soprando nas copas. O calor morto do meio-dia acalmara até o canto dos pássaros. A natureza jazia num transe que não era rompido por nenhum som além do martelar ocasional e remoto de um pica-pau, o que parecia tornar o silêncio dominante e a sensação de solidão ainda mais profunda.

A alma do menino estava tomada de melancolia; seus sentimentos eram tão felizes quanto seu ambiente. Sentou-se ali por muito tempo, com os cotovelos nos joelhos e o queixo apoiado nas mãos, meditando. Parecia-lhe que a vida não passava de um problema, na melhor das hipóteses. Ele sentiu uma grande inveja de Jimmy Hodges, recentemente falecido. Deve ser uma grande paz, pensou ele, deitar-se, dormir e sonhar para todo o sempre, com o vento sussurrando entre as árvores, acariciando a grama e as flores sobre a sepultura, sem nada com o que se preocupar e sofrer, nunca mais. Se ele fosse bom aluno na escola dominical, poderia acabar com tudo de bom grado. Agora, quanto àquela menina... O que fizera de errado?

Nada. Estava com a melhor intenção do mundo e foi tratado feito um cachorro. Feito um cachorro, isso sim. Algum dia ela iria se arrepender, talvez quando fosse tarde demais. Ah, se ao menos ele pudesse morrer temporariamente!

O coração elástico da juventude, entretanto, não pode ser comprimido numa forma constrangida por muito tempo. Tom logo começou, sem perceber, a divagar sobre as preocupações de sua vida outra vez. E se desse as costas e desaparecesse misteriosamente? Se fosse embora — cada vez para mais longe, para países desconhecidos no além-mar — e nunca mais voltasse? Como ela se sentiria?

A ideia de ser palhaço voltou à sua mente, só para enchê-lo de desgosto, já que a frivolidade, as piadas e as roupas coloridas lhe pareciam uma ofensa ao invadirem um espírito exaltado no vago e augusto domínio do romantismo. Não, ele seria soldado e voltaria depois de muitos anos, todo temperado pela guerra e ilustre. Não, melhor ainda, ele se juntaria aos índios, caçaria búfalos, seguiria a trilha da guerra nas montanhas e nas grandes planícies sem trilha do Oeste distante e, em algum momento do futuro, voltaria como um grande chefe, coberto de penas, horrivelmente pintado, invadiria a escola dominical, em certa manhã modorrenta de verão, com um grito de guerra sangrento, e faria os olhos de todos os seus companheiros secarem de uma inveja insaciável. Mas não, havia algo ainda mais espalhafatoso que isso. Ele seria pirata. Era isso! Seu futuro se descortinou inteiro diante de si e reluziu com um esplendor inimaginável. Como seu nome se espalharia pelo mundo e faria as pessoas tremerem! Como pilharia gloriosamente nos mares revoltos, em seu navio comprido, baixo, de casco negro, o *Espírito da Tormenta*, com sua bandeira sinistra drapejando na proa! No zênite da fama, como apareceria de repente na velha vila e entraria na igreja, bronzeado e marcado pelas intempéries, em seu gibão de veludo e culote pretos, suas grandes botas altas, sua faixa carmim na cintura, seu cinto carregado de pistolas, seu cutelo enferrujado pelo crime, seu chapéu mole com plumas ondulantes, sua bandeira negra desfraldada, com a caveira e os ossos cruzados, e ouviria inflado de êxtase os sussurros "É o pirata Tom Sawyer, o Vingador Negro das Possessões Espanholas!".

Sim, estava decidido, sua carreira estava escolhida. Ele fugiria de casa e ingressaria na pirataria. Começaria logo na manhã seguinte, portanto precisaria começar a se aprontar. Precisaria reunir todos os seus pertences. Foi até um tronco apodrecido que havia por perto e começou a cavar embaixo de um dos lados com seu canivete Barlow. Encontrou uma madeira oca, pôs a mão e pronunciou o seguinte encantamento de modo impressionante:

— O que não veio, venha! O que está, fique!

Raspou a terra e expôs uma tampa de pinho, que, ao ser retirada, revelou um pequeno baú de tesouro cujo fundo e as laterais eram de pinho. Dentro, havia uma bolinha de gude. O espanto de Tom foi imenso. Ele coçou a cabeça com ar perplexo e exclamou:

— Isso superou todas as expectativas!

Então ele jogou fora a bolinha de gude, irritadiço, e ficou parado cogitando. A verdade era que uma superstição havia falhado, uma que ele e todos os seus camaradas sempre consideraram infalível. Se você enterrasse uma bolinha de gude com o encantamento necessário e a deixasse quinze dias enterrada, quando a desenterrasse com o encantamento que ele havia acabado de usar, você deveria encontrar todas as bolas de gude que perdeu na vida, por mais espalhadas que estivessem. Mas essa superstição havia falhado totalmente. Toda a estrutura da fé de Tom fora abalada em suas fundações. Muitas vezes, ouvira falar que aquilo dava certo, mas nunca que houvesse falhado. Não lhe ocorreu que ele mesmo já havia tentado antes, mas depois não conseguira encontrar o local do baú. Ficou algum tempo intrigado pensando nisso e concluiu que alguma bruxa deveria ter interferido e quebrado o feitiço. Pensou que ficaria satisfeito com isso, então procurou ao redor até que encontrou um pequeno trecho arenoso com uma pequena depressão afunilada. Abaixou-se, pôs a boca perto da depressão e chamou:

— Tatuzinho, tatuzinho, conte-me o que quero saber! Tatuzinho, tatuzinho, conte-me o que quero saber!

A areia começou a se mexer, um pequeno besouro preto apareceu por um segundo e depois voltou a se enfiar na areia apavorado.

— Ele não contou. Quer dizer que foi mesmo uma bruxa. Eu sabia.

Ele sabia bem que era inútil tentar competir com as bruxas, de modo que desistiu, desencorajado. Mas lhe ocorreu que podia também ficar com a bola de gude que acabara de jogar fora, portanto se pôs a procurá-la pacientemente. Não a encontrou. Ele voltou ao seu baú do tesouro, posicionou-se onde estava ao jogar a bolinha fora, pegou outra bolinha do bolso e a jogou do mesmo jeito, dizendo:

— Irmã, vá encontrar seu irmão!

Observou onde a bolinha caiu, foi até lá e olhou. A bolinha caíra antes ou longe demais, então tentou mais duas vezes. A última repetição foi bem-sucedida. As duas bolinhas caíram a trinta centímetros uma da outra. Nisso o toque estridente de uma trombeta de brinquedo se ouviu discretamente por entre os corredores verdes da floresta.

Tom tirou a jaqueta e dobrou as pernas da calça, transformou o suspensório em cinto, afastou alguns arbustos de trás do tronco apodrecido, revelando um arco e flecha rústico, uma espada de madeira e um trompete de lata. No momento seguinte, juntou todas essas coisas e foi embora, com as calças arregaçadas e a camisa para fora da calça. Parou sob um grande olmo, soprou um toque de resposta e começou a caminhar na ponta dos pés e a espreitar, por aqui e por ali. Disse com cautela, a uma companhia imaginária:

— Esperem, meus bons companheiros! Fiquem de tocaia até meu sinal.

De repente, apareceu Joe Harper, trajado de modo despojado e armado igual a Tom, que gritou:

— Alto lá! Quem ousa penetrar a floresta de Sherwood sem a minha autorização?

— Guy de Gisborne não precisa da autorização de ninguém. Quem és tu, que...?

— Ousas me falar nesse linguajar — disse Tom, completando a frase, pois eram falas decoradas.

— Quem és tu que ousas me falar nesse linguajar?

— Sou eu mesmo! Sou Robin Hood, como a tua carcaça desprezível logo há de saber.

— Então és mesmo o famoso fora da lei? Nesse caso, disputarei tua autorização para passar pela floresta. Em guarda!

Eles sacaram suas espadas de madeira, largaram todo o resto no chão, postaram-se em posição de esgrima, pé com pé, e começaram um grave e cuidadoso combate, "duas em cima e duas embaixo". Tom pediu:

— Agora, se você já pegou o jeito, ataque para valer!

Assim, eles se atacaram "para valer", ofegantes e suados do esforço. De quando em quando, Tom berrava:

— Cai! Cai! Por que você não cai?

— Não quero! Por que você também não cai? Está perdendo.

— Estou nada. Não posso cair, não é assim que está no livro. No livro diz: "Então, com um golpe inesperado, ele matou o pobre Guy de Gisborne". Você tem que se virar e me deixar acertar suas costas.

Não havia como escapar das autoridades, por isso Joe se virou, recebeu o golpe e caiu.

— Agora — disse Joe, levantando-se — você tem que me deixar te matar. É justo.

— Não posso fazer isso, não está no livro.

— Bem, é pura injustiça, isso sim.

— Joe, que tal você ser o frei Tuck ou Much, o filho do moleiro, e me bater com o bastão. Ou eu sou o Xerife de Nottingham e você é Robin Hood mais um pouco e me mata logo.

Essas outras aventuras foram levadas a cabo. Depois, Tom voltou a ser Robin Hood e foi deixado para sangrar até morrer de seu ferimento não tratado pela freira traiçoeira. Enfim, Joe, representando todo um grupo de bandoleiros em prantos, arrastou-o dali tristemente, pôs seu arco em suas mãos inertes, e Tom disse: "Onde esta flecha cair, ali enterrem o pobre Robin Hood sob uma árvore de folhas perenes". Ele disparou a flecha e caiu para trás como se tivesse morrido, em cima de uma urtiga, e se levantou depressa demais para um cadáver.

Os meninos se vestiram, esconderam seus apetrechos e foram embora lamentando não haver mais foras da lei, perguntando-se o que a civilização moderna podia alegar ter feito para compensar essa perda. Eles disseram que prefeririam ser fora da lei por um ano na floresta de Sherwood a ser presidente dos Estados Unidos para sempre.

ÀS NOVE e meia, naquela noite, Tom e Sid foram mandados para a cama, como sempre. Fizeram suas orações e Sid logo pegou no sono. Tom ficou acordado e esperou, inquieto de impaciência. Quando lhe pareceu que devia estar quase dia claro, ouviu o relógio bater dez horas. Isso, sim, foi desespero. Ele teria ficado se revirando, agitado, como seus nervos exigiriam, mas ficou com medo de acordar Sid. Então ficou parado, deitado, olhando para cima no escuro. Parado de modo melancólico. Até que, a certa altura, no meio daquela calmaria, alguns ruídos quase imperceptíveis começaram a se destacar. O tique-taque do relógio começou a chamar a atenção. Velhas vigas começaram a estalar misteriosamente. As escadas rangiam baixinho. Havia fantasmas. Um ronco pausado, abafado, vinha do quarto da tia Polly, e também o cricrilar cansativo de um grilo, que nenhuma engenhosidade humana seria capaz de localizar. O estalo fantasmagórico de um besouro de velório na madeira da parede, sobre a cabeceira da cama, fez Tom estremecer. O besouro de velório significava que os dias de alguém estavam contados.* Depois o uivo remoto de um cachorro se ergueu no ar da noite e foi respondido por outro ainda mais remoto. Tom estava agoniado. Ficou satisfeito com o fato de o tempo ter parado e começou a cochilar, embora não quisesse. O relógio bateu onze horas, mas ele não ouviu. Até que começou, mesclando-se aos sonhos que ainda se formavam, um melancólico

---

* *Death-watch*, literalmente, vigia da morte, é o besouro xilófago (que come madeira) *Xestobium rufovillosum*. (N. do T.)

miado de gato no cio. A janela de um vizinho sendo aberta o perturbou. Um grito de "Xô, demônio!" e o estilhaçar de uma garrafa nos fundos do barracão da tia fizeram com que ele despertasse inteiramente. Um minuto depois, estava vestido, saía pela janela e se esgueirava pelo telhado em L engatinhando. Miou com cuidado uma ou duas vezes, pulou no telhado do barracão e, de lá, para o chão. Huckleberry Finn estava ali, com seu gato morto. Os meninos partiram e sumiram na escuridão. Ao cabo de meia hora, estavam caminhando pelo mato alto do cemitério.

Era um cemitério à moda antiga do tipo ocidental. Ficava numa colina, a uns dois quilômetros da vila. Tinha uma cerca de tábuas esquisita, algumas inclinadas para dentro e todas as outras inclinadas para fora, mas sem nenhuma tábua reta. O mato e as ervas daninhas cresciam em todo o cemitério. Todas as velhas sepulturas estavam afundadas, não havia uma lápide no lugar certo. Eram lápides de madeira, arredondadas em cima, comidas por vermes, fincadas nas sepulturas em postura de súplica, sem encontrar apoio. "Consagrado à memória de Fulano de tal" havia sido pintado sobre elas um dia, mas já não se conseguia ler, mesmo que houvesse luz. Um vento suave gemia entre as árvores, e Tom ficou com medo de serem os espíritos dos mortos, reclamando por estarem sendo perturbados. Os meninos falaram pouco e sempre aos sussurros, pois a hora e o lugar, a solenidade e o silêncio reinantes oprimiam seus espíritos. Encontraram o monte de terra recente que estavam procurando e se esconderam ao abrigo de três grandes olmos que cresciam juntos a alguns passos da sepultura.

Então eles esperaram num silêncio que pareceu durar muito tempo. O pio de uma coruja ao longe era o único som que perturbava o silêncio mortal. As reflexões de Tom foram ficando opressivas. Sentiu necessidade de puxar conversa e perguntou num sussurro:

— Hucky, será que os mortos vão gostar de a gente estar aqui?

Huckleberry murmurou de volta:

— Quem me dera saber. Está um bocado solene, não?

— Pode apostar.

Houve uma pausa considerável, enquanto os meninos ponderavam a questão internamente. Tom sussurrou:

— Ei, Hucky, será que o Hoss Williams está ouvindo nossa conversa?

— Claro que está. Pelo menos o espírito dele.

Tom, depois de uma pausa:

— Eu quis dizer o *sr.* Williams, mas não falei por mal. Todo mundo chama ele de Hoss.

— Um cadáver não pode ser muito exigente sobre o tratamento depois que está morto, Tom.

Foi um comentário infeliz, e a conversa morreu novamente.

Tom agarrou o braço de seu camarada e disse:

— Psiu!

— O que foi, Tom?

Os dois se abraçaram com o coração na boca.

— Psiu! Outra vez! Você não ouviu?

— Eu...

— Pronto! Agora você ouviu.

— Jesus, Tom, são eles! Estão vindo, com certeza. O que vamos fazer?

— Não sei. Será que estão nos vendo?

— Eles enxergam no escuro, como os gatos. Preferia não ter vindo.

— Não tenha medo. Acho que não vão nos incomodar. Não estamos fazendo nada de errado. Se ficarmos totalmente imóveis, talvez nem reparem que estamos aqui.

— Vou tentar, Tom, mas, Jesus, estou tremendo.

— Escuta!

Os meninos baixaram juntos a cabeça e ficaram quase sem respirar. Um som abafado de vozes foi ouvido do outro lado do cemitério.

— Olha lá! Veja! — sussurrou Tom. — O que será aquilo?

— É fogo-fátuo. Tom, que horror!

Alguns vultos vagos se aproximaram através da escuridão, balançando uma antiga lanterna de lata que salpicava o chão de inúmeras lantejoulas de luz. Huckleberry sussurrou com tremor:

— São os demônios, sem dúvida. São três deles! Jesus amado, Tom, vamos morrer! Você sabe rezar?

— Vou tentar, mas não tenha medo. Não vão nos machucar. "Santo anjo do Senhor, meu..."

— Psiu!

— O que foi, Huck?

— São gente! Um pelo menos é. Um deles tem a voz do velho Muff Potter.

— Não. Não pode ser. Será?

— Aposto que é ele. Não se mexa nem faça barulho. Ele não está em condições de reparar em nós. Aposto que está bêbado, como sempre. Velho pinguço desgraçado!

— Tudo bem, vou ficar quieto. Agora eles pararam. Não estou mais vendo nada. Lá vêm eles outra vez. Agora estão com pressa. Perderam a pressa de novo. Agora outra vez depressa. Estão vindo muito depressa! Estão bem aí agora. Ei, Huck, estou reconhecendo outra voz: é o Injun Joe.

— É mesmo. Aquele mestiço sanguinário! Quem dera fossem os demônios em vez desses dois. O que será que querem aqui a essa hora?

Os cochichos cessaram por completo, já que os três homens haviam chegado à sepultura e pararam a poucos passos do esconderijo dos garotos.

— Aí está — disse a terceira voz, erguendo a lanterna e revelando o rosto do jovem dr. Robinson.

Potter e Injun Joe estavam levando um carrinho de mão com uma corda e algumas pás. Despejaram sua carga e começaram a cavar a sepultura. O doutor pôs a lanterna na cabeceira da sepultura e sentou-se de costas para um dos olmos. Estava tão perto dos meninos que conseguiriam tocá-lo.

— Depressa, homens — disse ele, em voz baixa. — A lua vai aparecer a qualquer momento.

Os dois homens rosnaram uma resposta e continuaram cavando. Por algum tempo não houve nenhum barulho além do som do raspar das pás despejando sua carga de barro e pedra. Era muito monótono. Finalmente, uma pá atingiu o caixão com um toque surdo de madeira, e dali a mais um minuto ou dois os homens o içaram para fora da terra. Arrombaram a tampa com as pás, tiraram o cadáver e o largaram bruscamente no chão. A lua saiu de detrás das nuvens e expôs o rosto pálido. O carrinho foi preparado para receber o cadáver, oculto por um cobertor, e içado até a posição com a corda. Potter sacou um grande canivete, cortou a ponta solta da corda e disse:

— Agora, para o combinado ser cumprido, Açougueiro, só falta você pagar mais cinco, ou o cadáver vai ficar aí mesmo.

— Foi o combinado — retrucou Injun Joe.

— Escuta aqui, do que você está falando? — disse o doutor. — Vocês pediram para receber adiantado, e já paguei.

— Sim, mas não foi só isso — disse Injun Joe, aproximando-se do doutor, que agora estava de pé. — Cinco anos atrás você me expulsou da cozinha do seu pai uma noite, quando eu fui pedir comida, e você disse que coisa boa eu não estava aprontando por lá. Quando jurei que acertaria as contas com você nem que levasse cem anos, seu pai me prendeu por vadiagem. Pensa que eu esqueci? O sangue índio não está em mim à toa. Agora eu te peguei e você vai ter que pagar, você sabe disso.

Ele estava ameaçando o doutor com o punho cerrado perto do rosto. O doutor atacou de repente e jogou o bandido no chão. Potter largou o canivete e exclamou:

— Ei, você aí, não mexa com o meu parceiro!

No momento seguinte, ele se atracou com o doutor, e os dois ficaram lutando com todas as forças, estragando a grama e rasgando a terra com os calcanhares. Injun Joe ficou de pé, com os olhos faiscantes de paixão, pegou o canivete de Potter, foi se arrastando, como um gato, parou e rondou os combatentes, esperando uma oportunidade. Subitamente, o doutor se desvencilhou, agarrou a lápide de madeira da sepultura de Williams e derrubou Potter no chão com ela. No mesmo instante, o mestiço encontrou sua oportunidade e enfiou o canivete até o cabo no peito do rapaz, que cambaleou e caiu quase em cima de Potter, encharcando-o com seu sangue. No mesmo momento, as nuvens cobriram o pavoroso espetáculo e os dois garotos, apavorados, fugiram correndo no escuro.

Quando a lua voltou a surgir, Injun Joe estava de pé sobre os dois vultos, contemplando-os. O doutor murmurou com dificuldade, soluçou longamente uma ou duas vezes e ficou imóvel. O mestiço esbravejou:

— Agora estamos quites, desgraçado!

Depois ele roubou o cadáver, pôs o canivete fatal na mão direita de Potter e se sentou no caixão desmantelado. Três, quatro, cinco minutos se passaram, e então Potter começou a se mexer e a gemer. Sua mão se fechou em torno do canivete. Ergueu-o, ele olhou para o objeto e deixou-o cair com um tremor. Em seguida, levantou-se, empurrou o cadáver e olhou para ele e as coisas em volta, confuso. Seu olhar cruzou com o de Joe.

— Jesus, o que foi isso, Joe? — perguntou.

— Foi um negócio sujo — respondeu Joe, sem se mexer.

— Por que fez isso?

— Eu?! Eu não fiz nada!

— Olha só isso! Esta conversa não vai mudar nada.

Potter estremeceu e ficou pálido.

— Pensei que eu tivesse parado de beber. Eu não tinha nada que ter ido beber hoje à noite. Mas só lembro que foi ficando pior. Estou atrapalhado, não consigo me lembrar de nada, quase nada. Diga, Joe, sinceramente, meu velho camarada, fui eu que fiz isso? Joe, não era minha intenção. Juro pela minha alma e pela minha honra, não foi minha intenção, Joe. Diga como aconteceu, Joe. Que horror! Ele era tão jovem e promissor!

— Ora, vocês estavam brigando, ele o acertou com a lápide e você caiu duro. Quando se levantou, todo cambaleante e se arrastando, você pegou o canivete e enfiou nele. Nisso ele o acertou de novo com força, você caiu e ficou caído como se estivesse morto até agora.

— Eu não sabia o que estava fazendo. Juro pela minha vida que eu não sabia. Acho que foi tudo por conta do uísque e da excitação. Nunca usei uma arma na vida, Joe. Já briguei, mas nunca com arma. Todo mundo sabe disso. Não conte a ninguém. Prometa que não vai contar, seja meu amigo. Sempre gostei de você, Joe, e sempre te defendi. Você não lembra? Você não vai contar nada, não é?

A pobre criatura se atirou de joelhos aos pés do impávido assassino e juntou as mãos numa súplica.

— Não vou contar nada. Você sempre foi justo e correto comigo, Muff Potter, e não vou lhe dar as costas agora. É o mais justo que se pode dizer.

— Joe, você é um anjo. Vou rezar por você até o último dia da minha vida.

Potter começou a chorar.

— Ora, vamos, já chega disso. Não é hora de choro. Você segue o seu caminho e eu vou por aqui. Vamos agora, e não deixe rastros.

Potter começou um trote que rapidamente acelerou para corrida. O mestiço ficou parado olhando para ele e resmungou consigo mesmo:

— Se ele está tão atordoado com a pancada e atrapalhado de tanto rum quanto parece estar, nem vai se lembrar do canivete até estar tão longe que vai ter medo de voltar aqui sozinho. Covarde!

Dois ou três minutos depois, o homem assassinado, o cadáver no cobertor, o caixão destampado e a cova aberta estavam sem ninguém a inspecioná-los além da lua. Também o silêncio voltou a ser total.

10

Os dois meninos fugiram e continuaram correndo em direção à vila sem palavras de tanto horror. Olhavam de relance para trás, de quando em quando, apreensivos, como se receassem que alguém os estivesse seguindo. Cada cepo com o qual topavam no caminho era um homem, um inimigo, e eles prendiam até a respiração. Ao passarem por sítios afastados, nos arrabaldes da vila, o latido dos cães de guarda deram asas a seus pés.

— Se conseguirmos chegar ao velho curtume antes de amanhecer... — sussurrou Tom, tomando fôlego. — Não sei se consigo correr mais.

A respiração muito ofegante de Huckleberry foi sua única resposta. Os meninos fixaram os olhos no alvo de suas esperanças e voltaram ao trabalho para alcançá-lo. Logo foram se aproximando. Por fim, lado a lado, empurraram a porta aberta e caíram gratos e exaustos ao abrigo das sombras do curtume. Aos poucos, seus corações foram se acalmando, e Tom sussurrou:

— Huckleberry, o que acha que vai dar?

— Se o dr. Robinson morreu, acho que é forca.

— Será?

— Ora, eu não sei, Tom.

Tom pensou um pouco e disse:

— Quem vai contar? Nós?

— Do que você está falando? Já pensou se acontece alguma coisa e o Injun não é enforcado? Ele vai acabar nos matando mais cedo ou mais tarde, tão certo como estamos aqui agora.

— Era isso que eu estava pensando, Huck.

— Se alguém quiser contar, deixa o Muff Potter fazer isso, se ele for burro o bastante. Geralmente ele está bêbado o suficiente para fazer isso.

Tom não disse nada, continuou pensando e cochichou:

— Huck, o Muff Potter não sabe o que aconteceu. Como poderia contar?

— Como assim, não sabe o que aconteceu?

— Porque ele levou aquela pancada quando o Injun Joe enfiou o canivete. Você acha que ele viu alguma coisa? Acha que ele sabe alguma coisa?

— Jesus, é mesmo, Tom!

— E, além do mais, pense bem... Talvez a pancada tenha feito ele apagar.

— Acho que não, Tom. Ele estava bêbado, eu vi; além do mais, ele sempre está bêbado. Quando meu pai está bêbado, você pode dar com uma torre de igreja na cabeça dele que ele nem sente. É o que ele mesmo diz. Então deve ser a mesma coisa com o Muff Potter. Mas talvez, quando o homem está sóbrio, uma pancada daquelas apague mesmo o sujeito, não sei.

Após outro silêncio reflexivo, Tom disse:

— Hucky, você tem certeza de que vai conseguir manter segredo?

— Tom, nós temos que manter segredo. Você sabe muito bem disso. Aquele demônio do Injun vai nos afogar como se fôssemos dois gatos se abrirmos o bico sobre isso e não enforcarem ele. Agora, pensando bem, vamos fazer um juramento. É isso que vamos fazer: jurar manter segredo.

— Concordo. É a melhor coisa a fazer. Vamos dar as mãos e jurar que...

— Não, assim não adianta. Isso funciona com bobagens e coisas comuns, especialmente com garotas, porque elas acabam nos dando as costas de qualquer jeito e reclamam quando estão enjoadas. Mas esse tipo de coisa tem que ser por escrito. E com sangue.

Tom aplaudiu a ideia com todo o seu ser. Aquilo era profundo, soturno e pavoroso. A hora, as circunstâncias, o lugar: estava tudo de acordo. Ele escolheu uma tábua lisa de pinho que estava visível ao luar, tirou um pequeno fragmento de "argila ocre" do bolso, parou sob a luz da lua e, com esforço rabiscou as linhas, enfatizando cada lento risco para baixo com a língua presa entre os dentes e liberando a pressão nos riscos para cima.

> *Huck Finn e*
> *Tom Sawyer juram*
> *manter segredo*
> *sobre isso e*
> *preferem cair mortos*
> *agora mesmo e apodrecer*
> *se um dia contarem.*

Huckleberry ficou cheio de admiração pela facilidade de Tom para escrever e com sua linguagem sublime. Imediatamente, tirou da lapela um alfinete e estava prestes a espetar o próprio dedo quando Tom disse:

— Espere! Não faça isso. É de latão. Talvez tenha azinhavre.

— O que é azinhavre?

— Veneno. Isso que é azinhavre. Se você engole, você vai ver só.

Tom desenrolou a linha de uma de suas agulhas, furou o polegar e espremeu uma gota de sangue. Após muitas espremidas, Tom conseguiu assinar suas iniciais, usando a polpa do mindinho como caneta. Na sequência, mostrou a Huckleberry como fazer um H e um F, e o juramento ficou pronto. Enterraram a tábua perto do muro, com cerimônias, encantamentos sombrios, e as correntes que prendiam suas línguas foram consideradas trancadas e a chave, jogada fora.

Um vulto se esgueirou lentamente por um vão na outra extremidade do curtume arruinado, mas eles não repararam.

— Tom, isso vai nos impedir de falar sobre o assunto para sempre mesmo? — sussurrou Huckleberry.

— Claro que vai. Não importa o que aconteça, vamos manter segredo. Podemos cair duros. Você não sabe?

— Sim, acho que sim.

Continuaram sussurrando por mais alguns instantes e ouviram um cachorro soltar um uivo longo, lúgubre, bem ao lado do curtume, a uns três metros deles. Os meninos se abraçaram de repente, agoniados de medo.

— Para qual de nós dois será que ele está uivando? — deixou escapar Huckleberry.

— Sei lá. Espie pela fresta. Depressa!

— Não, espie você, Tom!

— Não consigo. Não consigo olhar, Huck!

— Por favor, Tom. Está uivando de novo!

— Oh, graças a Deus — sussurrou Tom. — Conheço esse uivo. É do Bull Harbison.[1]

— Que bom! Devo confessar que quase morri de medo agora. Pensei que fosse um cão sem dono.

O cachorro tornou a uivar. O coração dos meninos afundou no peito outra vez.

— Meu Deus! Não é o Bull Harbison coisa nenhuma — sussurrou Huckleberry. — Vá espiar, Tom!

Tom, tremendo de medo, cedeu e aproximou o olho da fresta. Seu sussurro foi quase inaudível:

— Huck, é um cão sem dono!

— Depressa, Tom! Para quem será que ele está uivando?

— Deve ser para nós dois. Estamos juntos aqui.

— Acho que estamos perdidos e não há dúvidas sobre o lugar para onde vão acabar me levando. Tenho sido muito mau. Isso é o que dá faltar à escola e fazer tudo o que mandam não fazer. Eu podia

---

1 Se o sr. Harbison tivesse um escravo chamado Bull, Tom teria se referido a ele como "Harbison's Bull", o Bull dos Harbison, mas um filho ou um cachorro com esse nome seria "Bull Harbison".

ser bom, como o Sid, se eu tentasse. Mas não tentei. Se eu escapar desta vez, juro que vou todo dia à escola dominical — disse Tom, choramingando.

— *Você* não é bom? — Huckleberry também começou a choramingar. — Tom Sawyer, você é um doce, se comparado a mim. Céus! Quem dera eu tivesse metade das suas chances.

Tom parou de se lamentar e sussurrou:

— Veja, Hucky, olha lá! Ele está virando de costas para nós.

Hucky olhou, com alegria no coração.

— Está mesmo, graças aos céus. Antes ele já estava uivando para lá?

— Sim, estava. Mas eu, bobo, nem tinha pensado nisso. Oh, isso é bom, não é? Agora, para quem será que ele está uivando assim?

O uivo parou e Tom apurou os ouvidos.

— Psiu! O que foi isso? — sussurrou ele.

— Parece... grunhido de porco. Não. Tem alguém roncando, Tom.

— É isso mesmo! De onde será que vem, Huck?

— Acho que lá do outro lado. Pelo menos parece que é. Meu pai costumava dormir lá às vezes com os porcos, mas, Deus me perdoe, quando ele ronca as coisas saem voando. Além disso, acho que ele nunca mais vai voltar para esta cidade.

O espírito da aventura se ergueu na alma dos meninos mais uma vez.

— Hucky, você arrisca vir comigo se eu for na frente?

— Não gosto muito da ideia. Imagine se for o Injun Joe?

Tom estremeceu, mas a tentação ficou forte de novo e os meninos concordaram em arriscar, uma vez entendido que sairiam correndo se os roncos parassem. Foram na ponta dos pés, um atrás do outro. Ao chegarem a cinco passos do roncador, Tom pisou num graveto, quebrando-o com um estalo agudo. O homem gemeu, contorceu-se um pouco, e seu rosto apareceu à luz do luar. Era Muff Potter. O coração dos meninos parou no peito, assim como suas esperanças, quando o homem se mexeu, mas logo o medo passou. Eles foram embora na ponta dos pés, pelas tábuas rachadas do curtume, e pararam perto um do outro para se despedir. Aquele uivo comprido e lúgubre se ergueu outra vez no ar noturno. Eles se viraram e viram um cão sem dono a poucos passos de onde Potter estava deitado, olhando para ele, com o focinho apontado para o céu.

— Jesus! O uivo era para ele mesmo — exclamaram ambos ao mesmo tempo.

— Sabe, Tom, dizem que um cão sem dono andou uivando perto da casa do Johnny Miller, por volta da meia-noite, faz duas semanas. Na mesma noite, um bacurau entrou na casa, pousou no corrimão da sala e cantou, e ninguém ainda morreu na casa.

— Eu sei disso. Mas, mesmo que não tenha morrido ninguém, a Gracie Miller não caiu no fogo da cozinha e se queimou no sábado seguinte?

— Sim, mas não morreu. E tem mais, ela já está bem melhor.

— Está bem, espere para você ver. Ela está condenada, tão condenada quanto Muff Potter. É assim que os escravos falam, e os escravos sabem tudo sobre essas coisas, Huck.

Eles se separaram, pensativos. Quando Tom entrou sorrateiramente pela janela do quarto, a noite havia quase acabado. Ele se despiu com excessivo cuidado e adormeceu, parabenizando a si mesmo por ninguém ter percebido sua ausência. Não sabia que Sid, que fingia roncar delicadamente, estava acordado havia quase uma hora.

Quando Tom acordou no dia seguinte, Sid já havia se trocado e saído. Pela luz, a manhã parecia avançada e havia uma sensação de tempo decorrido no ar. Ele teve um sobressalto. Por que não o haviam acordado? Por que ninguém fora atrás dele, como sempre? Esse pensamento o encheu de maus pressentimentos. Em cinco minutos, estava vestido e descendo a escada, sentindo-se dolorido e sonolento. A família ainda estava à mesa, mas já havia terminado de comer. Não houve nenhuma censura, mas olhares foram evitados. Havia um silêncio e um ar de solenidade que lançou um calafrio naquele coração culpado. Tom se sentou e tentou parecer alegre, mas foi difícil.

Não despertou nenhum sorriso, nenhuma resposta, até que se calou e deixou o coração mergulhar nas profundezas.

Depois do café da manhã, a tia quis ficar a sós com ele, e Tom quase se iluminou de esperança de que seria castigado. Mas não foi isso. A tia chorou, perguntando como ele podia magoar tanto assim seu velho coração. Em seguida, deixou-o sair, levando aqueles cabelos grisalhos para a sepultura de tanta tristeza, pois não adiantava ela tentar mais nada. Isso foi pior do que mil chibatadas, e o coração de Tom ficou mais dolorido que seu corpo. Ele chorou, implorou perdão, jurou melhorar e teve permissão para ir, sentindo que havia conquistado apenas um perdão parcial e estabelecido uma confiança frágil.

Foi embora infeliz demais até para se vingar de Sid, de modo que foi desnecessária a rápida retirada deste pelo portão de trás. Tom foi se arrastando melancólica e tristemente até a escola, onde recebeu o castigo, assim como Joe Harper, por haver faltado à escola no dia anterior, com o ar de alguém cujo coração estava ocupado de dores mais pesadas e morto para trivialidades. Depois, foi para sua carteira, apoiou os cotovelos na mesa, o queixo nas mãos, ficou olhando fixamente para a parede com o olhar pétreo de um sofrimento que havia atingido seu limite e não podia continuar. Seu cotovelo havia encostado em algum objeto duro. Após um longo tempo, lenta e tristemente, mudou de posição e pegou o objeto com um suspiro. Estava embrulhado num papel. Ele o desembrulhou. Um suspiro longo e colossal se seguiu e seu coração se partiu. Era a maçaneta de latão.

Aquilo tinha sido a gota d'água.

II

Perto do meio-dia, a vila inteira de repente ficou eletrizada com a mórbida notícia. Não foi necessário o ainda nem sonhado telégrafo; a história correu de boca em boca, de grupo em grupo, de casa em casa, com uma velocidade quase telegráfica. Evidentemente, o professor declarou feriado aquela tarde; a cidade teria achado estranho se ele não fizesse isso.

Um canivete ensanguentado fora encontrado perto do homem assassinado e fora identificado por alguém como pertencente a Muff Potter. Disseram também que um cidadão, voltando tarde para casa, deparara com Potter se lavando no "córrego" por volta das duas horas da madrugada e que Potter imediatamente se escondeu — circunstância suspeita, sobretudo porque Potter não tinha costume de se lavar. Disseram ainda que a cidade fora revirada em busca do "assassino" (o público não demorou a filtrar evidências e chegar a um veredito), que não foi encontrado. Homens a cavalo percorreram todas as estradas, em todas as direções, e o xerife "estava confiante" de que ele seria capturado antes do anoitecer.

A cidade inteira se encaminhou na direção do cemitério. A mágoa de Tom passou e ele se juntou à procissão. Ele preferiria mil vezes ir a qualquer outro lugar, mas um fascínio terrível e inexplicável o conduziu até lá. Chegando ao pavoroso local, encolheu o pequeno corpo para atravessar a multidão e assistiu ao melancólico espetáculo. Parecia-lhe haver passado uma era desde a última vez em que estivera ali. Alguém beliscou seu braço. Ele se virou, e seus olhos encontraram os de Huckleberry. Ambos viraram o rosto ao mesmo tempo, perguntando-se se alguém teria reparado em sua troca de olhares. Mas estavam todos conversando, atentos ao tenebroso espetáculo diante de si.

"Pobre sujeito!" "Pobre rapaz!" "Que isso sirva de lição para esses ladrões de sepultura!" "Muff Potter vai ser enforcado por isso se conseguirem apanhá-lo!" Esse era o rumo dos comentários. O pastor emendou: "Foi a justiça divina. A mão d'Ele está aqui".

Tom estremeceu da cabeça aos pés quando seus olhos depararam com o semblante impassível de Injun Joe. Nesse momento, a multidão começou a se abrir, a se acotovelar, e vozes gritaram:

— É ele! É ele! Ele está vindo ali!

— Quem? Quem? — disseram vinte vozes.

— Muff Potter!

— Ele parou! Olhem lá, está indo embora! Não o deixem escapar!

As pessoas penduradas nos galhos das árvores acima da cabeça de Tom disseram que ele não estava tentando fugir, mas ele só parecia hesitante e perplexo.

— É a impudência infernal — opinou um passante. — Acho que ele quis dar uma olhada no que fez, só que não esperava encontrar ninguém aqui.

A multidão se dispersou e o xerife chegou, levando Potter pelo braço. O pobre sujeito estava lívido, e seus olhos mostravam que estava com medo. Quando parou diante do morto, tremeu como se tivesse uma convulsão, cobriu o rosto com as mãos e desatou a chorar.

— Meus amigos, não fui eu. — Soluçou. — Dou minha palavra de honra que não fiz isso.

— Quem te acusou? — gritou uma voz.

Esse tiro pareceu acertar o alvo. Potter ergueu o rosto e olhou à sua volta com um desamparo patético nos olhos. Viu Injun Joe e lamentou:

— Injun Joe, você jurou que nunca...

— Esse canivete é seu?

A arma foi lançada diante dele pelo xerife.

Potter teria caído se não o tivessem segurado e ajudado a se sentar no chão. Ele falou:

— Alguma coisa me dizia que se eu não voltasse aqui para buscar... — Ele estremeceu, agitou a mão frouxa com um gesto derrotado e disse: — Conte para eles, Joe, pode contar tudo. Não adianta mais nada.

Huckleberry e Tom ficaram atordoados, olhando fixamente para ele, e ouviram aquele mentiroso de coração de pedra desfiar sua serena declaração, esperando a qualquer momento que o céu azul fosse lançar um raio de Deus bem em sua cabeça e se perguntando quanto tempo demoraria para isso acontecer. Quando terminou e continuou de pé, vivo e inteiro, o primeiro impulso hesitante de romper o juramento e salvar a vida do pobre prisioneiro traído esmoreceu e passou, tendo em vista que aquele herege havia vendido a alma a Satanás e seria fatal mexer com a propriedade de uma potência como aquela.

— Por que você não foi embora? Por que quis vir até aqui? — indagou alguém.

— Não pude evitar, não consegui me controlar. — Potter gemeu. — Eu quis fugir, mas parecia que não conseguia ir para nenhum outro lugar, só para cá.

Ele começou a soluçar outra vez.

Injun Joe repetiu sua declaração, calmo como antes, alguns minutos depois no depoimento, sob juramento. Os meninos, vendo que os raios não vinham, confirmaram sua crença de que Joe havia se vendido para o Diabo. Ele havia se tornado para eles o mais cruel objeto de interesse que já haviam visto e não conseguiam parar de encará-lo.

Intimamente, decidiram que, quando houvesse oportunidade, iriam vigiá-lo toda noite, na esperança de ver de relance o pavoroso mestre e senhor de sua alma. Injun Joe ajudou a levantar do chão o cadáver do homem assassinado e a colocá-lo na carroça para levá-lo dali. Correu um burburinho na multidão de que, nessa hora, a ferida sangrou um pouco. Os meninos pensaram que essa feliz circunstância desviaria a suspeita na direção certa, porém ficaram decepcionados, porquanto mais de um morador da vila comentou:

— Esse índio estava a um metro do Muff Potter quando aconteceu.

O temível segredo e a aguda consciência de Tom perturbariam seu sono por mais uma semana depois disso. Um dia, no café da manhã, Sid comentou:

— Tom, você fica se mexendo e falando tanto enquanto está dormindo que quase não consigo dormir à noite.

Tom ficou pálido e baixou os olhos.

— Isso é mau sinal — disse tia Polly, gravemente. — O que você anda aprontando, Tom?

— Nada. Nada que eu saiba.

Sua mão, porém, tremia tanto que ele derramou o café.

— E você fala cada coisa! — Sid continuou. — Ontem à noite você disse: "Isso é sangue, é sangue". Ficou repetindo isso sem parar e falou: "Não me atormente assim. Eu vou contar". Contar o quê? O que você tem para contar?

Tudo estava girando diante de Tom. Não se sabe o que podia ter acontecido. Por sorte, a preocupação sumiu do semblante de tia Polly, que acabou deixando Tom aliviado sem perceber. Ela concluiu:

— Arre! Deve ser esse assassinato pavoroso. Também sonho com isso quase toda noite. Às vezes sonho que fui eu quem matou.

Mary afirmou que ficara abalada de forma semelhante. Sid pareceu satisfeito. Tom saiu da mesa o mais depressa que pôde sem despertar suspeita. Depois disso, queixou-se de dor de dente por uma semana, e toda noite antes de dormir amarrava um lenço na cabeça para não abrir a boca.

Ele nunca ficou sabendo que Sid passava toda noite vigiando e que, muitas vezes, soltava o lenço, apoiava-se no cotovelo e ficava ouvindo por um bom tempo o que Tom sussurrava, amarrando na sequência o lenço no lugar outra vez. A aflição mental de Tom foi passando aos poucos. A dor de dente virou uma irritação a mais e foi descartada. Se de fato Sid conseguiu decifrar alguma coisa dos resmungos desconjuntados de Tom, guardou só para si.

Para Tom, parecia que os colegas da escola jamais se cansariam de brincar de investigação com gatos mortos, conservando o problema sempre presente em seus pensamentos. Sid reparou que Tom nunca fazia o papel de legista nesses inquéritos, embora sempre tivesse sido seu costume tomar a liderança em toda nova empreitada. Reparou também que Tom nunca fazia o papel de testemunha, o que era estranho. Sid não deixou de notar o fato de que Tom chegava a demonstrar verdadeira aversão a essas investigações e as evitava sempre que podia. Sid ficou maravilhado com isso, mas não disse nada. Por fim, até mesmo investigação com gatos mortos saiu de moda, e a brincadeira deixou de torturar a consciência de Tom.

A cada dia, ou a cada dois, durante esse período de tristeza, Tom aproveitava para ir até a janelinha gradeada da cadeia e contrabandear pequenos presentes para o "assassino", conforme a disponibilidade. A cadeia era um minúsculo casebre de tijolos que ficava num brejo na saída da vila, sem guardas suficientes para vigiá-la. A bem dizer, raramente estava ocupada. Esses presentes ajudaram muito a aliviar a consciência de Tom.

Os moradores da vila desejaram cobrir Injun Joe de alcatrão e penas e amarrá-lo no trilho do trem, como ladrão de sepultura, mas ele era uma figura tão formidável que não apareceu ninguém disposto a levar esse desejo adiante, de modo que o caso foi encerrado. Ele havia tomado o cuidado de começar seus dois depoimentos pela briga, sem confessar o roubo da sepultura que a precedera. Assim, foi considerado mais prudente não tentar levar o caso ao tribunal naquele momento.

12

Um dos motivos de os pensamentos de Tom se desviarem de seus problemas secretos foi o fato de encontrar um novo e mais sério interesse com o que se ocupar. Becky Thatcher não estava indo às aulas. Tom relutou contra o próprio orgulho por alguns dias e tentou tirá-la da cabeça, mas não conseguiu. Começou a rondar a casa do pai dela à noite, sentindo-se muito angustiado. Ela estava doente. E se morresse? Esse pensamento foi uma distração e tanto. Ele deixou de se interessar pela guerra e até pela pirataria. O encanto da vida estava perdido; não havia sobrado nada além da monotonia. Jogou fora seu aro e seu bastão; não havia mais alegria neles. A tia ficou preocupada e tentou todo tipo de remédio com o sobrinho. Era uma dessas pessoas aficionadas por remédios e todos os novíssimos métodos de tratamento e cura. Era uma provadora inveterada dessas coisas. Quando saía algum produto novo nessa linha, ficava logo louca para experimentar; não nela mesma, pois nunca adoecia, mas em qualquer outra pessoa que estivesse mais à mão. Ela assinava todos os periódicos de saúde e fraudes frenológicas, e a solene ignorância que inflava essas publicações era ar puro para suas narinas. Toda podridão sobre ventilação, como dormir, como acordar, o que comer, o que beber, quanto exercício fazer, o estado de espírito certo, que tipo de roupa vestir — tudo isso era o evangelho para ela, que nunca reparava que os números novos de suas revistas de saúde costumavam desdizer tudo o que haviam recomendado no anterior. Tinha um coração singelo e honesto como a duração do dia, de modo que era uma presa fácil. Juntava todas as suas publicações e seus remédios charlatães. Assim, armada com a morte, seguia em seu cavalo amarelo, metaforicamente falando, "e o inferno a seguia". Mas nem desconfiava de que não era um anjo de cura e um bálsamo de Gileade disfarçado de mulher para seus vizinhos adoentados.

O tratamento de água era a novidade, e a péssima condição de Tom foi uma bênção inesperada. Ela o levava assim que raiava o dia, toda manhã, fazia-o ficar de pé no barracão e o afogava com um dilúvio de água fria. Em seguida, esfregava-o com uma toalha áspera como lixa e o tirava de lá. Depois, enrolava-o num lençol molhado e o deitava embaixo dos cobertores até ele suar a própria alma e "saírem manchas amarelas pelos poros", como Tom disse.

Não obstante tudo isso, o menino foi ficando cada vez mais melancólico, pálido e deprimido. Ela acrescentou banhos quentes, de assento, de chuveiro e imersões. O menino continuou tristonho como um carro fúnebre. Ela começou a ajudar a água com uma dieta de aveia e unguentos. Calculou a capacidade do menino como se fosse um pote de vidro, e todo dia o enchia com suas panaceias charlatãs.

Tom havia se tornado indiferente às perseguições a essa altura. Essa fase encheu o coração da velha senhora de consternação. Essa indiferença devia ser rompida a qualquer custo. Ela ouviu falar pela primeira vez em analgésicos e encomendou logo um lote. Provou e ficou cheia de gratidão. Abandonou o tratamento à base de água e todo o resto e depositou toda a fé nos analgésicos. Deu uma colherada a Tom e esperou com a mais profunda angústia pelo resultado. Seus problemas instantaneamente tiveram uma trégua, e sua alma descansou em paz outra vez, pois a "indiferença" passou. O menino não teria demonstrado um interesse mais exacerbado se ela tivesse acendido uma fogueira embaixo dele.

Tom sentiu que era hora de acordar. Esse tipo de vida podia até ser bastante romântico em sua condição desgraçada, mas teria pouco apelo sentimental se houvesse muita variedade de distrações. Pensou em diversos planos para se aliviar e, por fim, resolveu fingir gostar de analgésicos. Ele pedia tanto analgésico que se tornou irritante. Sua tia acabou dizendo para ele se virar sozinho e parar de incomodá-la. Se fosse com Sid, ela não teria nenhuma desconfiança a comprometer sua satisfação. Mas, com Tom, precisou vigiar o frasco de analgésicos discretamente. Percebeu que o remédio de fato estava acabando, mas não lhe ocorreu que o menino pudesse estar curando uma rachadura no assoalho da sala com o remédio.

Um dia, Tom estava em pleno ato de ministrar uma dose à rachadura do chão quando o gato caramelo da tia veio se aproximando, ronronando, olhando com avareza para a colher e implorando para provar. Tom disse:

— Só peça se você quiser mesmo, Peter.

Peter, contudo, fez sinal de que queria.

— É bom você ter certeza.

Peter tinha certeza.

— Agora que você pediu, vou lhe dar, porque não tenho um pingo de maldade dentro de mim. Mas, se você não gostar, não pode culpar ninguém além de você mesmo.

Peter concordou. Tom abriu a boca do gato e despejou o analgésico. Peter saiu em disparada por alguns metros, deu um grito de guerra e começou a dar voltas na sala, batendo contra os móveis, derrubando vasos de flores, causando um caos generalizado. Em seguida, ficou sentado nas patas traseiras e se virou, com um prazer frenético, parecendo bastante razoável e com a voz proclamando seu prazer insaciável.

Em seguida, voltou a correr pela casa, espalhando o caos e a destruição em seu caminho. Tia Polly entrou a tempo de vê-lo dar algumas cambalhotas, soltar um último urro vigoroso e saltar pela janela aberta, levando o resto dos vasos com ele. A velha senhora ficou petrificada de espanto, espiando por cima dos óculos. Tom estava deitado no chão, morrendo de rir.

— Tom, que diabos deu nesse gato?

— Não sei, tia — disse o menino, ofegante.

— Nunca vi nada parecido. Por que ele começou a agir assim?

— Juro que não sei, tiá Polly. Os gatos fazem sempre assim quando estão se divertindo.

— Eles fazem assim mesmo?

Havia algo no tom de voz da tia que deixou Tom apreensivo.

— Fazem, sim, senhora. É assim, acho que é assim.

— Acha mesmo?

— Acho, sim, senhora.

A velha senhora estava inclinada e Tom assistia, com um interesse enfatizado pela angústia. Só tarde demais ele percebeu sua "manobra". O cabo traidor da colher de chá estava visível embaixo do babado da cortina. Tia Polly pegou a colher e mostrou. Tom piscou, baixando os olhos. Tia Polly ergueu o menino pela orelha e lhe deu um golpe duro com o dedal.

— Agora, senhorzinho, você quis curar qual doença daquele pobre animal?

— Fiz isso por pena dele, porque ele nunca teve uma tia como a senhora.

— Nunca teve uma tia...! Ora, seu cabeça de vento. O que uma coisa tem a ver com a outra?

— Tudo. Porque, se ele tivesse, ela mesma teria queimado a barriga dele para tentar curá-lo. Teria torrado as tripas dele sem pena, como se fosse humano.

Tia Polly sentiu uma súbita ferroada de remorso. Aquilo deixava as coisas sob outra luz. O que era crueldade para um gato, podia também ser crueldade para um menino. Ela começou a amenizar e sentiu pena. Seus olhos ficaram um pouco marejados, ela pôs a mão na cabeça de Tom e disse delicadamente:

— Minha intenção foi a melhor possível, Tom. E o analgésico realmente fez bem para você.

Tom olhou bem para o rosto da tia com uma piscadela quase imperceptível a espiar por trás de seu semblante grave.

— Sei que sua intenção era a melhor possível, titia, e também com o Peter. Fez bem para ele também. Nunca mais tinha visto ele correr assim desde a...

— Pare logo com isso, Tom, antes que eu fique aborrecida de novo.

E agora vá tentar ser um bom menino uma vez na vida. Não precisa mais tomar nenhum remédio.

Tom chegou à escola antes da hora. O comentário geral era que essa coisa estranha vinha ocorrendo todos os dias ultimamente. E agora, como vinha acontecendo recentemente, ele ficava parado no portão da escola em vez de brincar com seus amigos. Estava doente, disse ele, e parecia mesmo estar. Tentou fazer parecer que estava olhando para todo lado menos para onde realmente estava: o fim da rua. Nesse momento, Jeff Thatcher surgiu em seu campo de visão, e o rosto de Tom se iluminou. Ele ficou olhando por mais um tempo e deu as costas, cabisbaixo. Quando Jeff chegou, Tom se aproximou dele e conduziu cuidadosamente a conversa para uma oportunidade de falar em Becky, mas o alegre rapaz não mordeu a isca.

Tom ficou observando, com esperança a cada vestido saltitante que surgia em seu campo de visão, e odiando a dona do vestido assim que ele via que não era a certa. Enfim os vestidos pararam de aparecer. Ele se atirou desesperadamente em profunda tristeza, entrou na escola vazia e se sentou pronto para sofrer. Outro vestido passou pelo portão, e o coração de Tom deu um grande salto no peito. No instante seguinte, ele era outro: gritava, gargalhava, corria atrás dos meninos, pulava a cerca com risco de quebrar a perna, plantava bananeira, equilibrava-se com a cabeça no chão. Fazia todas as coisas heroicas que pudesse conceber, mantendo um olhar furtivo, o tempo todo, para ver se Becky Thatcher estava reparando. Mas ela parecia inconsciente de tudo aquilo e não olhou nenhuma vez. Seria possível que não se desse conta de que ele estava ali? Ele soltou gritos de guerra, tirou o boné de um menino, atirou-o no telhado da escola, passou no meio de um grupo de meninos, derrubando-os para todos os lados, e caiu estatelado, ele próprio, embaixo do nariz de Becky, quase a derrubando também. Ela se virou, com o nariz empinado, e ele a ouviu dizer: "Humpf! Tem gente que se acha muito esperta, sempre se exibindo!"

As maçãs do rosto de Tom ficaram vermelhas. Ele se recompôs e saiu discretamente, arrasado e cabisbaixo.

13

Agora Tom estava resolvido, triste e desesperado. Era um menino rejeitado, sem amigos, segundo ele mesmo. Ninguém gostava dele. Quando as pessoas descobrissem o que o estavam obrigando a fazer, talvez se lamentassem. Ele tentara agir certo e se entrosar, mas ninguém deixou. Se nada adiantaria exceto se livrarem dele, que fosse assim! Que culpassem ele mesmo pelas consequências! Mas por que as pessoas fariam isso? Que direito de reclamar teria alguém sem amigos? Sim, estavam-no obrigando a fazer aquilo. Ele levaria uma vida de criminoso, não havia outra escolha.

A essa altura, já estava no fim da Meadow Lane quando o sino da volta à escola tocou bem fraco em seu ouvido. Ele soluçou ao pensar que nunca mais ouviria aquele som familiar. Era duro, mas ele era obrigado. Como fora largado no mundo frio, devia se submeter. Mas perdoou a todos. Os soluços ficaram mais fortes e rápidos.

Nesse exato momento, encontrou seu camarada, seu amigo do peito, Joe Harper, compenetrado e evidentemente com um grandioso e macabro propósito no coração. Ali estavam "duas almas com um único pensamento", pensou Tom, enxugando os olhos com a manga, e começou a tagarelar sobre sua decisão de fugir dos maus tratos e da falta de compaixão em casa, vagando por esse mundão sem nunca mais voltar, e terminou dizendo que esperava que Joe não se esquecesse dele.

Mas acabaram descobrindo que era justamente esse pedido que Joe fora fazer a Tom. A mãe havia batido nele por ter bebido um creme que nem sequer tinha provado e sobre o qual não sabia nem da existência. Estava claro que a mãe havia se cansado dele e queria que fosse embora de casa. Se era o que ela queria, não havia outra coisa a fazer senão sucumbir. Ele esperava que a mãe ficasse feliz assim e que jamais se arrependesse por ter abandonado o pobre menino nesse mundo para sofrer e morrer sozinho.

Enquanto os dois meninos foram caminhando tristonhos, fizeram um novo pacto de continuarem unidos e de jamais se separarem até que a morte lhes aliviasse de seus problemas. Joe tinha a intenção de se tornar eremita. Viveria de comer cascas de árvore em alguma caverna remota e morreria algum dia de frio, fome e tristeza. Mas, depois de ouvir a ideia de Tom, concordou que havia grandes vantagens na vida de criminoso, portanto consentiu em se tornar pirata.

Três milhas abaixo de St. Petersburg, num ponto onde o rio Mississippi tinha um pouco mais de uma milha de largura, havia uma ilha comprida, estreita e arborizada, com uma barra rasa na extremidade, que servia bem como local de encontro. Não havia moradores. Ficava muito afastada da margem, através de uma floresta densa e quase inteiramente deserta. Por isso a ilha Jackson foi escolhida. Quem seriam as vítimas das piratarias dos meninos era uma questão que não lhes ocorrera ainda. Foram atrás de Huckleberry Finn, que prontamente se juntou a eles, já que qualquer ofício para ele dava no mesmo. Eles se separaram e marcaram de se encontrar num ponto solitário da margem do rio duas milhas acima da vila em seu horário favorito: meia-noite. Havia ali uma pequena jangada de troncos que pretendiam capturar. Cada um traria anzóis, linhas e provisões que conseguissem roubar da maneira mais obscura e misteriosa, como faziam os fora da lei. Antes do fim da tarde, já haviam conseguido desfrutar a doce glória de espalhar o fato de que muito em breve a cidade "ficaria sabendo de uma coisa". Todos que ouviram esse vago rumor foram avisados para "manter segredo e esperar".

Por volta da meia-noite, Tom chegou com presunto cozido e algumas quinquilharias, parando num denso arbusto, numa pequena ribanceira que dava para o ponto de encontro. Só havia a luz das estrelas, estava tudo muito quieto. Ele soltou um assobio grave, distinto. A resposta veio lá de baixo da ribanceira. Tom assobiou mais duas vezes, e os sinais foram respondidos da mesma maneira. Uma voz cautelosa perguntou:

— Quem vem lá?

— Tom Sawyer, o Vingador Negro das Possessões Espanholas. Digam seus nomes.

— Huck Finn, o Mão Vermelha, e Joe Harper, o Terror dos Sete Mares.

Tom havia fornecido esses títulos, retirados de sua literatura favorita.

— Muito bem. Digam a contrassenha.

Dois sussurros roucos pronunciaram a mesma palavra terrível simultaneamente na noite murmurante:

— Sangue!

Tom jogou seu presunto da ribanceira e desceu logo atrás, rasgando um pouco a própria pele e as roupas. Havia uma trilha mais fácil e confortável mais adiante na margem, abaixo da ribanceira, mas que não tinha as vantagens da dificuldade e do perigo tão valorizadas por um pirata.

O Terror dos Sete Mares havia trazido um talho de barriga de porco e havia quase se exaurido para levá-la até lá. Finn, o Mão Vermelha, havia roubado uma frigideira e uma quantidade de tabaco em folhas quase curadas, e trazido também algumas espigas de milho para fazer cachimbos. Mas nenhum dos piratas fumava ou "mascava" tabaco além dele mesmo. O Vingador Negro das Possessões Espanholas disse que não seria possível começar sem fogo. Essa foi uma ideia prudente; naquela época quase não havia fósforos. Eles avistaram um fogo ainda aceso numa grande jangada algumas centenas de metros rio acima, foram até lá e trouxeram uma brasa. Fizeram disso uma grande aventura, dizendo "Alto lá!" de quando em quando e subitamente parando com o dedo contra os lábios, movendo-se com as mãos pousadas em adagas imaginárias e dando ordens em sussurros sinistros de que se "o inimigo" avançasse, "sentiria o nosso aço", porque "os mortos não falam". Eles sabiam bem que os barqueiros estavam todos na vila abastecendo as lojas ou se embebedando, mas isso não era desculpa para conduzirem sua empreitada de modo pouco pirata.

Eles zarparam, com Tom no comando, Huck no remo da popa e Joe no da proa. Tom ficou a meia-nau entre os dois, de cenho soturno, braços cruzados, e dava as ordens em sussurros graves, austero:

— Orçar!

— Sim, senhor!

— Cerrar mais à bolina!

— Bolina cerrada, senhor!

— Arribar um ponto!

— Ponto arribado, senhor!

Enquanto os meninos, constante e monotonamente, levavam a jangada ao meio do rio, não havia dúvida de que essas ordens eram dadas apenas por uma questão de "estilo" e não pretendiam significar nada em particular.

— Que tipos de vela temos?

— Grandes, bujarronas e de mezena, senhor.

— Subam os mastaréus de sobrejoanete! Subam lá, meia dúzia de vocês... bonetes do mastro principal. Com toda a força, agora!

— Sim, senhor!

— Desfraldar joanetes do mastro principal! Estais e escotas! Agora, meus valorosos marujos!

— Sim, senhor!

— A bombordo, toda a força a sotavento! Preparem-se para enfrentar a correnteza! A bombordo, a bombordo! Agora, marujos! Com tudo! Firmar o curso!

— Curso firmado, senhor!

A jangada passou do meio do rio, os meninos apontaram a proa na direção da corrente e passaram aos remos. O nível do rio não estava alto, de modo que a corrente não devia ter mais de duas ou três milhas. Quase nenhuma palavra foi dita durantes os três quartos de hora seguintes. Agora a jangada passava diante de uma cidade alheia. Duas ou três luzes cintilantes mostravam onde ficava a vila, dormindo pacificamente, além do balanço vago e vasto da água cravejada de estrelas, inconsciente do tremendo acontecimento que se desenrolava. O Vingador Negro ficou parado de braços cruzados, "olhando pela última vez" para o cenário de suas alegrias de outrora e sofrimentos de agora, desejando que "ela" pudesse vê-lo, distante no mar bravio, enfrentando o perigo e a morte com o coração mais intrépido, rumo a seu destino com um sorriso triste nos lábios. Foi preciso apenas um pequeno esforço de sua imaginação para que a ilha Jackson ficasse além do campo de visão da vila, e ele "olhou pela última vez" para sua terra com o coração partido, mas satisfeito. Os outros piratas também estavam olhando pela última vez para lá e ficaram contemplando assim por tanto tempo que quase deixam a correnteza levá-los para depois da ilha. Mas perceberam o perigo a tempo e manobraram para evitá-lo. Por volta das duas da madrugada, a jangada encalhou na barra a menos de duzentos metros da extremidade da ilha. Eles fizeram duas viagens com água pelos joelhos até descarregar tudo em terra firme. Parte dos pertences da jangada consistia numa vela muito surrada, que estenderam sobre uma clareira cercada de arbustos para fazer uma tenda que abrigasse suas provisões. Mas eles mesmos dormiriam ao ar livre se não chovesse, como faziam os fora da lei.

Eles fizeram uma fogueira ao lado de um grande tronco, vinte ou trinta passos para dentro das profundezas sombrias da floresta, prepararam um pouco de toucinho na frigideira para o jantar e comeram com metade do estoque de broas de milho que haviam trazido. Foi uma diversão gloriosa aquele banquete na selva, livres na mata virgem de uma ilha inexplorada e deserta, longe do assédio dos humanos, e eles disseram que jamais voltariam à civilização. O fogo alto iluminava seus rostos e lançava um clarão avermelhado nos pilares de troncos de seu templo na floresta, na folhagem envernizada e nas guirlandas de cipós.

Quando a última fatia crocante de toucinho acabou e a última rodada de broas de milho foi devorada, os meninos se estenderam na relva, cheios de contentamento. Poderiam ter encontrado um lugar mais fresco, mas não quiseram se negar a uma atração tão romântica como adormecer em volta da fogueira ardente.

— Não está uma delícia? — disse Joe.

— Parece um sonho — disse Tom. — O que os meninos diriam se nos vissem agora?

— O que diriam? Ora, eles matariam para estar aqui. Não é, Hucky?

— Acho que sim — concordou Huckleberry. — De todo modo, para mim está perfeito. Não quero nada além disso aqui. Geralmente nem tenho o que comer, e aqui ninguém vem e decide bater em ninguém.

— Isso que é vida — disse Tom. — Não precisa acordar de manhã, não precisa ir à escola, tomar banho e todas aquelas malditas bobagens. Sabe, um pirata não precisa fazer nada, Joe, quando está em terra firme, mas eremita precisa rezar um bocado, e também não se diverte nunca daquele jeito, sempre sozinho.

— Sim, é mesmo — disse Joe. — Eu não tinha pensado nisso, você sabe. Prefiro mil vezes ser pirata, agora que experimentei como é.

— Sabe, as pessoas não se interessam mais por eremita hoje em dia como antigamente, mas o pirata é sempre respeitado — opinou Tom. — Eremita dorme no lugar mais duro que tiver, se veste de pano de saco, se cobre de cinza, fica na chuva e...

— Por que ele se veste de pano de saco e se cobre de cinza? — indagou Huck.

— Sei lá, mas sei que é assim. Os eremitas sempre fazem assim. Você teria que fazer isso se fosse eremita.

— Eu que não iria querer — disse Huck.

— Bem, o que você faria?

— Sei lá. Mas isso eu não ia fazer.

— Ora, Huck, você teria que fazer. Não tem como evitar.

— Ah, eu não ia suportar. Ia preferir fugir.

— Fugir? Bem, você seria um eremita bem desleixado, um péssimo eremita.

O Mão Vermelha não respondeu nada, pois estava ocupado com coisa melhor. Ele havia terminado de esculpir uma espiga, espetou um talo oco de cânhamo, encheu de tabaco, pôs brasa para acender e soprou uma nuvem de fumaça perfumada. Estava em plena floração de um luxuriante contentamento. Os outros piratas invejaram seu vício majestoso e secretamente decidiram que também se viciariam nele. Huck perguntou:

— O que pirata faz?

Tom disse:

— Eles só vivem na valentia. Tomam navios e os incendeiam, pegam o dinheiro e enterram em lugares macabros da ilha deles, onde tem fantasmas e muitas coisas para ver, matam todo mundo dos navios...

— Eles levam as mulheres para a ilha — corrigiu Joe. — Não matam as mulheres.

— Não — concordou Tom. — Não matam mulher, são muito nobres. As mulheres são sempre bonitas também.

— Eles não usam roupas desmazeladas. Só se cobrem de ouro, prata e diamantes — disse Joe, com entusiasmo.

— Quem? — disse Huck.

— Ora, os piratas.

Huck olhou desolado para as próprias roupas.

— Acho que não estou vestido para ser pirata — lamentou ele, com um tom pungente. — Mas só tenho essa roupa.

Os outros meninos, porém, lhe disseram que as roupas caras viriam logo depois que eles começassem suas aventuras. Fizeram-no entender que seus pobres trapos seriam o suficiente para começar,

embora o costume entre os piratas ricos fosse começar já com um guarda-roupa adequado.

Aos poucos, a conversa acabou e o sono começou a pesar nas pálpebras dos pequenos desamparados. O cachimbo caiu dos dedos do Mão Vermelha, que dormiu o sono dos justos e exaustos. O Terror dos Sete Mares e o Vingador Negro das Possessões Espanholas tiveram mais dificuldade para adormecer. Fizeram suas orações em silêncio e deitados, já que não havia nenhuma autoridade para obrigá-los a ajoelhar e rezar em voz alta. Na verdade, a princípio, tinham intenção de não fazer oração alguma, mas ficaram com medo de chegar a tanto, para não atraírem um raio súbito e especialmente destinado do céu. Então, ao mesmo tempo, atingiram e ficaram pairando no limite iminente do sono, mas a essa altura chegou um intruso, que não queria mais "pousar". Era a consciência.

Começaram a sentir um medo difuso de que haviam cometido um erro ao fugir de casa, em seguida pensaram no toucinho roubado e chegaram à verdadeira tortura. Tentaram argumentar para que ela fosse embora, lembrando à consciência que já haviam roubado doces e maçãs muitas vezes. Mas a consciência não se deixou aliviar com plausibilidades tão tênues; pareceu-lhes, enfim, que não havia como evitar o fato obstinado de que pegar doces era só uma "travessura", enquanto pegar toucinho e presunto e esse tipo de produto era roubar — e havia um mandamento proibindo isso na Bíblia. De tal modo que, intimamente, decidiram que, enquanto permanecessem no ramo, suas piratarias não deveriam mais ser corrompidas pelo crime do roubo. A consciência lhes concedeu uma trégua, e aqueles piratas curiosamente incoerentes pegaram pacificamente no sono.

Q UANDO ACORDOU pela manhã, Tom se perguntou onde estava. Sentou-se, esfregou os olhos, observou tudo à sua volta e compreendeu. Era a fria e cinzenta madrugada. Havia uma deliciosa sensação de repouso naquele silêncio profundo da floresta. Nem uma folha se mexia, nenhum som se impunha à grandiosa meditação da natureza. Havia contas de gotas de orvalho sobre a folhagem e a relva. Uma camada branca de cinzas cobria a fogueira, um hálito rarefeito e azulado de fumaça subia no ar. Joe e Huck ainda dormiam.

Bem distante na floresta, um pássaro cantou e outro respondeu. Depois, ouviu-se o martelar de um pica-pau. Aos poucos, o cinza frio e sombrio da manhã embranqueceu, os sons se multiplicaram e a vida se manifestou. A maravilha da natureza se espreguiçando e indo trabalhar se revelou ao menino arrebatado. Uma lagartinha verde veio se arrastando sobre uma folha orvalhada, deixando dois terços do corpo no ar de quando em quando e "farejando", então retomando o procedimento. A lagartinha estava avaliando a situação, pensou Tom. Quando o bicho se aproximou, por vontade própria, ele ficou imóvel como uma pedra, com suas esperanças subindo e descendo conforme a criatura continuava se aproximando ou parecia inclinada a ir a algum outro lugar.

Quando, enfim, ela considerou dolorosamente um momento com o corpo curvado no ar e decidiu descer pela perna de Tom, começando uma viagem sobre ele, o coração do garoto se encheu de alegria, pois aquilo significava que teria roupas novas — sem sombra de dúvida, um elegante uniforme de pirata. Então veio uma procissão de formigas, surgida do nada, e seguiu em seus afazeres. Uma delas carregava bravamente uma aranha morta cinco vezes maior e subia um tronco com o aracnídeo. Uma joaninha com pintas marrons escalava a vertiginosa altura de uma folha da relva. Tom se inclinou para ver de perto e disse: "Pequenina joaninha, volte para a casinha, pois tudo lá pegou fogo e as joaninhas ficaram sozinhas". O inseto de fato bateu asas e foi verificar, o que não surpreendeu o menino, que sabia fazia tempo que se tratar de um inseto crédulo, em caso de incêndio. Ele já experimentara se aproveitar de sua simplicidade mais de uma vez. Um besouro veio em seguida, erguendo robustamente sua bola, e Tom tocou a criatura, para vê-lo encolher suas patas junto ao corpo e se fingir de morto.

As aves estavam bastante agitadas a essa altura. Um sabiá mímico pousou numa árvore sobre a cabeça de Tom e trilou suas imitações dos vizinhos com um arrebatamento de prazer. Na sequência, um gaio barulhento apareceu, com sua faixa azul cintilante, parou num galho quase ao alcance da mão do menino, deitou a cabecinha de lado e observou os forasteiros com absorvente curiosidade. Um esquilo cinzento e outro preto, grandalhão como uma "raposa", vieram saltitando, parando sentados às vezes para inspecionar e cochichar olhando para os meninos, já que aquelas criaturas selvagens provavelmente nunca haviam visto humanos antes e mal sabiam se deviam temê-los ou não. Toda a natureza estava bem desperta e agitada àquela altura; longas lanças de luz do sol atravessavam a densa folhagem por toda parte, e algumas borboletas esvoaçavam sobre o cenário.

Tom cutucou os outros piratas, que tiraram a roupa aos berros, e dentro de um ou dois minutos estavam pelados, correndo um atrás do outro, tropeçando na água rasa e límpida do banco de areia. Não sentiram nenhuma saudade do vilarejo adormecido ao longe, depois da majestosa extensão de água. Uma correnteza mais forte ou uma breve cheia teriam levado embora a jangada, mas aquele rio só lhes dera alegrias, uma vez que era como uma ponte queimada entre eles e a civilização.

Voltaram ao acampamento maravilhosamente revigorados, de coração feliz e voraz. Logo acenderam um fogo alto outra vez. Huck encontrou uma fonte de água clara e fria ali perto, e os meninos fizeram cuias com folhas largas de carvalho e nogueira. Acharam que a água, adoçicada pelo encanto daquela madeira silvestre, seria um substituto bom o suficiente do café. Enquanto Joe fatiava o toucinho para o desjejum, Tom e Huck pediram que ele esperasse um minuto. Eles pararam num canto promissor da margem do rio e jogaram suas linhas, sendo quase imediatamente recompensados. Joe não tivera tempo de ficar impaciente, e eles voltaram com alguns belos robalos, duas percas e um pequeno bagre — provisões suficientes para uma família inteira. Fritaram o peixe com o toucinho e ficaram espantados, pois nunca haviam comido um peixe tão delicioso. Não sabiam que, quanto mais depressa um peixe de água doce vai para o fogo depois de pescado, melhor fica. Pouco pensaram no tempero conferido pela noite dormida a céu aberto, pelo exercício ao ar livre, pelo banho de rio e pelo principal ingrediente, que era a fome.

Deitaram-se à sombra, após comer, enquanto Huck fumava, e depois avançaram mato adentro numa expedição exploratória. Caminharam alegremente, pisando em troncos apodrecidos, através de arbustos cerrados, por entre os solenes monarcas da floresta, cujas copas coroadas pendiam até o chão com tesouros reais de lianas. De quando em quando, deparavam com recantos aconchegantes, com tapetes de grama, cravejados de flores. Encontraram muitas coisas que os deliciaram, mas nada que os espantasse. Descobriram que a ilha tinha cerca de três milhas de comprimento e um quarto de milha de largura, bem como que a margem mais próxima ficava do outro lado de um estreito canal de menos de duzentos metros de largura.

Nadaram quase o tempo todo e voltaram ao acampamento quase no meio da tarde. Estavam famintos demais para pescar, de modo que se fartaram suntuosamente de presunto frio e depois se espicharam na sombra para conversar. Mas a conversa de repente começou a se arrastar e logo acabou. A quietude, a solenidade que emanava da floresta e a sensação de isolamento surtiram efeito no ânimo dos meninos, que começaram a pensar. Uma espécie de anseio indefinido se instalou dentro deles. Esse anseio tinha ainda uma forma difusa, era uma saudade em botão.

Até Finn, o Mão Vermelha, estava sonhando com a porta de casa e as barricas vazias, mas ficaram todos envergonhados da própria fraqueza, e nenhum deles teve coragem suficiente para dizer o que estava pensando. Por algum tempo, os meninos tiveram uma vaga consciência de um som peculiar ao longe, como às vezes se tem do tique-taque de um relógio em que se repara. De repente, esse som misterioso se tornou mais pronunciado, obrigando-os a reconhecê-lo. Os meninos tiveram um sobressalto, olharam de relance uns para os outros e prestaram atenção ao som. Houve um longo silêncio, profundo e ininterrupto. Em seguida, um grave e solene estrondo veio flutuando desde muito longe na direção deles.

— O que será isso? — perguntou Joe, em voz baixa, espantado.

— Sei lá — disse Tom num sussurro.

— Trovão não é — cravou Huckleberry, em tom reverente. — Porque trovão...

— Atenção! — pediu Tom. — Escute, não fale agora.

Eles esperaram um tempo que pareceu durar uma era, até que o mesmo estrondo abafado perturbou a quietude.

— Vamos lá ver.

Eles se levantaram depressa e correram para a margem mais próxima da cidade. Afastaram os arbustos da ribanceira e olharam para o rio. O pequeno barco a vapor estava a cerca de uma milha depois da vila, descendo a correnteza. Seu convés largo parecia lotado de gente. Havia muitos esquifes remando ou boiando com a correnteza ao lado do barco, mas os meninos não saberiam determinar o que estavam fazendo os homens dentro deles. Então, um grande jato de fumaça branca foi expelido da lateral do barco. Enquanto a fumaça se expandia e subia, formando uma nuvem preguiçosa, aquele mesmo estrondo difuso se impôs aos ouvintes outra vez.

— Agora entendi o que é! — exclamou Tom. — Alguém morreu afogado.

— É isso mesmo — disse Huck. — Fizeram isso no verão passado, quando o Bill Turner se afogou. Disparam um tiro de canhão na água, o que faz o cadáver que está no fundo vir à tona. Ou pegam um filão de pão, põem mercúrio dentro e deixam boiar. Assim, onde quer que tenha alguém afogado, o pão vai boiando até o local e para no lugar onde está o morto.

— Sim, já ouvi falar nisso — confessou Joe. — Por que será que o pão faz isso?

— Oh, nem é tanto o pão — explicou Tom. — Acho que é principalmente o que dizem ao pão antes de começar.

— Mas não falam nada para o pão — consertou Huck. — Já vi fazerem isso, e não falam nada.

— Ora, que engraçado! — disse Tom. — Mas talvez falem para si mesmos. É claro que falam. Todo mundo sabe disso.

Os outros meninos concordaram que havia sentido no que Tom dizia, porque não se podia esperar que um filão de pão ignorante, sem ser orientado por um encantamento, agisse com inteligência quando colocado numa tarefa de tamanha gravidade.

— Jesus, eu queria estar lá agora — admitiu Joe.

— Eu também — disse Huck. — Eu daria tudo para saber quem é o morto.

Os meninos continuaram de ouvidos e olhos atentos. Um pensamento revelador se acendeu na cabeça de Tom, que exclamou:

— Meninos, já sei quem se afogou. Fomos nós!

Sentiram-se como heróis em um instante. Eis um belíssimo triunfo. Eles faziam falta, estavam sendo pranteados, corações se partiam por sua causa, lágrimas estavam sendo derramadas, surgiam lembranças acusadoras de crueldades cometidas contra os pobres meninos, arrependimentos e remorsos inúteis se manifestavam. O melhor de tudo: os desaparecidos eram o assunto da cidade inteira e a inveja de todos os meninos, na medida de sua vertiginosa notoriedade.

Isso foi ótimo. Valia a pena ser pirata, afinal.

Conforme o crepúsculo avançava, o barco a vapor retomou seus afazeres de sempre e os esquifes sumiram. Os piratas voltaram ao acampamento. Estavam esfuziantes de vaidade com o novo esplendor e a ilustre aflição que vinham causando. Pescaram, cozinharam e comeram seus peixes. Depois passaram a imaginar o que a vila estaria pensando e falando a respeito deles, e as imagens que desenharam da perturbação pública por conta deles era algo gratificante de contemplar, do ponto de vista deles mesmos.

Quando, porém, as sombras da noite se fecharam sobre eles pouco a pouco, pararam de falar e se sentaram contemplando o fogo, com os pensamentos divagando alhures. A excitação passou, e Tom e Joe não conseguiram mais evitar de pensar em certas pessoas em casa que não deviam estar achando tanta graça quanto eles daquela bela travessura. Veio a desconfiança. Eles foram ficando atormentados e infelizes, deixando escapar um ou dois suspiros inadvertidamente.

Até que Joe timidamente se arriscou a fazer uma "sondagem" sobre o que os outros achariam de um retorno à civilização. Não agora, mas...

Tom o escorraçou com desdém. Huck, que não tinha muitos compromissos, se juntou a Tom, e o pirata hesitante logo "se explicou", dando-se por satisfeito em sair dessa enrascada sem se deixar contaminar muito por aquela saudade acovardada. O motim foi efetivamente deixado de lado, por ora.

Conforme a noite avançou, Huck começou a adormecer e a roncar. Foi logo seguido por Joe. Tom ficou parado, apoiado no cotovelo por algum tempo, observando atentamente os dois amigos. Enfim, levantou-se com cuidado, ajoelhou-se e começou a procurar algo em meio à relva e aos reflexos bruxuleantes lançados pela fogueira. Recolheu e inspecionou diversos semicilindros grandes de cascas brancas e finas de plátano, e finalmente escolheu duas cascas que pareciam lhe servir. Ajoelhou-se perto do fogo e, com dificuldade, escreveu sobre elas com sua "argila ocre". Uma das cascas, ele enrolou e guardou no bolso da jaqueta; a outra, pôs dentro do chapéu de Joe e o levou para certa distância do dono. Pôs também no chapéu alguns tesouros de menino, de valor quase inestimável — entre eles, um pedaço de giz, uma bola de borracha da Índia, três anzóis de pesca e uma bolinha de gude do tipo que chamavam de "cristal legítimo". Depois, seguiu na ponta dos pés, cuidadosamente, por entre as árvores, até sentir que ninguém podia ouvi-lo e disparou a correr em linha reta na direção do banco de areia.

15

MINUTOS DEPOIS, Tom estava na água rasa do banco de areia, vadeando em direção à costa de Illinois. Antes que a água passasse da cintura, a correnteza já não lhe permitia vadear, portanto ele passou a nadar os cem metros restantes. Conseguiu nadar contra a corrente, mas ainda assim foi arrastado para trás mais depressa do que esperava. No entanto, finalmente ele chegou à outra margem, vagou ao longo dela até encontrar uma ribanceira baixa e saiu do rio. Pôs a mão no bolso da jaqueta, encontrou o pedaço de casca de árvore e penetrou na mata, acompanhando a margem do rio, com as roupas encharcadas. Pouco depois das dez, chegou a uma clareira do outro lado da vila e viu o barco a vapor atracado à sombra das árvores e da ribanceira alta. Tudo estava em silêncio sob as estrelas piscantes. Arrastou-se pela margem, vigiando de olhos bem abertos, deslizou para dentro da água, deu três ou quatro braçadas e embarcou no esquife que fazia o serviço de "escaler" junto à popa do barco a vapor. Deitou-se embaixo dos bancos dos remadores e esperou, ofegante.

O sino rachado badalou e uma voz deu ordem de "zarpar". Um ou dois minutos depois, a proa do esquife se ergueu bem alta, contra o rastro do barco a vapor, e a viagem começou. Tom ficou feliz com seu sucesso, pois sabia que seria a última viagem do barco a vapor naquela noite. Ao fim de longos doze ou quinze minutos, as rodas pararam, Tom se esgueirou sobre a amurada e nadou até a margem na penumbra, saindo cerca de cinquenta metros rio abaixo, longe do perigo de encontrar possíveis madrugadores.

Correu por alamedas pouco frequentadas e logo se viu diante da cerca dos fundos da casa da tia. Escalou a cerca, aproximou-se do L e olhou pela janela da sala, onde havia velas acesas. Lá estavam tia Polly, Sid, Mary e a mãe de Joe Harper reunidos, conversando. Estavam junto à cama, entre eles e a porta. Tom foi até a porta e começou a erguer o trinco suavemente. Depois, empurrou com cuidado e a porta rangeu. Continuou empurrando, estremecendo sempre que a porta rangia, até que julgou conseguir se espremer e passar ajoelhado. Passou a cabeça e entrou, cautelosamente.

— Por que está ventando na chama desse jeito? — disse tia Polly. Tom se apressou. — Ora, acho que essa porta está aberta. Claro, é isso. Tem acontecido muita coisa estranha ultimamente. Vá fechar, Sid.

Tom desapareceu embaixo da cama bem a tempo. Ficou ali deitado "tomando um fôlego" por algum tempo, depois se arrastou até quase poder tocar o pé da tia.

— Mas como eu ia dizendo — disse tia Polly —, ele não era mau, como se diz. Só era *arteeeiro* que só ele. Só um pouco agitado e atacado, como se diz. Era irresponsável como um potrinho. Não tinha má intenção e tinha o melhor coração que um menino poderia ter.

Começou a chorar.

— A mesma coisa, o meu Joe. Sempre encapetado e pronto para qualquer arte, mas desapegado e generoso como ninguém. Meu Deus! E pensar que bati nele por ter pegado aquele creme e só depois me lembrei que eu mesma tinha jogado o creme fora porque havia azedado. Nunca mais vou ver o Joe vivo. Nunca, nunca, nunca mais, pobrezinho, injustiçado.

A sra. Harper soluçava como se seu coração fosse se despedaçar.

— Espero que o Tom esteja melhor agora onde estiver — arriscou Sid. — Mas se ele tivesse sido melhor em algumas coisas...

— Sid! — Tom sentiu a fúria dos olhos da velha senhora, embora não pudesse vê-los. — Não diga mais uma palavra contra meu Tom, agora que ele se foi! Que Deus o guarde! Você não tem nada com que se preocupar, senhorzinho! Oh, sra. Harper, não sei o que será de mim sem ele. Não sei viver sem ele. Ele era um grande consolo para mim, embora me atormentasse o coração quase sempre.

— O Senhor o deu, o Senhor o levou. Louvado seja o nome do Senhor! Mas é tão difícil! Como é difícil! Sábado passado, meu Joe estourou uma bombinha bem na minha frente, bati nele e ele caiu esparramado no chão. Como eu ia saber que, logo depois... Se eu pudesse fazer tudo de novo, daria um abraço e agradeceria a ele por isso.

— Sim, sim, sim, sei bem como você se sente, sra. Harper. Sei exatamente como se sente. Ainda ontem à tarde, meu Tom deu analgésico para o gato, e parecia que o gato ia destruir a casa inteira. E, Deus me perdoe, bati na cabeça do Tom com o dedal. Pobrezinho, meu falecido Tom! Mas agora ele já não sofre mais. E pensar que as últimas palavras que me disse foram para se queixar que...

A lembrança foi demais para a velha senhora, que desatou a chorar. Tom também choramingava, com mais pena de si mesmo do que qualquer um ali. Ouvia Mary chorando e dizendo palavras bondosas sobre ele de quando em quando. Começou a ter uma opinião mais nobre sobre si mesmo do que jamais tivera antes. De todo modo, estava suficientemente comovido pela tristeza da tia para querer sair logo de debaixo da cama e fazê-la transbordar de alegria, mas resistiu e continuou imóvel.

Continuou escutando e entendeu, por pedaços da conversa, que a princípio chegaram a cogitar que os meninos deviam ter se afogado enquanto nadavam. Depois, deram falta da pequena jangada. Em seguida, alguns meninos disseram que os rapazes desaparecidos haviam prometido que a vila inteira "ficaria sabendo de uma coisa" em breve. Os sábios da vila "juntaram isso com aquilo" e decidiram que os rapazes haviam fugido na jangada e apareceriam na cidade vizinha rio abaixo a qualquer momento. Mas, por volta do meio-dia, a jangada fora encontrada, às margens do Missouri, a cinco ou seis milhas da vila, o que acabou com as esperanças.

Eles deveriam ter morrido afogados, ou a fome os teria trazido de volta para casa antes de anoitecer, se não antes. Acreditavam que a busca pelos corpos fora infrutífera apenas porque o afogamento devia ter ocorrido bem no meio do rio, pois, sendo os meninos bons nadadores, teriam conseguido escapar da correnteza e chegar à outra margem. Isso foi na noite de quarta-feira. Se os corpos continuassem desaparecidos até domingo, toda a esperança seria abandonada e os funerais seriam celebrados pela manhã. Tom estremeceu.

Ainda soluçante, a sra. Harper deu boa-noite e se virou para ir embora. Com impulso mútuo, as duas mulheres desoladas se atiraram nos braços uma da outra, deixaram-se cair num choro bom, consolador, e depois se despediram. Tia Polly foi muito mais terna do que de costume em seu boa-noite a Sid e Mary. Sid choramingou um pouquinho e Mary chorou com todas as forças.

Tia Polly se ajoelhou e rezou por Tom de maneira tão comovente, com tanta compaixão e um amor tão desmedido em suas palavras e em sua velha voz trêmula, que ele se banhou em lágrimas outra vez, muito antes de ela terminar. Precisou continuar imóvel muito tempo depois de ela se deitar, porque a tia continuou murmurando suas mágoas de quando em quando, remexendo-se inquieta e se revirando na cama. Por fim, ela se acalmou, apenas gemendo um pouco durante o sono.

Nesse momento, o menino resolveu sair de seu esconderijo, ergueu-se aos poucos ao lado da cama, cobriu a chama da vela com a mão e se pôs de pé olhando para a tia. Seu coração estava cheio de pena. Tirou o rolo de casca de plátano e o colocou junto à vela. Mas um pensamento o fez ponderar mais um pouco. Seu semblante se iluminou com uma solução feliz, e ele guardou rapidamente a casca no bolso. Inclinou-se, beijou os lábios pálidos da tia e saiu furtivamente, passando o trinco na porta ao sair.

Caminhou de volta até o ancoradouro, não encontrou ninguém por lá e subiu a bordo do vapor, o qual sabia estar vazio, com exceção de um vigia, que sempre se virava e dormia como uma estátua. Desamarrou o esquife da popa do barco, embarcou e logo estava remando cautelosamente rio acima. Quando passou cerca de uma milha da vila, começou a forçar a travessia da correnteza e se inclinou, remando com vigor.

Chegou logo ao ancoradouro da outra margem, numa tarefa já familiar. Sentiu-se tentado a capturar o esquife, argumentando que podia ser considerado um navio e, portanto, presa legítima para um pirata, mas sabia que haveria uma busca exaustiva pelo esquife e que poderia acabar revelando seu paradeiro. Assim, pisou em terra firme e penetrou na mata. Sentou-se e descansou por um longo tempo, torturando-se nesse ínterim para se manter acordado, e então partiu com afinco rumo ao trecho final. A noite já havia passado. Já era dia claro quando se viu diante do banco de areia da ilha. Descansou novamente até o sol estar bem alto no céu, dourando o grande rio com seu esplendor, e mergulhou na correnteza. Pouco depois, chegou encharcado ao limite do acampamento e ouviu Joe dizer:

— Não, o Tom é de confiança, Huck, e vai voltar. Ele não é um desertor, sabe que isso seria uma desgraça para um pirata e é orgulhoso demais para fazer esse tipo de coisa. Ele deve estar tramando alguma coisa. Fico me perguntando o que será.

— Bem, essas coisas agora serão nossas, pelo menos, não é?

— Quase, Huck, mas ainda não. Ele escreveu que serão nossas se ele não estiver aqui de volta a tempo do café da manhã.

— E ele está! — exclamou Tom, com um belo efeito dramático, chegando orgulhoso ao acampamento.

Um suntuoso desjejum de toucinho e peixe foi logo providenciado. Enquanto os meninos se puseram a devorá-lo, Tom recontou (e enfeitou) suas aventuras. Quando a história terminou, eram uma companhia de heróis envaidecidos e arrogantes. Depois, Tom se recolheu a um canto sombreado e dormiu até o meio-dia, ao passo que os outros piratas foram pescar e explorar mais a ilha.

16

DEPOIS DE comer, a gangue resolveu procurar ovos de tartaruga no banco de areia. Ficaram enfiando gravetos na areia e, ao encontrarem um lugar mais macio, ajoelhavam-se e cavavam com as próprias mãos. Algumas vezes, achavam cinquenta ou sessenta ovos num único buraco. Eram esferas perfeitas, brancas, um pouco menores que uma noz. Fizeram um famoso banquete de ovo frito aquela noite e outro na manhã seguinte.

Após o desjejum, eles ficaram gritando e fazendo piruetas no banco de areia e correram atrás uns dos outros, largando as roupas no caminho, até ficarem nus. Depois, continuaram farreando muito além da água rasa do banco de areia, contra a corrente, que às vezes os arrastava por baixo e os derrubava, aumentando a diversão. De vez em quando, paravam e jogavam água no rosto uns dos outros com a palma das mãos, aos poucos se aproximando, com o rosto virado para evitar os jatos sufocantes, até que o melhor afogasse o vizinho. Os três formaram um emaranhado de pernas e braços brancos e emergiram golpeando, cuspindo, gargalhando, tomando fôlego, como uma pessoa só e ao mesmo tempo.

Quando ficavam muito exaustos, saíam correndo da água e se esparramavam na areia seca e quente, ali ficando deitados e se cobrindo de areia. Dali a pouco, voltavam correndo para a água e faziam mais uma vez a apresentação original. Enfim, ocorreu-lhes que, nus como estavam, parecia muito que estavam de ceroulas, então desenharam na areia um picadeiro e fizeram um circo com três palhaços, porque nenhum deles quis ceder o posto mais valioso ao outro.

Em seguida, buscaram suas bolas de gude e jogaram "mata", "círculo" e "biriba" até a brincadeira perder a graça. Na sequência, Joe e Huck foram nadar de novo, mas Tom preferiu não se arriscar, já que havia perdido sua tornozeleira de chocalhos de cascavel. Perguntou-se como havia se livrado da cãibra por tanto tempo sem a proteção do misterioso amuleto. Não se arriscou mais até encontrá-lo. A essa altura, os outros já estavam cansados e prontos para descansar.

Eles foram aos poucos se afastando a esmo, ficando tristes, olhando nostálgicos para o outro lado do rio, onde a vila dormitava ao sol. Tom se pegou escrevendo "Becky" na areia com o dedão do pé. Apagou o nome dela e ficou bravo consigo mesmo por tal fraqueza. Mas o escreveu novamente mesmo assim, sem conseguir evitar. Tornou a apagá-lo e se livrou da tentação chamando os outros para ficarem juntos a ele.

O entusiasmo de Joe, no entanto, havia passado a ponto de parecer impossível ressuscitá-lo. Estava com tanta saudade de casa que mal conseguia suportar essa angústia. As lágrimas estavam quase vindo à tona. Huck também estava melancólico. Tom estava desanimado, mas tentou não demonstrar. Ele tinha um segredo que não estava pronto para contar ainda, mas, se aquele motim depressivo não fosse logo interrompido, teria que fazê-lo. Ele disse, dando mostras de grande animação:

— Meninos, aposto que outros piratas já estiveram nesta ilha antes de nós. Voltaremos a explorá-la. Eles devem ter enterrado tesouros por aqui em algum lugar. O que achariam de encontrar um baú cheio de ouro e prata?

Isso despertou um entusiasmo tênue, que passou logo, sem reação. Tom tentou mais uma ou duas seduções, que também falharam. Era uma missão desestimulante. Joe ficou sentado, espetando a areia com um graveto, com o semblante muito soturno. Por fim, disse:

— Meninos, vamos desistir. Quero ir para casa, aqui é muito solitário.

— Oh, não, Joe, você vai acabar se sentindo melhor — disse Tom. — Imagine a quantidade de peixes que podemos pescar aqui.

— Não quero saber de pescar. Quero ir para casa.

— Mas, Joe, não existe lugar melhor para nadar do que aqui.

— Não adianta nadar. Acho que não gosto de nadar se não tem ninguém mandando eu não nadar. Quero ir para casa, isso sim.

— Ora bolas! Criancinha! Quer ver a mamãe, pelo jeito...

— Sim, quero ver minha mãe. Você também iria querer, se tivesse uma. Se eu sou criancinha, você também é.

Joe choramingou um pouco.

— Bem, melhor deixarmos o bebê chorão voltar para a casa da mamãe, não é, Huck? Coitadinho. Quer ver a mamãe? Pode ir. Você gosta daqui, não é, Huck? Vamos ficar aqui, não é?

Huck concordou, sem convicção.

— Nunca mais vou falar com vocês enquanto eu viver — disse Joe, levantando-se. — Pronto!

Ele se afastou cabisbaixo e começou a se vestir.

— Quem se importa? — disse Tom. — Ninguém quer você mesmo. Pode ir para casa, vamos rir da sua cara. Que belo pirata você é! O Huck e eu não somos bebês chorões. Vamos ficar, não é mesmo, Huck? Deixe ele ir embora, se quiser. Aposto que vamos ficar bem sem ele.

Mas Tom ficou inquieto e preocupado ao ver Joe se vestindo com mau humor. Na sequência, ficou incomodado ao ver Huck olhando melancólico para os preparativos de Joe, conservando um silêncio sinistro. Sem se despedir, Joe começou a vadear o rio em direção à costa de Illinois. O coração de Tom afundou dentro do peito. Olhou de relance para Huck, que não suportou o olhar, baixou a vista e falou:

— Tom, também quero ir. Já estava muito solitário aqui, agora vai ficar pior. Vamos também, Tom.

— Não vou. Podem ir os dois, se quiserem. Pretendo ficar aqui mesmo.

— É melhor eu ir agora.

— Pois vá logo, então. Quem está impedindo?

Huck começou a recolher suas roupas espalhadas e comentou:

— Eu queria que você viesse junto. Pense no assunto. Vamos esperar você quando chegarmos à margem.

— Bem, vocês vão esperar eternamente.

Huck partiu tristonho. Tom ficou parado olhando para ele, com um forte desejo no coração de esquecer o orgulho e ir também. Achou que os meninos fossem parar, mas eles continuaram em frente. Subitamente, ocorreu a Tom que ali estava ficando muito solitário e silencioso. Relutou mais um pouco com seu orgulho, até que saiu correndo atrás de seus amigos, aos berros:

— Esperem! Esperem! Quero contar uma coisa para vocês!

Os dois pararam e se viraram. Quando ele chegou aonde eles estavam, começou a revelar seu segredo. Os meninos escutaram, carrancudos, até que entenderam o ponto aonde Tom queria chegar e deram um grito de guerra, com aplausos. Acharam esplêndido e disseram que, se soubessem antes, não teriam pensado em deixá-lo para trás. Ele deu uma desculpa plausível, mas seu verdadeiro motivo havia sido o medo de que nem mesmo o segredo fosse fazê-los ficar mais tempo, portanto o guardou como última tentativa de sedução.

Os rapazes voltaram alegremente para o acampamento e foram outra vez praticar seus esportes, tagarelando o tempo todo sobre o plano estupendo de Tom e admirando a genialidade da ideia. Depois de comerem ovos e peixes deliciosos, Tom disse que queria aprender a fumar. Joe gostou da ideia e disse que também gostaria de experimentar. Huck preparou os cachimbos e os encheu de tabaco. Aqueles novatos nunca haviam fumado nada antes além de charutinhos de folha de uva, mas tiveram que morder a língua, pois aquilo não era considerado coisa de homem.

Esparramaram-se no chão, apoiados nos cotovelos, e começaram a fumar aos poucos, sem muita segurança do que faziam. A fumaça tinha um gosto desagradável e os fez engasgar, mas Tom disse:

— Ora, mas é muito fácil. Se eu soubesse que era só isso, teria aprendido a fumar muito antes.

— Eu também — disse Joe. — Não é nada de mais.

— Muitas vezes eu via alguém fumando e pensava: "Eu bem queria saber fumar assim". Mas achei que nunca fosse conseguir — admitiu Tom.

— A mesma coisa comigo, não é, Huck? Você lembra que eu disse a mesma coisa? Vou deixar que o Huck diga se não foi exatamente o que eu disse.

— Sim, várias vezes — confirmou Huck.

— Bem, eu também. Centenas de vezes. — Tom não deixou por menos. — Uma delas lá no curtume. Você não lembra, Huck? O Bob Tanner, o Johnny Miller e o Jeff Thatcher também estavam lá quando eu disse. Você não lembra, Huck, quando eu disse isso?

— Sim, foi isso mesmo — assentiu Huck. — Foi um dia depois que eu perdi uma bolinha de gude branca. Não, foi um dia antes.

— Pronto, foi o que eu disse — disse Tom. — O Huck lembra.

— Acho que vou ficar fumando o dia inteiro — disse Joe. — Nem estou enjoado.

— Nem eu — disse Tom. — Eu poderia ficar fumando o dia inteiro. Mas aposto que o Jeff Thatcher não consegue.

— Jeff Thatcher! Ele ia desmaiar depois de duas tragadas. Deixa ele experimentar uma vez. Ele ia ver só!

— Aposto que sim. E o Johnny Miller. Queria ver o Johnny Miller tragar uma vez só que fosse.

— Oh, e eu não aposto?! — disse Joe. — Ora, aposto que o Johnny Miller não conseguiria fazer nem isso. Só de respirar a fumaça, ele já vai passar mal.

— Vai mesmo, Joe. Imagine só. Queria que os meninos pudessem nos ver agora.

— Eu também queria.

— Imaginem. Não falem nada sobre isso com ninguém. Um dia, quando eles estiverem por perto, vou chegar e falar: "Joe, você está com o cachimbo aí? Queria fumar um pouco". E aí você diz, como quem não quer nada: "Sim, estou com meu velho cachimbo e mais outro, mas meu tabaco não é grande coisa". Aí eu falo: "Tudo bem, desde que seja forte". Então, vocês sacam seus cachimbos, nós acendemos e fumamos calmamente, só esperando a reação deles.

— Jesus! Isso vai ser engraçado. Quero fazer isso logo.

— Eu também. Quando eles souberem das nossas piratarias, será que vão querer ter vindo junto?

— Aposto que vão.

E, assim, a conversa continuou, mas logo começou a esmorecer um pouco e perder o sentido. Os silêncios se alargaram e a expectoração se intensificou. Dentro da boca dos meninos, cada poro se tornou uma fonte a jorrar; eles mal conseguiam baldear os porões debaixo da língua depressa o suficiente para evitar uma inundação. Pequenos vazamentos garganta abaixo ocorreram apesar de tudo o que fizeram, e de repente vieram ânsias a todo instante. Ambos pareciam muito pálidos e infelizes. O cachimbo de Joe caiu de seus dedos inertes. Em seguida, o de Tom. Ambas as fontes jorravam furiosamente e ambas as bombas baldeavam com toda a força. Joe disse com voz fraca:

— Perdi meu canivete. Acho melhor eu procurar.

Tom disse, com lábios trêmulos e eu fala arrastada:

— Vou ajudar. Vá você por ali e eu vou pela cascata. Não, Huck, você não precisa ir. Nós achamos sozinhos.

Huck tornou a se sentar e esperou por uma hora. Depois, sentiu-se sozinho e foi procurar os amigos, que estavam bem isolados na mata, muito pálidos, ambos dormindo profundamente. Algo lhe dizia, porém, que, se houvesse algum problema, eles já o teriam resolvido.

Tom e Joe não estavam para muita conversa no jantar daquela noite. Estavam com uma expressão humilde, e quando Huck preparou seu cachimbo depois de comer e estava preparando os deles, disseram que não estavam se sentindo muito bem. Alguma coisa não lhes caíra bem no jantar.

Por volta da meia-noite, Joe acordou e chamou os meninos. Havia uma melancolia opressiva no ar que parecia agourenta. Os meninos ficaram juntos, amontoados, na amistosa companhia do fogo, ainda que o calor morto da atmosfera afogueada fosse sufocante. Sentaram-se calados, atentos e esperaram. O silêncio solene continuou. Fora da luz da fogueira, tudo foi engolido na negrura das trevas.

Então veio um clarão tremeluzente que revelou a folhagem por um momento e desapareceu. Dali a algum tempo, surgiu outro, um pouco mais forte, e mais outro. Então, um gemido remoto sussurrou através das copas das árvores. Os meninos sentiram um sopro fugaz nas faces e estremeceram ao imaginar o Espírito da Noite passando por ali. Houve uma pausa. Um lampejo estranho transformou a noite em dia e mostrou cada folha da relva, separada e distinta, que crescia aos pés deles. Revelou também três rostos brancos e assustados. Um estrondo grave de trovão desceu aos trancos e barrancos dos céus, perdendo-se em rumores taciturnos na distância. Uma lufada de ar gelado passou, farfalhando todas as folhas e espalhando as cinzas perto da fogueira. Outro clarão ardente iluminou a floresta e um estrépito instantâneo pareceu estilhaçar os topos das árvores logo acima da cabeça dos meninos, que se abraçaram com terror, na escuridão espessa que se seguiu. Algumas gotas grandes de chuva caíram com estalos sobre as folhas.

— Depressa! Meninos, vamos para a tenda! — exclamou Tom.

Eles saíram correndo, tropeçando em raízes e cambaleando entre lianas no escuro, cada um numa direção diferente. Um estrondo furioso rugiu por entre as árvores, fazendo tudo ecoar por um momento. Era um lampejo ofuscante atrás do outro, estrondos e mais estrondos de trovões ensurdecedores. Uma chuva avassaladora caiu e um furacão se formou, lançando mantos de água no chão. Os meninos gritaram para chamar uns aos outros, mas o vento uivante e os trovões retumbantes afogaram totalmente suas vozes.

Ainda assim, os três conseguiram se abrigar sob a tenda com frio, assustados e encharcados, mas ter companhia na desgraça parecia um motivo de gratidão. Não conseguiriam conversar, pois a velha vela naval tremulava muito. A tempestade aumentou, fazendo a vela da tenda se soltar da amarração e sair voando. Os três deram as mãos e saíram correndo, com muitos tombos e arranhões, até se abrigar sob um grande carvalho da ribanceira do rio, onde a batalha atingiu o ápice. Sob a incessante conflagração dos relâmpagos que incendiavam o céu, tudo abaixo se destacava com uma nitidez precisa e sem sombra: as árvores dobradas; o rio agitado, branco de espuma; o borrifo veloz dos flocos de espuma; a tênue silhueta dos altos penhascos do outro lado, vistos de relance através das nuvens à deriva; e o véu inclinado da chuva. Vez por outra, alguma árvore gigantesca sucumbia ao combate e caía com estardalhaço entre as plantas mais jovens. Os incansáveis trovões vinham em erupções explosivas de furar os tímpanos, agudos, penetrantes e aterradores.

A tempestade parecia que ia rasgar a ilha em pedaços, incendiá-la, afogá-la até o topo das árvores, explodi-la e ensurdecer todas as criaturas que nela estivessem, tudo de uma vez só. Foi uma noite atroz para aquelas cabecinhas novas e sem teto.

Mas enfim a batalha se encerrou, e as forças se retiraram com ameaças e resmungos cada vez mais fracos, e a paz retomou seu domínio. Os meninos voltaram ao acampamento atônitos, mas descobriram que ainda havia motivos de alívio, porque não estavam sob o grande plátano, o abrigo de suas camas, agora arruinado, atingido pelos raios.

Tudo o que havia no acampamento estava encharcado, inclusive a fogueira. Eles não passavam de rapazes descuidados, típicos de sua geração, e não haviam tomado nenhuma providência contra a chuva. Era um motivo de preocupação, já que estavam ensopados e gelados até os ossos. Estavam aflitos, mas descobriram que a fogueira havia devorado a tal ponto o grande tronco perto do qual fora construída (onde ele se curvava para cima e se separava do chão) que cerca de um palmo da madeira havia escapado da chuva. Então eles trabalharam pacientemente até que, com lascas e cascas recolhidas embaixo dos troncos secos, reacenderam o fogo. Empilharam grandes galhos mortos até formarem uma fornalha furiosa, e outra vez seus corações se alegraram.

Eles secaram o presunto cozido, fizeram um banquete, e se sentaram junto ao fogo, expandindo e glorificando sua aventura da meia-noite até de manhã, já que não havia lugar seco onde dormir. Quando o sol começou a se insinuar, o sono começou a se impor sobre eles, que foram até o banco de areia e se deitaram para dormir. Aos poucos, ficaram queimados de sol e, exaustos, fizeram o desjejum. Depois de comer, sentiram-se enferrujados, com as articulações duras, e mais uma vez com um pouco de saudade de casa. Tom percebeu esses sinais e passou a tentar animar os piratas o melhor que podia. Mas eles não quiseram saber de bolas de gude, de circo, de nadar, nem de nada. Ele os lembrou do importante segredo, arrancando-lhes um raio de entusiasmo. Enquanto durou esse raio, interessaram-se por uma novidade. A ideia era deixar de ser pirata por algum tempo e passar a ser índio. Sentiram-se atraídos pela ideia, de modo que logo estavam nus e listrados de lama preta da cabeça aos pés, como se fossem zebras — eram três caciques, é claro. Saíram abrindo caminho na floresta para atacar o assentamento inglês. Dali a pouco, separaram-se em três tribos hostis, dispararam uns contra os outros, atocaiados, com temíveis gritos de guerra, mataram-se e escalpelaram uns aos outros, aos milhares. Foi um dia sangrento, mas extremamente satisfatório.

Voltaram a se reunir no acampamento perto da hora do jantar, famintos e felizes, mas então surgiu uma dificuldade. Índios hostis não poderiam partilhar o pão da hospitalidade juntos sem primeiro fazer as pazes, o que era impossível sem fumar um cachimbo da paz. Não havia outro processo que conhecessem. Com todo o entusiasmo que puderam demonstrar, recorreram ao cachimbo, o qual baforaram e passaram adiante, como se deve.

E, veja só, eles ficaram contentes em virar selvagens e descobriram que podiam fumar um pouco sem precisar sair para procurar outro canivete perdido. Não ficaram enjoados a ponto de sentir um desconforto sério, e dificilmente desperdiçariam essa grande oportunidade por falta de empenho. Eles praticaram depois de jantar, com um sucesso razoável, e passaram uma noite felicíssima. Ficaram mais orgulhosos e felizes com a nova aquisição do que ficariam se tivessem escalpelado e esfolado todas as Seis Nações iroquesas. Deixaremos os meninos fumando, tagarelando e se gabando, já que não temos o que fazer com eles agora.

17

Não havia, no entanto, nenhum motivo de alegria na cidadezinha naquela mesma tarde tranquila de sábado. Os Harpers e a família da tia Polly estavam começando o luto, com grande tristeza e muitas lágrimas. Um silêncio incomum dominava a vila, embora ela fosse geralmente silenciosa, com toda a razão. Os moradores conduziam seus afazeres com ar ausente e falavam pouco, mas suspiravam bastante. O sábado livre parecia um fardo para as crianças. Estavam sem ânimo para jogos, e aos poucos foram parando de brincar.

À tarde, Becky Thatcher se viu vagando pelo pátio deserto da escola e se sentindo muito melancólica. Não havia ali nada que a consolasse. Eis seu solilóquio:

— Oh, se eu tivesse ficado com aquela maçaneta de latão... Mas agora não tenho nada para me lembrar dele.

Ela sufocou um soluço na garganta e disse para si mesma:

— Foi bem aqui. Oh, se eu pudesse voltar atrás, não teria dito aquilo por nada nesse mundo. Mas agora ele se foi. Nunca mais vou vê-lo de novo.

Esse pensamento a deixou arrasada e ela foi embora com lágrimas escorrendo no rosto. Então, um grande grupo de meninos e meninas, colegas de Tom e Joe, chegou, ficou olhando para a cerca caiada e conversando em tom reverente, dizendo que Tom fizera isto e aquilo da última vez que o viram, e como Joe havia dito assim e assado uma bobagem qualquer — prenhe de terrível profecia, como podiam ver agora. Cada um apontou o ponto exato em que os meninos perdidos estavam naquela hora e acrescentaram algo como:

"Eu estava bem aqui, assim como estou agora, como se você fosse ele. Eu estava bem perto. Ele sorriu bem assim e senti uma coisa horrorosa, sabe? Nunca mais pensei sobre isso, claro, mas agora entendi".

Em seguida, houve uma disputa sobre quem vira os meninos pela última vez com vida. Muitos reivindicaram essa triste distinção e ofereceram evidências mais ou menos adulteradas pela testemunha. Quando finalmente se decidiu quem vira quem por último e quem trocara as últimas palavras com eles, as partes vitoriosas adquiriram uma espécie de importância sagrada, recebendo olhares de espanto e inveja dos demais. Um pobre colega, que não tinha outra grandeza para oferecer, disse com um orgulho razoavelmente evidente ao se lembrar:

— Bem, o Tom Sawyer me bateu uma vez.

Isso em termos de glória, contudo, era um fiasco. A maioria dos meninos podia dizer o mesmo, de modo que isso barateava demais a distinção. O grupo ficou ali mais algum tempo, evocando lembranças dos heróis perdidos, com vozes reverentes. Quando a escola dominical terminou, na manhã seguinte, o sino começou a dobrar, em vez do repicar de costume. Foi um domingo muito silencioso, e o som plangente parecia em consonância com o silêncio contemplativo que havia na natureza. Os moradores começaram a chegar, parando por um momento no vestíbulo para conversar aos sussurros sobre o triste acontecimento. Mas ali dentro ninguém sequer sussurrava; apenas o farfalhar fúnebre dos vestidos das mulheres reunidas nos bancos perturbava a quietude. Ninguém se lembrava de ter visto a igrejinha tão cheia antes. Houve uma última pausa de espera, um torpor de expectativa, e tia Polly entrou, seguida de Sid e Mary, seguidos pela família Harper, todos de luto fechado. Toda a congregação, inclusive o velho pastor, ficou de pé, em reverência, até que as famílias se sentassem no primeiro banco. Houve outro silêncio de comunhão, interrompido de quando em quando por soluços abafados, e então o pastor ergueu bem alto as mãos abertas e fez sua oração. Um hino comovente foi cantado, e em seguida se leu o texto: "Eu sou a Ressurreição e a Vida".

Conforme o serviço prosseguiu, o pastor desenhou tantas imagens dos falecidos, seus costumes cativantes, e a rara promessa que os meninos perdidos haviam sido, que todas as almas presentes, julgando que ele acreditava em tais imagens, sentiram uma pontada de dor ao se lembrar de que ele sempre havia ignorado aqueles dois, e sempre havia enxergado apenas as falhas e os defeitos nos pobres garotos. O pastor relatou diversos incidentes comoventes da vida dos falecidos também, ilustrando seus temperamentos gentis e generosos. As pessoas puderam ver como aqueles episódios haviam sido nobres e belos, lembrando-se com tristeza de que na ocasião em que ocorreram haviam parecido malandragens asquerosas, que bem mereceram o chicote recebido.

A congregação foi ficando cada vez mais comovida conforme a patética narrativa prosseguia, até que por fim todo o grupo desatou a chorar e se juntou às famílias enlutadas num coro de soluços aflitos. O próprio pastor deu vazão a seus sentimentos e chorou em pleno púlpito. Houve um alvoroço na galeria que ninguém notou. No momento seguinte, a porta da igreja rangeu ao se abrir, o pastor ergueu os olhos marejados sobre o lenço e ficou paralisado. Primeiro um e depois outro par de olhos seguiram o olhar do pastor, e quase impulsivamente toda a congregação se levantou e fitou os três meninos mortos que entravam marchando pelo corredor — Tom na frente; Joe, no meio; e Huck, um flagelo de trapos gotejantes, esgueirando-se timidamente atrás. Eles haviam se escondido na galeria pouco frequentada, assistindo ao sermão do próprio funeral.

Tia Polly, Mary e os Harpers correram para abraçar seus entes queridos recuperados, encheram-nos de beijos e deram graças, enquanto o pobre Huck ficou envergonhado e incomodado, sem saber o que fazer ou onde se esconder diante de tantos olhares hostis. Ele hesitou e começou a esboçar uma retirada discreta, porém Tom o agarrou e disse:

— Tia Polly, não é justo. Alguém tem que ficar contente pelo Huck também.

— Alguém ficou. Estou contente por vê-lo, pobre criatura desamparada!

As amorosas atenções da tia Polly que recaíram sobre ele foram a única coisa capaz de deixá-lo mais incomodado do que antes. De repente, o pastor berrou a plenos pulmões: "Louvado seja Deus, fonte de todas as bênçãos. Cantem todos, e com todo o sentimento".

E todos cantaram. O velho hino ganhou corpo com ênfase triunfante. Enquanto as vozes faziam vibrar as vigas, Tom Sawyer, o pirata, olhava ao seu redor para os jovens que os invejavam e confessou no fundo do coração que aquele era seu momento de maior orgulho na vida.

Quando a congregação "convertida" saiu em tropel da igreja, disseram que estavam quase dispostos a serem feitos de bobos outra vez só para ouvir o velho hino cantado daquela maneira.

Tom recebeu mais tapas e beijos só naquele dia, segundo a variação dos humores da tia Polly, do que antes recebera em um ano inteiro. Ele mal saberia dizer se eram os tapas ou os beijos que expressavam melhor a gratidão a Deus e o carinho por ele mesmo.

18

Este era o grande segredo de Tom: o plano de voltar para casa com seus irmãos piratas e assistir ao próprio funeral. Eles haviam remado até a margem do Missouri num tronco, na madrugada de sábado, aportando cinco ou seis milhas abaixo da vila. Haviam dormido na mata, no limite da cidade, quando já era quase dia claro. De lá, esgueiraram-se por vielas e travessas, adormecendo na galeria da igreja, em meio ao caos de bancos inutilizados.

No desjejum, segunda-feira de manhã, tia Polly e Mary foram muito amorosas com Tom, atenciosas a seus desejos. Conversaram bastante, como raramente acontecia. Ao longo da conversa, tia Polly disse:

— Bem, não vou dizer que foi uma boa travessura, Tom, deixar todo mundo sofrendo quase uma semana para vocês três se divertirem. E é uma pena que você seja cruel a ponto de me deixar sofrendo também. Se você conseguiu vir boiando num tronco para assistir ao próprio funeral, poderia ter vindo e deixado algum sinal de que não estava morto, mas de que havia apenas fugido.

— Sim, você poderia ter feito isso, Tom — disse Mary. — E acredito que teria feito, se tivesse pensado nisso.

— Você teria feito isso, Tom? — perguntou tia Polly, com o semblante se iluminando melancolicamente. — Agora me diga: você teria vindo, se tivesse pensado nisso?

— Eu... Bem, não sei. Teria estragado tudo.

— Tom, eu achava que você me amasse a ponto de pensar nisso — disse tia Polly, com uma voz tristonha que incomodou o menino. — Já teria sido alguma coisa, pelo menos, se você se importasse comigo a ponto de pensar nisso, mesmo que você não viesse de fato.

— Ora, titia, ele não fez por mal — alegou Mary. — É o jeito eufórico do Tom. Ele está sempre com tanta pressa que nunca pensa em nada.

— Tanto pior. Sid teria pensado nisso. Teria vindo e deixado algum sinal. Tom, algum dia você vai olhar para trás, quando for tarde demais, e desejar ter se importado mais comigo, sendo que isso lhe custaria tão pouco...

— Ora, titia, você sabe que me importo com a senhora — disse Tom.

— Eu saberia melhor se você agisse mais de acordo.

— Eu gostaria de ter pensado melhor — disse Tom, com voz de arrependimento. — Mas pelo menos sonhei com a senhora. Isso já é um começo, não é?

— Não é grande coisa. Até um gato faz isso, mas é melhor que nada. O que você sonhou?

— Na noite de quarta-feira, sonhei que você estava sentada ali na cama, o Sid estava sentado na caixa de lenha e a Mary estava ao lado dele.

— Bem, e estávamos de fato. Como sempre estamos. Que bom que você pelo menos sonha conosco!

— E sonhei que a mãe do Joe Harper estava aqui também.

— Ora, pois ela esteve aqui! O que mais você sonhou?

— Muitas coisas, mas agora já estou me esquecendo.

— Bem, pois tente se lembrar. Você consegue?

— De alguma forma, parece que tinha um vento soprando na... no...

— Tente, Tom! O vento soprou alguma coisa. Continue!

Tom apertou os dedos na testa por um minuto de aflição e disse:

— Já sei! Já sei! Soprou a vela!

— Misericórdia! Continue, Tom. Continue.

— E a senhora dizia: "Acho que a porta..."

— Continue, Tom!

— Deixe-me pensar um momento... A senhora disse que achava que a porta estava aberta.

— Juro que eu disse isso mesmo, tão certo quanto estou aqui agora! Não foi o que eu disse, Mary? Continue!

— E depois... Bem, não tenho certeza, mas parece que a senhora mandou o Sid ir... ir...

— E aí? O que mandei ele fazer, Tom? O que mandei ele fazer?

— A senhora mandou ele... A senhora mandou ele fechar.

— Por tudo o que é mais sagrado! Nunca vi coisa igual em toda a minha vida! Que ninguém venha me dizer de novo que os sonhos não querem dizer nada! A Sereny Harper precisa saber disso já. Quero ver agora ela falar aquela bobagem de que é tudo superstição. Continue, Tom!

— Agora está tudo ficando claro como o dia. Depois a senhora disse que eu não era mau, só arteiro, atacado e irresponsável como um... um... Acho que era um potrinho, ou algo assim.

— Foi isso mesmo! Bem, bom Deus! Continue, Tom!

— E aí a senhora começou a chorar.

— Comecei. Comecei. E não foi a primeira vez. E depois...

— Depois a sra. Harper começou a chorar, disse que o Joe era a mesma coisa e se lamentou porque bateu nele por ter pegado o creme, sendo que ela mesma tinha jogado fora...

— Tom! O espírito baixou em você! Você estava profetizando. Era isso que você estava fazendo! Por tudo o que é mais sagrado, continue.

— Aí o Sid disse...

— Acho que não falei nada — disse Sid.

— Sim, você falou, Sid — disse Mary.

— Fechem as matracas e deixem o Tom contar! O que ele disse, Tom?

— Ele disse... acho que ele disse que esperava que eu estivesse bem onde eu estava, mas que se eu tivesse sido melhor...

— Pronto, vocês ouviram isso? Foram exatamente as palavras dele!

— E a senhora mandou ele ficar quieto na hora.

— Pode apostar que mandei! Devia ter um anjo aí. Em algum lugar, devia ter um anjo!

— E a sra. Harper contou que o Joe lhe deu um susto com uma bombinha, e a senhora contou de quando o Peter tomou analgésico...

— Isso é a mais pura verdade!

— E então começou uma conversa sobre vasculhar o rio para nos encontrar, fazer o funeral no domingo... Depois a senhora e a velha sra. Harper se abraçaram, choraram, e ela foi embora.

— Foi assim mesmo! Foi exatamente o que aconteceu, tão certo quanto eu estar aqui sentada. Tom, você não poderia ter contado melhor se tivesse visto a cena! E depois, o que houve? Continue, Tom!

— Depois acho que a senhora rezou por mim. Eu podia ver e ouvir cada palavra que a senhora dizia. A senhora foi se deitar, e fiquei tão triste que escrevi numa casca de plátano: "Não estamos mortos, só fugimos para ser piratas" e pus na mesa perto da vela. A senhora parecia tão boa, deitada ali dormindo, que pensei melhor, me inclinei e beijei seus lábios.

— Você me beijou, Tom. É mesmo? Só por isso, perdoo você por tudo!

Ela agarrou o menino num abraço esmagador que o fez se sentir o mais culpado dos vilões.

— Foi muita gentileza, embora tenha sido apenas um... um sonho. — Sid disse consigo mesmo em voz baixa.

— Cale a boca, Sid! O que a pessoa faz no sonho vale como se fizesse acordada. Tome, Tom, uma grande maçã Milam que eu estava guardando para você. Agora vá logo para a escola. Graças ao bom Deus, nosso Pai, você voltou. Ele é magnânimo e piedoso com aqueles que acreditam n'Ele e seguem Sua palavra, embora saiba que não sou digna. Mas se apenas os dignos recebessem Suas bênçãos e tivessem Sua mão para ajudá-los nos momentos difíceis, poucas pessoas sorririam aqui na terra ou jamais entrariam em Seu repouso eterno quando a longa noite chega. Agora vão embora, Sid, Mary e Tom, vão logo embora daqui, vocês já me atrasaram demais.

As crianças saíram para a escola, e a velha senhora foi visitar a sra. Harper e derrotar o realismo da vizinha com o maravilhoso sonho de Tom. Sid pensou melhor e não relatou o pensamento que lhe passava pela cabeça ao sair de casa. Era o seguinte: "Não me convence um sonho assim, sem nenhum errinho".

Tom agora tinha virado um herói e tanto! Ele não saiu correndo e saltitando; movia-se com o passo lento e altivo dos piratas que sentiam que os olhos de todos estavam voltados para ele. E de fato estavam. Ele tentou não transparecer que estava vendo e ouvindo os comentários enquanto passava, mas aqueles comentários eram comida e bebida para ele. Meninos menores vinham em bando atrás dele, orgulhosos de serem vistos com ele e de serem tolerados por ele, como se ele tocasse o tambor à frente de uma procissão, ou fosse o elefante liderando os animais do circo até a cidade. Meninos do mesmo tamanho fingiam nem saber que ele havia fugido, mas mesmo assim se consumiam de inveja. Eles dariam qualquer coisa para ter aquela pele bronzeada de sol de Tom e sua reluzente notoriedade, e Tom não as trocaria nem por um circo inteiro.

Na escola, as crianças deram tanta importância a ele e a Joe, e seus olhos transmitiam tamanha admiração por eles, que os dois heróis logo ficaram muito "afetados". Começaram a contar suas aventuras para aqueles ouvintes ávidos. Mas dificilmente chegavam ao fim, em razão dos muitos materiais fornecidos pela imaginação. Por fim, quando sacaram seus cachimbos e ficaram serenamente baforando, atingiram os píncaros da glória.

Tom decidiu que conseguiria se tornar independente de Becky Thatcher. A glória era o suficiente. Ele viveria apenas para a glória. Agora que estava famoso, talvez ela quisesse "voltar". Bem, ela que viesse tentar. Veria que ele era capaz de ser indiferente, como se ela fosse outra pessoa qualquer. Ela chegou e Tom fingiu que não percebeu. Afastou-se, juntou-se a um grupo de meninos e meninas e começou a conversar. Logo, notou que Becky estava correndo alegremente para lá e para cá com o rosto corado e revirando os olhinhos, fingindo estar brincando de pega-pega com os colegas, gritando e gargalhando quando pegava alguém. Mas ele também notou que ela sempre pegava alguém perto dele e que parecia lançar um olhar consciente da presença dele nessas ocasiões.

Isso satisfez toda a vaidade cruel que havia dentro dele. Assim, em vez de conquistá-lo, aquele olhar apenas o deixou mais "convencido" e cuidadoso em evitar revelar que sabia o que ela estava tentando fazer. Então, ela parou de fazer graça, caminhou indecisa pelo pátio, suspirando uma ou duas vezes e olhando de relance, furtiva e melancolicamente, para Tom. Depois, reparou que Tom estava conversando mais particularmente com Amy Lawrence do que com qualquer outra pessoa. Sentiu uma pontada aguda e ficou atormentada e inquieta imediatamente. Tentou ir embora, mas seus pés foram traiçoeiros e a levaram em direção ao grupo. Ela disse a uma menina ao lado de Tom, com vivacidade fingida:

— Ora, Mary Austin! Que menina má! Por que você faltou à escola dominical?

— Mas eu vim. Você não me viu?

— Ora, não! Você veio mesmo? Onde você se sentou?

— Eu estava na classe da srta. Peters, como sempre. Vi você.

— Viu? Que engraçado! Não vi você. Eu queria contar sobre o piquenique.

— Que delícia! Quem vai fazer?

— Minha mãe deixou eu fazer.

— Que bom! Espero que ela me deixe ir.

— Bem, ela vai deixar. O piquenique é para mim. Quem eu quiser convidar ela vai deixar, e vou convidar você.

— É muita gentileza. Quando será?

— Não vai demorar. Talvez perto das férias.

— Que divertido! Você vai chamar todas as meninas e todos os meninos?

— Sim, todo mundo que for meu amigo, ou quiser ser.

Ela olhou outra vez, de relance e furtivamente, para Tom, que estava conversando com Amy Lawrence sobre a terrível tempestade na ilha e sobre como o raio destruiu o grande plátano, "que ficou reduzido a lascas", enquanto ele estava "parado a menos de um metro".

— Oh, eu posso ir? — perguntou Grace Miller.

— Pode.

— E eu? — quis saber Sally Rogers.

— Sim.

— E eu também? — indagou Susy Harper. — E o Joe?

— Pode.

E assim por diante, todos batendo palminhas de contentamento, até que o grupo todo implorou para ser convidado, com exceção de Tom e Amy. Então, Tom se virou de costas com altivez, ainda conversando, e levou Amy consigo. Os lábios de Becky estremeceram e vieram lágrimas a seus olhos. Ela ocultou esses sinais com uma alegria forçada e continuou tagarelando, mas a vida havia se esvaído do piquenique e de todo o resto. Ela foi embora assim que pôde, escondeu-se e se entregou àquilo que seu gênero chamava de "choro sentido". Sentou-se, tristonha, com seu orgulho ferido, até o sino tocar. Depois se levantou, com um olhar vingativo, sacudiu as tranças e disse consigo mesma que agora sabia o que iria fazer.

No intervalo, Tom continuou flertando com Amy com uma satisfação exultante. E continuou vagando pela escola à procura de Becky, tentando fazê-la sofrer com sua atuação. Enfim ele a viu, mas sentiu uma súbita queda de temperatura. Ela estava sentada confortavelmente num banquinho atrás da escola, vendo um livro de figuras com Alfred Temple. Estavam tão absortos naquilo, as cabeças próximas sobre o livro, que não pareciam se dar conta de nada mais no mundo. O ciúme percorreu as veias de Tom com seu vermelho vivo. Ele começou a odiar a si mesmo por ter desperdiçado a chance de uma reconciliação que Becky havia oferecido. Chamou a si mesmo de tolo e de todos os piores nomes em que conseguiu pensar. Quis chorar de contrariedade. Amy seguia conversando alegremente enquanto caminhavam, pois seu coração estava em festa, mas a língua de Tom havia perdido a função. Ele não estava ouvindo o que Amy dizia, e sempre que ela parava de falar e esperava uma resposta, ele só conseguia gaguejar uma concordância embaraçada, que muitas vezes era, além do mais, descabida.

Continuou voltando a toda hora aos fundos da escola, para rasgar os olhos com o odioso espetáculo que ali se desenrolava. Não conseguia evitar. Era enlouquecedor para ele ver, como pensou ter visto, que Becky Thatcher em nenhum momento suspeitou que ele sequer existisse. Mas ela sabia, na verdade, e sabia também que estava ganhando a luta e ficou contente ao vê-lo sofrer como ela mesma havia sofrido.

A tagarelice feliz de Amy se tornou insuportável. Tom deu a entender que havia coisas que ele precisava fazer, que precisavam ser feitas, e o tempo estava passando depressa. Mas foi tudo em vão, porque a menina continuou piando. Tom pensou: "Oh, que se dane, será que não vou conseguir me livrar dela?" Precisou fazer as tais coisas a que se referira, e ela disse que ficaria "esperando" quando terminasse a aula. Ele partiu às pressas, odiando-a por isso.

"Podia ser qualquer outro menino", pensou Tom, rangendo os dentes. "Qualquer um na cidade inteira, menos esse almofadinha de Saint Louis que acha que se veste bem e é aristocrata! Tudo bem, eu lhe bati no primeiro dia na cidade, senhorzinho, e vou bater de novo. Espere até eu pôr as mãos em você! Vou..."

Ele prosseguiu fazendo movimentos de espancar um menino imaginário, esmurrando o ar, chutando e se esquivando.

"Você quer mais, quer? Agora pode gritar. Pronto! Que isso lhe sirva de lição!"

Assim, a surra imaginária terminou e ele se deu por satisfeito.

Tom foi correndo para casa ao meio-dia. Sua consciência não podia mais suportar a felicidade agradecida de Amy e seu ciúme não tolerava mais nenhuma aflição. Becky retomou sua inspeção de figuras com Alfred, mas, conforme os minutos se arrastavam e Tom não estava ali para sofrer, seu triunfo começou a perder o brilho e ela perdeu o interesse. A gravidade e o alheamento se seguiram, depois a melancolia. Duas ou três vezes ela ficou atenta ao som de passos, mas foi uma esperança falsa. Não era Tom. Por fim, ela ficou completamente infeliz e desejou não ter levado aquilo a tais extremos. Quando o pobre Alfred, vendo que a estava perdendo, sem saber por quê, continuou exclamando "Esta é linda! Veja só!", ela perdeu a paciência, disse "Não me amole! Não acho graça nenhuma nisso!" e desatou a chorar, levantou-se e foi embora.

Alfred foi atrás e tentou consolá-la, mas ela disse:

— Vá embora e me deixe em paz, por favor! Eu te odeio!

O menino parou sobressaltado, perguntando-se o que havia feito de errado, já que ela dissera que queria ficar vendo figuras a tarde inteira. Ela continuou andando, chorando. Depois, Alfred entrou pensativamente na escola deserta, humilhado e irritado. Intuiu a verdade: Becky se aproveitara dele para demonstrar seu desdém por Tom Sawyer. Ele estava longe de odiar Tom quando esse pensamento lhe ocorreu. Desejou que houvesse alguma forma de fazer mal ao menino sem correr grandes riscos. Deparou com a cartilha de Tom. Eis sua oportunidade. Abriu-a de bom grado na página da lição da tarde e derramou tinta.

Becky, olhando de relance pela janela atrás dele naquele momento, viu o ato e seguiu adiante, sem revelar sua presença. Ela então foi correndo para casa, com a intenção de encontrar Tom e contar tudo. Tom ficaria grato e seus problemas passariam. Antes da metade do caminho, no entanto, mudou de ideia. A lembrança de como Tom a tratara quando ela estava falando sobre o piquenique voltou e a encheu de vergonha. Ela decidiu deixá-lo ser castigado pelo estrago da cartilha e odiá-lo para sempre.

19

Tom chegou em casa com um humor sombrio, e a primeira coisa que a tia disse já lhe mostrou que levara suas tristezas a um mercado nada promissor:

— Tom, estou com vontade de esfolá-lo vivo!

— Titia, o que foi que fiz agora?

— Bem, você já fez o bastante. Fui visitar a Sereny Harper, como uma velha sentimental que sou, na esperança de fazê-la acreditar naquela bobagem de sonho, quando, veja você, ela ficou sabendo pelo Joe que você esteve aqui e ouviu toda a conversa que tivemos naquela noite. Tom, não sei o que vai ser de um menino capaz de agir assim. Eu me senti tão mal de pensar que você me deixou ir até a Sereny Harper e fazer papel de boba e não me disse nada...

Esse era um novo aspecto da situação. Antes, sua esperteza da manhã parecera a Tom uma bela travessura, muito engenhosa. Agora, parecia cruel e banal. Ele ficou constrangido e não conseguiu pensar em nada para dizer por um momento. Até que disse:

— Titia, eu gostaria de não ter feito isso, mas não pensei na hora.

— Mas você nunca pensa em nada. Você não pensa em nada além do seu próprio egoísmo. Você foi capaz de pensar em vir lá da ilha Jackson no meio da noite para rir da nossa aflição e de pensar em me fazer de boba com essa mentira de sonho, mas não foi capaz de pensar um minuto em ter pena de nós e nos livrar do sofrimento.

— Titia, sei que foi maldade, mas não tive intenção. Além disso, não vim aqui para rir da senhora naquela noite.

— Por que veio, então?

— Vim dizer para a senhora não se preocupar conosco, porque não tínhamos morrido afogados.

— Tom, eu seria a alma mais grata deste mundo se pudesse acreditar que você pensou algo tão bom, mas você não pensou nada disso, e eu sei.

— Pensei, sim, senhora. Quero morrer paralítico se não pensei.

— Tom, não minta para mim, não faça isso. Isso só torna tudo mil vezes pior.

— Não estou mentindo, titia. É verdade. Eu queria evitar que a senhora sofresse. Foi a única coisa que me fez vir.

— Eu daria tudo para acreditar nisso, o que compensaria todos os seus pecados. Eu ficaria quase contente por você ter fugido e agido tão mal. Mas não faz sentido. Por que você não me contou nada?

— Quando a senhora começou a falar do funeral, fiquei animado com a ideia de virmos nos esconder na igreja e não quis correr o risco de estragar a brincadeira. Então guardei de volta a casca no bolso e mantive segredo.

— Que casca?

— A casca de árvore em que escrevi para contar que tínhamos virado piratas. Eu queria que a senhora tivesse acordado quando dei aquele beijo, sinceramente.

O cenho franzido da tia relaxou e uma súbita ternura raiou em seus olhos.

— Você me beijou, Tom?

— Ora, sim, beijei.

— Você tem certeza, Tom?

— Sim, tenho, titia. Certeza absoluta.

— Por que você me beijou?

— Porque amo muito a senhora, a senhora estava ali deitada gemendo e me arrependi.

Essas palavras soaram verdadeiras. A velha senhora não conseguiu disfarçar um tremor na voz ao dizer:

— Beije-me outra vez, Tom! E agora vá logo para a escola, não me incomode mais.

No momento em que ele saiu, ela correu para o armário e tirou a jaqueta que Tom usara em sua pirataria. Então parou, com a jaqueta na mão, e disse consigo mesma:

— Não, eu não ousaria. Pobrezinho, acho que é mentira dele, mas é uma mentira boa, bendita, para me consolar. Espero que Deus... Tenho certeza de que Deus o perdoará, pois havia bondade no coração dele ao me contar. Mas não quero descobrir que era mentira. Não vou nem olhar.

Ela guardou a jaqueta e ficou por ali meditando. Duas vezes estendeu a mão para pegar a jaqueta de novo, e duas vezes se deteve. Mais uma vez arriscou, e dessa vez se encorajou com o pensamento: "Foi uma mentira boa, uma mentira bendita. Não vou deixar que isso me entristeça". Ela apalpou o bolso da jaqueta. No momento seguinte, estava lendo a casca de árvore de Tom entre lágrimas, dizendo: "Agora posso perdoar meu menino, mesmo que ele cometesse um milhão de pecados".

20

Havia alguma coisa no modo de agir de tia Polly quando beijou Tom que afastou o desânimo e o deixou novamente de coração leve e feliz. Ele foi para a escola e teve a sorte de encontrar Becky Thatcher no início da Meadow Lane. Seu humor sempre determinava seu modo de agir. Sem nenhum momento de hesitação, correu até ela e disse:

— Fui muito cruel, Becky, e sinto muito. Nunca mais vou agir assim de novo, até o dia da minha morte. Por favor, vamos fazer as pazes?

A menina parou e olhou nos olhos dele com desdém:

— Eu agradeceria muito se você guardasse isso para si mesmo, sr. Thomas Sawyer. Nunca mais vou falar com você.

Ela empinou o nariz e seguiu seu caminho. Tom ficou tão perplexo que não teve presença de espírito para dizer algo como "Quem se importa, srta. Almofadinha?", até que o momento certo de dizê-lo passou. De modo que ele não disse nada. Mas, de todo modo, ficou bastante furioso. Arrastou-se até o pátio da escola, desejando que ela fosse um menino e imaginando como bateria nela. Então, encontrou-a e soltou um comentário ferino. Ela lançou outro em resposta, e a raivosa ruptura foi completa. Aparentemente, Becky, no calor de seu ressentimento, mal podia esperar para a aula começar, de tão impaciente que estava para ver Tom ser punido por ter estragado a cartilha. Se ela tinha ainda alguma intenção de denunciar Alfred Temple, a pedrada ofensiva de Tom dispersou inteiramente essa possibilidade.

Pobre menina, não sabia que estava correndo diretamente para uma enrascada. O professor, sr. Dobbins, chegara à meia-idade com uma ambição frustrada. A menina de seus olhos era ser médico, mas a pobreza havia decretado que não iria além de mestre-escola da província. Todo dia abria um misterioso livro que ficava em sua escrivaninha e se punha absorto a lê-lo quando não havia nenhuma criança recitando. Guardava esse livro na gaveta, trancada à chave. Todos os meninos endiabrados da escola dariam tudo para poder espiar esse livro, mas a oportunidade nunca apareceu. Cada menino e menina ali tinha uma teoria sobre o assunto do livro, mas não havia duas teorias iguais nem como chegar aos fatos do caso.

Então, quando Becky estava passando pela escrivaninha, que ficava perto da porta, reparou que a chave estava na fechadura. Foi um momento raro. Ela olhou de relance ao redor. Vendo que estava sozinha, no instante seguinte estava com o livro nas mãos. O título, *Anatomia do professor Sicrano*, não esclareceu nada à menina, que começou a folhear o livro. Ela logo chegou ao frontispício, com uma bela gravura colorida: um corpo humano completamente nu. Naquele momento, uma sombra caiu sobre a página, Tom Sawyer entrou pela porta e viu de relance a figura. Becky agarrou o livro, puxando-o para si, e teve o azar de rasgar a página ao meio. Enfiou o volume na gaveta, passou a chave e saiu correndo, chorando de vergonha e contrariedade.

— Tom Sawyer, você é muito cruel, ficar espiando os outros assim para ver o que os outros estão vendo...

— Como eu ia saber que você estava vendo alguma coisa?

— Você devia se envergonhar, Tom Sawyer. Sabe que vai me denunciar. O que será de mim? Vou ser castigada, e nunca fui castigada na escola.

Ela bateu o pezinho e disse:

— Seja cruel, se quiser! Sei de uma coisa que vai acontecer. É só esperar e você vai ver só! Eu te odeio, odeio, odeio!

Ela foi embora correndo em meio a uma nova explosão de choro.

Tom ficou parado, um tanto nervoso com aquele ataque. Pensou consigo:

"Como as meninas são loucas! Nunca apanhou na escola! Jesus! Qual é o problema do castigo? As meninas são assim mesmo: todas sensíveis e medrosas. Bem, claro que não vou contar nada ao velho Dobbins sobre essa maluca, porque há outros modos de me vingar dela que não são tão cruéis. Mas o que vai acontecer? O velho Dobbins vai querer saber quem rasgou o livro dele. Ninguém vai responder. Daí ele vai fazer como sempre: perguntar a um por um. Quando chegar a ela, vai perceber, sem ela precisar contar nada. O rosto das meninas sempre entrega tudo. Elas não têm nenhum sangue-frio. Ela vai acabar sendo castigada. Parece que Becky Thatcher está encurralada, porque não tem como escapar dessa".

Tom avaliou a situação mais uma vez e acrescentou:

"Mas tudo bem. Ela queria me ver sofrer, pois então que sofra as consequências!"

Tom se juntou à multidão de alunos brincando lá fora. Dali a alguns minutos, o professor chegou e a aula começou. Tom não estava muito interessado nos estudos. Toda vez que olhava de relance para o lado das meninas, o rosto de Becky o perturbava. Pensando bem, não queria sentir pena dela, no entanto era a única coisa que podia fazer. Não conseguia extrair nenhuma exultação digna do nome.

O professor descobriu o que havia acontecido com sua cartilha, e a cabeça de Tom ficou cheia de seus próprios problemas por algum tempo. Becky despertou de sua letargia aflita e demonstrou bastante interesse nos procedimentos. Ela não esperava que Tom conseguisse escapar da situação apenas negando ter derramado tinta na cartilha, e estava certa. A negação aparentemente só piorou as coisas para Tom. Becky achou que ficaria contente com isso e tentou acreditar que estava contente, mas descobriu que não tinha tanta certeza assim. Quando o pior ficou ainda pior, sentiu um impulso de se levantar e denunciar Alfred Temple, mas fez um esforço e se obrigou a ficar quieta, porque, pensou consigo mesma: "Com certeza ele vai contar que rasguei o livro. Eu que não vou dizer nada para salvar a pele dele".

Tom recebeu seu castigo e voltou para a carteira sem se sentir nem um pouco magoado, pois achou possível que tivesse derramado sem perceber a tinta na cartilha, em algum ímpeto desastrado. Ele havia negado por tradição e porque era seu costume; mantivera a negação por princípio.

Uma hora inteira se passou, o professor ficou sentado em seu trono balançando a cabeça, o ar estava parado com o murmúrio das leituras. Enfim, o sr. Dobbins se endireitou, bocejou, abriu a gaveta e procurou o livro, mas parecia indeciso se o tirava ou o deixava no lugar. A maioria dos alunos apenas ergueu os olhos de relance, languidamente, mas dois deles observaram os movimentos do professor com olhos atentos. O sr. Dobbins acariciou seu livro distraidamente por algum tempo, tirou-o da gaveta e se pôs a folheá-lo. Tom olhou rapidamente para Becky. Ele já havia visto um coelho desamparado sendo caçado com aquele mesmo olhar dela, com uma arma apontada para a cabeça. Instantaneamente, esqueceu sua desavença com ela. Alguma coisa precisava ser feita, mas a própria iminência da emergência paralisou sua inventividade.

Ele teve uma inspiração. Correria, apanharia o livro da mão do professor e sairia correndo porta afora. Mas sua resolução ficou abalada por um instante, e a oportunidade foi perdida quando o professor abriu o volume. Se Tom tivesse outra vez essa oportunidade perdida... Tarde demais. "Não havia o que fazer por Becky", pensou consigo mesmo. No momento seguinte, o professor se virou para a turma. Todos os olhos baixaram sob aquele olhar. Havia nele algo que esmagava de medo até os inocentes. Fez-se um silêncio em que se pôde contar até dez; o professor estava concentrando toda a sua fúria. Perguntou:

— Quem rasgou este livro?

Não houve nenhum som. Seria possível ouvir um alfinete caindo. O silêncio continuou, e o professor procurou em todos os semblantes sinais de culpa.

— Benjamin Rogers, foi você que rasgou este livro?

Uma negativa, outra pausa.

— Joseph Harper, foi você?

Outra negativa. A inquietação de Tom foi ficando cada vez mais intensa sob a lenta tortura daquele procedimento. O professor esquadrinhou as fileiras dos meninos, ponderou por um momento, e então se virou para as meninas:

— Amy Lawrence?

Ela balançou a cabeça.

— Gracie Miller?

O mesmo sinal.

— Susan Harper, você fez isso?

Outra negativa. A menina seguinte era Becky Thatcher. Tom estava tremendo da cabeça aos pés de excitação, com a sensação de desespero daquela situação.

— Rebecca Thatcher...

(Tom olhou de relance para o rosto dela, que estava pálido de terror.)

— Você rasgou... Não, olhe para mim.

(Ela ergueu as mãos, suplicantes.)

— Você rasgou este livro?

Um pensamento lampejou no cérebro de Tom como um raio. Ele se levantou e gritou:

— Fui eu.

A turma se virou, perplexa, diante daquela incrível loucura. Tom ficou parado por um momento, recompondo suas faculdades desconjuntadas. Quando ele deu um passo adiante para receber seu castigo, a surpresa, a gratidão, a adoração que brilharam sobre ele, vindas dos olhos da pobre Becky, pareceram-lhe recompensa suficiente para cem chibatadas. Inspirado pelo esplendor de seu próprio ato, recebeu sem chorar o mais impiedoso açoite que o sr. Dobbins jamais ministrara. Recebeu também com indiferença a crueldade adicional da ordem de permanecer na escola por duas horas depois do fim da aula, porque sabia quem o estaria esperando lá fora depois de encerrado seu cativeiro, e não contou tampouco aquelas horas tediosas como perda de tempo.

Tom foi dormir aquela noite planejando vingança contra Alfred Temple, já que, com vergonha e arrependimento, Becky lhe contara tudo, sem esquecer a própria deslealdade. Mas até o desejo de vingança logo cedeu espaço a meditações mais agradáveis, e ele adormeceu com as últimas palavras de Becky ecoando em seus ouvidos:

— Tom, como você pode ser tão nobre?

21

As férias estavam chegando. O professor, sempre severo, ficou mais exigente do que nunca, pois queria que a turma se saísse bem no dia dos exames. Sua vara e sua palmatória raramente descansavam, pelo menos entre os alunos mais novos. Apenas meninos mais velhos e jovens senhoritas de dezoito e vinte anos escapavam do castigo. As punições do sr. Dobbins eram também muito rigorosas. Embora tivesse embaixo da peruca uma cabeça calva e reluzente, ele havia apenas chegado à meia-idade e não havia sinal de fraqueza em seus músculos. Conforme o grande dia se aproximava, toda a tirania que havia dentro dele veio à tona; ele parecia sentir um prazer vingativo em castigar as mínimas falhas. A consequência disso foi que os meninos mais novos passavam o dia aterrorizados e sofrendo, tramando vinganças à noite.

Eles não perdiam uma única oportunidade de aprontar alguma travessura contra o professor, que sempre tomava a dianteira. A recompensa que se seguia a cada vingança bem-sucedida era sempre tão devastadora e majestosa que os meninos saíam do campo de batalha cruelmente abatidos. Enfim, conspiraram juntos e chegaram a um plano que prometia uma vitória retumbante. Incluíram o filho do pintor de placas, contaram-lhe o plano e pediram-lhe ajuda. Ele tinha suas razões para querer participar, já que o professor alugava um quarto na casa de sua família e lhe dera muitos motivos para odiá-lo. A esposa do professor viajaria para o interior dali a alguns dias, e não haveria nada que pudesse interferir no plano.

O professor sempre se preparava para ocasiões especiais ficando bastante embriagado. O filho do pintor de placas disse que, quando o mestre-escola estivesse bêbado na véspera dos exames, "daria um jeito" enquanto ele estivesse cochilando em sua poltrona. Depois, ele o acordaria na hora certa e correria para a escola.

No momento devido, a interessante ocasião se apresentou. Às oito da noite, a escola estava bem iluminada, enfeitada com guirlandas e coroas de folhas e flores. O professor se entronizou em sua grande poltrona sobre uma plataforma mais alta, com o quadro-negro atrás. Parecia razoavelmente relaxado. Três fileiras de bancos de cada lado e seis fileiras na frente dele estavam ocupadas pelos dignitários da cidade e pelos pais dos alunos. À esquerda, atrás das fileiras de cidadãos comuns, havia uma espaçosa plataforma temporária, na qual estavam sentados os alunos que não participariam dos exercícios daquela noite; fileiras de meninos pequenos, banhados e vestidos, insuportavelmente incomodados; fileiras de meninos maiores apalermados; montes de meninas e moças vestidas de linho e musselina branca conscientes de seus braços nus, das joias antigas de suas avós, de suas fitas cor-de-rosa e azuis e flores nos cabelos. Todo o resto da escola estava cheio de alunos não participantes.

Os exercícios começaram. Um menino muito pequeno se levantou e recitou: "Vocês jamais esperariam que alguém da minha idade subisse ao palco para falar esta verdade", acompanhando-se de gestos ensaiados e espasmódicos, como se fosse uma máquina, supondo-se que a máquina estivesse um pouco defeituosa. Mas ele terminou bem, embora assustado, recebeu muitos aplausos ao fazer sua reverência artificial e se retirou do palco. Uma garotinha envergonhada balbuciou: "Mary tinha um carneirinho", fez uma mesura que inspirava compaixão, recebeu sua cota de aplausos e se sentou, corada e feliz.

Tom Sawyer deu um passo à frente com segurança afetada, pronunciando o inesgotável e imbatível discurso "Dê-me a liberdade ou a morte", com uma bela fúria e frenética gesticulação, e parou sua fala no meio. Um medo de palco terrível tomou conta dele, suas pernas bambearam e ele quase sufocou. Verdade seja dita, ele conquistou a manifesta simpatia do público, mas também o silêncio de todos, o que era ainda pior que a simpatia. O professor franziu o cenho, completando o desastre. Tom tentou mais um pouco e se retirou, profundamente derrotado. Houve uma fraca tentativa de aplauso, que morreu logo.

"O menino ficou parado no convés em chamas". Em seguida, "o assírio caiu" e outras pérolas declamatórias. Depois houve exercícios de leitura e uma competição de soletração. A pequena turma de latim recitou com honras.

Então, chegou a vez do evento principal da noite: as redações originais das mocinhas. Uma de cada vez, elas foram até a frente da plataforma, pigarrearam, ergueram seus manuscritos — amarrados com fitas delicadas — e passaram a ler, com esforçada atenção à expressividade e à pontuação. Os temas foram os mesmos que haviam iluminado ocasiões similares na época de suas mães, de suas avós, e sem dúvida de todas as suas ancestrais mulheres desde o tempo das Cruzadas. "Amizade" era um deles, assim como "lembranças do passado", "religião na história", "mundo dos sonhos", "vantagens da cultura", "formas de governo comparadas e contrastadas", "melancolia", "amor filial", "desejos do coração" etc.

Um aspecto dominante nessas redações era uma melancolia cultivada e acariciada; outro, era um fluxo extravagante e opulento de "palavras difíceis"; outro, ainda, era uma tendência a forçar nos ouvidos palavras e frases especialmente valorizadas até gastá-las por completo. Uma peculiaridade que evidentemente as marcava e comprometia era o inveterado e insuportável sermão ao fim de cada uma delas. Não importava o assunto, faziam um esforço enlouquecedor para espremê-lo dentro de um ou outro aspecto que as mentes mais morais e religiosas pudessem contemplar como algo edificante. A insinceridade flamejante desses sermões não era suficiente para banir o costume das turmas, e ainda não é o suficiente hoje em dia. Talvez nunca seja enquanto o mundo existir. Não existe uma escola em nosso país em que as mocinhas não se sintam obrigadas a encerrar as redações com um sermão, e o sermão da menina mais frívola e menos religiosa da turma é sempre o mais longo e piedoso. Mas chega dessa conversa. A verdade banal é intragável.

Voltemos aos exames. A primeira redação a ser lida era intitulada "A vida é isso?". Talvez o leitor possa suportar um trecho dela:

> Na vida mais cotidiana, com que deliciosas emoções a mente da jovem anseia por aguardadas cenas de alguma festividade qualquer! A imaginação se ocupa em esboçar imagens róseas de alegria. Na fantasia, a voluptuosa devota da moda se vê em meio ao cordão festivo, "sob os olhos do mundo". Sua forma graciosa, ornada em trajes níveos, rodopia pelos labirintos da dança feliz; seu olho é o mais brilhante; seus passos, o mais leve da assembleia jocunda.
>
> Em tais fantasias de deleite, o tempo passa velozmente, e chega a hora bem-vinda em que ela adentra o mundo elíseo, do qual extraíra aqueles sonhos vívidos. Quão feérico tudo parece em sua visão encantada! Cada nova cena é mais fascinante que a última. Mas logo se descobre que, por trás do exterior benevolente, tudo é vaidade. A lisonja, que outrora encantara sua alma, agora irrita bruscamente seus ouvidos, o baile perde seus atrativos, e, com a saúde devastada e o coração amargurado, ela vai embora com a convicção de que os prazeres terrenos não podem satisfazer aos anseios da alma.

E assim por diante. Havia um frêmito de gratificação de quando em quando durante a leitura, acompanhado de elogios sussurrados de "Que beleza!", "Que eloquência!", "Tão verdadeiro!" etc. Depois que a récita se encerrou com esse sermão particularmente aflitivo, os aplausos foram entusiásticos.

Nesse momento, levantou-se uma menina esguia, melancólica, cujo rosto tinha a interessante palidez oriunda das pílulas e da indigestão, e leu um poema. Duas estrofes dele serão suficientes:

> *Adeus de uma donzela do Missouri ao Alabama*
> *Alabama, adeus! Amei-te bastante!*

Mas por enquanto te deixo!
Tristes, sim, tristes memórias meu peito invadem,
E ardentes lembranças me franzem a testa!
Pois percorri teus bosques floridos,
Perambulei por ti e li junto ao Tallapoosa,
Ouvi as cheias caudalosas do Tallassee,
E saudei da margem do Coosa o raiar da Aurora.
Mas não me envergonha o peito transbordante
Nem tento esconder meus olhos úmidos.
Não é de terra estranha que me despeço,
Não é por forasteiros que solto esse suspiro.
Boa acolhida e um lar tive nesse estado,
Cujos vales deixo, cujas torres ficam para trás
E só quando forem frios meus olhos, coração e tête,
Querido Alabama, serão frios por ti.

Poucas pessoas ali sabiam o que era *tête*, mas mesmo assim o poema foi bastante satisfatório.

Em seguida, veio uma moça morena, de olhos e cabelos negros, que fez uma pausa respeitosa, adotou uma expressão trágica e começou a ler com voz pausada e solene:

UMA VISÃO
Era uma noite escura e tempestuosa. No trono do céu, nenhuma estrela cintilava, mas a entonação grave do pesado trovão constantemente vibrava nos ouvidos, enquanto o relâmpago terrível se comprazia em humores iracundos através das câmaras nubladas do céu, parecendo zombar do poder exercido sobre seu terror pelo ilustre Franklin.

Mesmo os ventos fustigantes saíam de seus lares místicos e bravateavam como se quisessem enfatizar com seu auxílio a brutalidade da cena.

Em tal momento, tão escuro, tão lúgubre, meu espírito até suspirava pela simpatia humana, mas em vez disso "minha amiga mais querida, minha conselheira e minha guia, minha alegria na tristeza, minha segunda bênção" veio até mim. Ela veio como um daqueles seres brilhantes retratados nos caminhos ensolarados do Éden da fantasia por românticos e jovens, uma rainha da beleza, sem ornamentos, exceto sua própria beleza transcendente. Tão suave era seu passo que não fazia nem um som. Não fosse o mágico frenesi emanado por seu toque caloroso, como outras belezas reticentes, teria ido embora despercebida, espontaneamente.

Uma estranha tristeza pesava em seus traços, como lágrimas geladas sobre o traje de dezembro, quando ela apontou para os elementos em disputa lá fora e me fez contemplar os dois seres apresentados.

Esse pesadelo ocupava cerca de dez páginas manuscritas e encerrava com um sermão tão destrutivo de todas as esperanças para os não presbiterianos que levou o primeiro prêmio. Essa redação foi considerada o melhor trabalho da noite. O prefeito, ao entregar o prêmio à autora, fez um discurso acalorado em que dizia se tratar, de longe, da coisa mais eloquente que já ouvira e que o próprio dicionarista Webster teria ficado orgulhoso.

Diga-se de passagem também que o número de redações em que a palavra "belo" era excessivamente afagada, e a experiência humana referida como "página de vida", ia muito além da média.

O professor, delicado quase a ponto da jovialidade, afastou a cadeira, virou-se de costas para o público e começou a desenhar um mapa dos Estados Unidos no quadro-negro, para passar aos exercícios de geografia. Contudo, fez um péssimo trabalho com sua mão trêmula, e risinhos sufocados surgiram na plateia. Ele percebeu o problema e se pôs a consertar o desenho. Apagou algumas linhas e as refez, mas só as distorcia mais, aumentando os risinhos. Então, ele pôs toda a atenção no trabalho, como se estivesse decidido a não se deixar abalar pela hilaridade. Sentia que todos os olhos estavam postos sobre si. Imaginou que estivesse conseguindo, mas os risinhos continuaram e aumentaram. E também pudera!

Havia um sótão, com um alçapão, acima da cabeça dele, e por esse alçapão veio descendo uma gata, suspensa pelas patas de trás por um barbante. A gata tinha um trapo amarrado na cabeça para impedir que miasse. Ao descer lentamente, curvou-se para cima e arranhou o barbante, balançou, desceu mais e arranhou o ar intangível. Os risos foram ficando cada vez mais altos. A gata estava a um palmo da cabeça do professor absorto e foi descendo, descendo um pouco mais, até que agarrou sua peruca com as patas desesperadas e foi puxada de volta para o sótão num instante, ainda levando consigo seu troféu. A luz refletiu intensa da cabeça calva do mestre-escola, pois o filho do pintor de placas havia pintado a careca de dourado.

Isso encerrou a noite. Os meninos se vingaram. As férias haviam começado.[2]

....
2 As referidas redações citadas neste capítulo são retiradas sem alterações de um volume intitulado *Prosa e poesia de uma senhora ocidental*, mas seguem exata e precisamente o padrão das redações das estudantes, portanto são realizações muito mais felizes do que meras imitações poderiam ser.

22

Tom se juntou à nova ordem dos Cadetes da Temperança, atraído pelo caráter chamativo de seu "estandarte". Ele prometeu se abster de fumar e mascar tabaco, bem como de praguejar, enquanto fosse membro. Então descobriu uma coisa nova: que prometer não fazer uma coisa é o modo mais seguro do mundo de fazer a pessoa querer fazer justamente essa coisa. Tom logo se viu atormentado pelo desejo de beber e xingar. O desejo cresceu e ficou tão intenso que nada além da esperança de se exibir com sua faixa vermelha evitou que se retirasse da ordem. Estava chegando o Quatro de Julho, mas ele logo deixou de esperar pela data — antes de quarenta e oito horas com seus grilhões — e fixou suas esperanças no velho juiz Frazer, o juiz de paz, que aparentemente estava no leito de morte e teria um grande funeral público, uma vez que era um alto oficial.

Durante três dias, Tom ficou preocupado com a saúde do juiz e ávido por notícias dele. Às vezes sua esperança era tanta que tirava o estandarte do armário e ensaiava diante do espelho. Mas a saúde do juiz era instável da maneira mais desestimulante. Enfim, disseram que ele estava melhorando, até que se recuperou. Tom ficou chateadíssimo e se sentiu até prejudicado. Entregou sua demissão imediatamente. Naquela mesma noite, o juiz sofreu uma recaída e morreu. Tom decidiu que nunca mais confiaria num homem como aquele.

O funeral foi uma coisa linda. Os cadetes desfilaram com um estilo calculado para matar o antigo membro de inveja. Tom era um menino livre outra vez, contudo aquilo tinha seu encanto. Ele podia beber e xingar, mas descobriu, para sua surpresa, que não queria mais. O simples fato de poder levou embora o desejo e o fascínio da coisa. Tom, então, se pegou pensando se suas cobiçadas férias não estariam pesando um pouco demais em suas costas.

Começou um diário, mas não aconteceu nada três dias seguidos, de modo que o abandonou. O primeiro grupo de menestréis brancos fazendo papel de negros chegou à cidade e causou sensação. Tom e Joe Harper então formaram sua própria trupe e foram felizes por dois dias.

Mesmo o glorioso Quatro de Julho foi, em certo sentido, um fiasco, pois choveu muito, não houve procissão e o maior homem do mundo, como Tom supunha — o sr. Benton, senador dos Estados Unidos —, revelou-se uma total decepção, já que não tinha quase dois metros de altura nem nada perto disso.

Veio um circo. Os meninos brincaram de circo por três dias, em tendas feitas de velhos tapetes rasgados — ingresso, meninos três alfinetes, meninas dois —, até que também o circo foi abandonado.

Vieram um craniologista e um hipnotizador, que foram embora deixando a vila ainda mais tediosa e tristonha do que nunca.

Houve algumas festas mistas de meninos e meninas, mas foram tão poucas e tão deliciosas que só fizeram os vazios dolorosos entre elas doerem mais.

Becky Thatcher foi embora para sua casa em Constantinople passar as férias com a família, de modo que não havia lado bom na vida em parte alguma.

O pavoroso segredo do assassinato foi uma angústia crônica, um verdadeiro câncer em termos de permanência e dor.

Então, veio o sarampo.

Durante longas duas semanas, Tom virou um prisioneiro, morto para o mundo e seus acontecimentos. Ficou muito doente e não se interessava por nada. Quando enfim voltou a ficar de pé e caminhou sem forças até a cidade, uma transformação melancólica havia ocorrido com todas as coisas e criaturas. Ocorrera uma "renovação da fé", e todo mundo tinha "virado religioso", não só os adultos, mas também os meninos e as meninas. Tom perambulou pela rua, na esperança desesperada de encontrar um bendito rosto pecador, mas só encontrou decepção em toda parte. Viu Joe Harper lendo a Bíblia e se afastou com tristeza daquele espetáculo deprimente. Procurou Ben Rogers e o encontrou visitando os pobres com uma cesta de folhetos. Foi atrás de Jim Hollis, que chamou sua atenção para a preciosa bênção daquele sarampo como um sinal divino. Cada menino que encontrava agregava outra tonelada à sua depressão. Quando, desesperado, buscou refúgio no coração de Huckleberry Finn e foi recebido com um versículo das Escrituras, seu coração se partiu. Arrastou-se para casa e foi para a cama, com a consciência de ser o único em toda a cidade que estava perdido, condenado para todo o sempre.

Naquela noite caiu uma terrível tempestade, com uma chuva arrasadora, temerosos estrondos de trovão e ofuscantes relâmpagos nas nuvens. Ele se enfiou debaixo das cobertas e esperou, em suspense horrorizado, pelo momento fatídico, porquanto não tinha nenhuma dúvida de que todo aquele escarcéu era por sua causa. Acreditava ter abusado da paciência das forças superiores ao extremo de sua tolerância e que aquele era o resultado. Talvez achasse um desperdício de pompas e munições matar um inseto com uma bateria de artilharia, mas não lhe parecia descabida uma tempestade caríssima como aquela para revolver a turfa debaixo de um inseto como ele.

Até que a tempestade acabou e morreu sem realizar seu objetivo. O primeiro impulso do menino foi de gratidão e regeneração. O segundo foi esperar, porque talvez nunca mais fosse haver outra tempestade.

No dia seguinte, os médicos voltaram, pois Tom teve uma recaída. Dessa vez, as três semanas que passou deitado pareceram toda uma era. Quando enfim voltou, não parecia muito grato por ter sido poupado, lembrando-se da solidão, da falta de companheiros, de como havia sido esquecido. Desceu a rua desanimado e encontrou Jim Hollis fazendo papel de juiz num tribunal juvenil que processava uma gata por assassinato, na presença da vítima: um passarinho. Encontrou Joe Harper e Huck Finn numa viela comendo um melão roubado. Pobres rapazes! Eles, como Tom, também tiveram suas recaídas.

23

Enfim a atmosfera sonolenta foi agitada e o processo do assassinato chegou a julgamento. Aquilo se tornou o tema dominante das conversas da vila. Tom não conseguiu evitá-lo. Cada referência ao assassinato lançava um estremecimento ao seu coração, já que sua consciência pesada e seus medos quase o persuadiam de que esses comentários eram indiretas para seus ouvidos. Ele não via como poderia ser suspeito de saber coisa alguma sobre o assassinato, mas ainda assim não conseguia ficar confortável no meio daquele falatório. Ficou o tempo inteiro trêmulo de calafrios. Levou Huck a um lugar isolado para conversar. Seria um alívio poder falar à vontade um pouco, dividir seu fardo de aflições com outro sofredor. Mais do que isso, queria garantir que Huck mantivera o segredo.

— Huck, você contou para alguém sobre... aquilo?

— Aquilo o quê?

— Você sabe.

— Ah! Claro que não.

— Nem uma palavra?

— Nem uma única palavra, por tudo que é mais sagrado. Por que a pergunta?

— Bem, fiquei com medo.

— Ora, Tom Sawyer, não viveríamos mais dois dias se alguém soubesse disso. Você sabe.

Tom se sentiu mais confortável e, depois de uma pausa, perguntou:

— Eles não teriam como obrigar você a contar, não é?

— Obrigar a contar? Ora, se eu quisesse que aquele diabo mestiço me afogasse, eu contaria. Não teria outro jeito.

— Tudo bem, então. Acho que vamos ficar seguros enquanto mantivermos esse segredo. Mas vamos jurar mais uma vez para garantir. É mais seguro.

— Concordo.

Fizeram o juramento outra vez com soturnas solenidades.

— Quais são as novidades, Huck? Fiquei sabendo de uma.

— Novidade? Bem, só se fala no Muff Potter. Muff Potter isso, Muff Potter aquilo, o tempo todo. Fico suando sempre, tanto que só quero me esconder.

— Comigo tem sido igual. Acho que ele está condenado. Você não tem pena dele às vezes?

— Quase sempre, quase sempre. Ele não sabe de nada, mas também nunca machucou ninguém. Só pescava um pouco para ter dinheiro e poder se embriagar. E vagabundeava bastante. Mas, Jesus, todos fazemos isso! Pelo menos a maioria. Até pastores e pessoas assim. Mas ele é boa pessoa. Ele me deu metade de um peixe uma vez, sendo que não dava para dois, e muitas vezes ficou comigo quando eu estava sem sorte.

— Bem, ele consertou minhas pipas e prendeu anzóis na minha linha. Eu queria que fosse possível o tirarmos de lá.

— Jesus! Nós não podemos tirar ele de lá, Tom. Além disso, não adiantaria nada. Prenderiam ele de novo.

— Sim, prenderiam mesmo. Mas odeio saber que eles estão abusando tanto dele, sendo que ele nunca fez... aquilo.

— Eu também, Tom. Ouvi gente dizer que ele é o vilão mais sanguinário do país e que não sabem como ele ainda não morreu enforcado antes.

— É, as pessoas falam assim o tempo todo. Ouvi gente dizer que, se ele for libertado, vão querer linchá-lo.

— E pode apostar que linchariam mesmo.

Os meninos conversaram bastante, mas isso lhes trouxe pouco conforto. Quando a tarde começou a cair, viram-se nas imediações da pequena cadeia isolada, talvez com uma esperança indefinida de que algo pudesse acontecer que os livrasse de suas dificuldades. Mas nada aconteceu. Aparentemente, não havia nenhum anjo ou fada interessados naquele prisioneiro azarado.

Os meninos fizeram como muitas vezes antes: foram até a grade da cela e deram a Potter um pouco de tabaco e fósforos. Ele ficava no térreo e não havia carcereiro. Sua gratidão pelos presentes sempre lhes doera a consciência antes. Dessa vez, cortou ainda mais fundo. Sentiram-se covardes e traidores até o último grau quando Potter disse:

— Meninos, vocês têm sido muito bons comigo, melhor do que qualquer outra pessoa nesta cidade. Isso não vou esquecer. Eu me peguei pensando: "Eu costumava consertar as pipas e outras coisas desses meninos, mostrar para eles onde era melhor pescar. Fui amigo deles sempre que pude, e agora que todo mundo se esqueceu do velho Muff, quando ele está vivendo essa dificuldade, Tom não esqueceu, Huck não esqueceu. Eles não me esqueceram, e eu não vou me esquecer deles". Meninos, fiz uma coisa horrível. Bêbado e louco no momento em que fiz, é a única explicação que tenho. Agora vou para a forca por isso, e está certo. É o melhor que pode acontecer, acho. Espero que sim, pelo menos. Bem, não vamos falar disso. Não quero que vocês se sintam mal. São meus amigos. Mas o que eu queria dizer é o seguinte: nunca fiquem bêbados. Assim, vocês nunca virão parar aqui onde estou. Virem-se um pouco mais para cá. Pronto! É um grande consolo ver um rosto amigo quando a pessoa está atolada em problemas, e ninguém mais vem me visitar além de vocês. Rostinhos amigos, bons rostinhos amigos. Subam nos ombros um do outro e me deixem tocar seus rostinhos. Assim. Vamos dar as mãos. Isso mesmo. Apertem minha mão. A mão de vocês passa entre as barras, mas a minha é muito grande. Mãozinhas pequenas e fracas, mas que ajudaram um bocado o Muff Potter, e que ajudariam ainda mais se pudessem.

Tom foi para casa arrasado. Seus sonhos naquela noite foram cheios de horrores. No dia seguinte e no outro, ficou rondando o tribunal, atraído por um impulso quase irresistível de entrar, mas se obrigando a ficar do lado de fora. Huck estava passando pela mesma experiência. Eles passaram a se evitar. Cada um ia para um lado, mas, de quando em quando, o mesmo fascínio melancólico acabava os trazendo ali de volta. Tom ficava de ouvidos atentos sempre que alguém saía do tribunal, mas invariavelmente as notícias eram aflitivas, as malhas da lei se fechavam cada vez mais sobre o pobre Potter. Ao fim do segundo dia de julgamento, disseram na vila que o depoimento de Injun Joe, firme e inabalável, seria confirmado pelas evidências, e que não havia a menor dúvida sobre qual seria o veredito do júri.

Tom ficou na rua até tarde aquela noite e entrou no quarto pela janela. Estava numa tremenda excitação. Levou horas até pegar no sono. A vila inteira foi ao tribunal na manhã seguinte, que seria o grande dia. Ambos os gêneros estavam igualmente representados na plateia lotada. Após longa espera, entraram os jurados e assumiram seus lugares. Pouco depois, Potter, pálido e cambaleante, tímido e desesperado, foi trazido acorrentado e sentado onde todos os olhos dos curiosos pudessem vê-lo. Com o mesmo destaque, ali estava Injun Joe, impávido, como sempre. Houve outra pausa, chegou o juiz, e o meirinho proclamou aberta a sessão. Os cochichos entre os advogados e a reunião dos papéis se seguiram como de costume. Esses detalhes e seus consequentes atrasos criaram um clima de preparação notável e fascinante.

Foi chamada uma testemunha que declarou ter visto Muff Potter se lavando no riacho, bem cedo, na manhã em que o assassinato foi descoberto, e que ele imediatamente havia se escondido. Após mais algumas perguntas, o advogado de acusação disse:

— A testemunha é sua.

O prisioneiro ergueu os olhos por um momento, mas tornou a baixá-los quando seu próprio advogado disse:

— A defesa não tem perguntas para ele.

A testemunha seguinte confirmou ter encontrado o canivete perto do cadáver. O advogado de acusação falou:

— A testemunha é sua.

— A defesa também não tem nenhuma pergunta para ele — respondeu o advogado de Potter.

Uma terceira testemunha jurou ter visto muitas vezes Potter com aquele canivete.

— A testemunha é sua.

O advogado de Potter declinou de questionar a testemunha. Os semblantes do público começaram a revelar irritação. Será que aquele advogado pretendia jogar fora a vida de seu cliente sem fazer nenhum esforço?

Diversas testemunhas confirmaram o comportamento culpado de Potter quando levado à cena do crime. Todas deixaram a cadeira sem serem questionadas pela defesa.

Todos os detalhes das circunstâncias agravantes ocorridas no cemitério naquela madrugada da qual todos os presentes se lembravam tão bem foram trazidos à tona por testemunhas confiáveis, mas nenhuma delas foi questionada pelo advogado de Potter. A perplexidade e a insatisfação do público se expressaram em murmúrios e provocaram uma reprimenda do juiz. O advogado de acusação, então, comentou:

— Pelo juramento de cidadãos cuja simples palavra está acima de qualquer suspeita, atribuímos esse crime hediondo, sem sombra de dúvida, ao infeliz prisioneiro que está no banco dos réus. Nosso caso está encerrado.

Um gemido escapou do pobre Potter, que apoiou o rosto nas mãos e balançou suavemente o corpo para a frente e para trás, enquanto um doloroso silêncio reinava no tribunal.

Muitos homens ficaram comovidos, e a compaixão de muitas mulheres foi comprovada com lágrimas. O advogado de defesa se levantou e exclamou:

— Meritíssimo, em nossos comentários na abertura deste processo, propusemos provar que nosso cliente cometeu esse feito pavoroso sob influência de um delírio cego e irresponsável produzido pelo álcool. Mudamos de ideia! Mudamos nossa alegação!

Então, disse ao meirinho:

— A defesa chama Thomas Sawyer!

Um espanto intrigado despertou em todos os semblantes do público, inclusive o do próprio Potter. Todos os olhares se fixaram com maravilhado interesse em Tom, que se levantou e assumiu sua posição na cadeira das testemunhas. O menino parecia bastante exaltado, apavorado. O juramento foi proferido.

— Thomas Sawyer, onde você estava no dia 17 de junho, por volta da meia-noite?

Tom olhou de relance para o rosto de ferro de Injun Joe e ficou mudo. O público prendeu a respiração para ouvir, mas as palavras se recusaram a sair. Após alguns momentos, contudo, o menino recuperou um pouco das forças e conseguiu insuflar o suficiente a voz para fazer parte da plateia ouvi-lo:

— No cemitério!

— Um pouco mais alto, por favor. Não tenha medo. Você estava...

— No cemitério.

Um sorriso desdenhoso percorreu o semblante de Injun Joe.

— Você por acaso estava perto da sepultura de Horse Williams?

— Sim, senhor.

— Fale... só um pouco mais alto. A que distância você estava?

— Como daqui até onde o senhor está.

— Você estava escondido?

— Estava.

— Onde?

— Atrás dos olmos que ficam quase na beira da sepultura.

Injun Joe teve um sobressalto quase imperceptível.

— Tinha mais alguém com você?

— Sim, senhor. Eu estava lá com...

— Espere... espere um momento. Não é preciso mencionar o nome de seu companheiro. Vamos chegar lá no momento devido. Você estava levando alguma coisa com você?

Tom hesitou, confuso.

— Fale logo, menino, não seja tímido. A verdade é sempre respeitável. O que você levou para lá?

— Só um... um... gato morto.

Houve uma onda de risos, que o juiz interrompeu.

— Mostraremos o esqueleto desse gato. Agora, menino, conte-nos o que aconteceu, com suas próprias palavras. Não deixe nada de fora e não tenha medo.

Tom começou, a princípio hesitante. Mas, conforme foi avançando no assunto, suas palavras fluíram com desembaraço cada vez maior. Dali a pouco ficou tudo em silêncio, exceto por sua voz. Boquiaberta e sem fôlego, a plateia acompanhou suas palavras, sem perceber o tempo passando, arrebatada pelo fascínio lúgubre da história. O esforço da emoção contida chegou ao clímax quando o menino disse:

— ... e quando o doutor bateu com a tábua e o Muff Potter caiu no chão, Injun Joe atacou com o canivete e...

Um vidro se quebrou! Rápido como um raio, o mestiço saltou pela janela, desvencilhou-se de todos os adversários no caminho e fugiu.

24

TOM VOLTOU a ser um herói ilustre, o queridinho dos velhos, a inveja dos jovens. Seu nome ganhou a imortalidade da imprensa, pois o jornal da vila o elevou às alturas. Havia gente que achava que ele chegaria a presidente um dia, se não acabasse enforcado. Como sempre, o mundo volúvel e insensato acolheu Muff Potter em seu peito e o afagou tão calorosamente quanto havia abusado dele antes. Mas esse tipo de conduta só depõe a favor do mundo, portanto não é bom ficarmos aqui apontando falhas.

Os dias de Tom foram de esplendor e exultação, mas suas noites foram temporadas de horror. Injun Joe infestava todos os seus sonhos, sempre com aquele olhar fatídico. Dificilmente alguma tentação convenceria o menino a sair de casa depois de anoitecer. O pobre Huck estava na mesma situação de desgraça e terror, pois Tom havia contado toda a história ao advogado na noite anterior ao último dia do julgamento e Huck estava com muito medo de que sua participação na história pudesse vazar, mesmo que a fuga de Injun Joe o tivesse salvado do sofrimento de testemunhar no tribunal. O pobre sujeito fez o advogado prometer sigilo. Mas e daí? Desde que a consciência atormentada de Tom dera um jeito de levá-lo à casa do advogado no meio da noite e abrir a boca para contar aquela história pavorosa — boca que fora selada pelo juramento mais soturno e formidável —, a confiança de Huck na raça humana estava praticamente extinta.

Durante o dia, a gratidão de Muff Potter deixava Tom contente por ter falado, mas durante a noite ele lamentava não ter calado a boca. Metade do tempo Tom passava com medo de que Injun Joe jamais fosse capturado; a outra metade, com medo de que fosse. Tinha certeza de que jamais respiraria tranquilo enquanto o sujeito não estivesse morto e ele tivesse visto o cadáver.

Recompensas foram oferecidas, a região inteira vasculhada, mas Injun Joe não foi encontrado. Um desses prodígios oniscientes e reverenciados, um detetive, veio de St. Louis, esquadrinhou tudo, balançou a cabeça, fez cara de sábio e conquistou aquele tipo de sucesso espantoso que membros desse ofício geralmente conquistam. Isto é, "encontrou um fio solto da meada". Mas não se pode enforcar alguém com "um fio solto". Assim, depois que o detetive terminou e foi embora, Tom voltou a se sentir tão inseguro quanto antes.

Dias arrastados se seguiram, cada um deles deixando para trás uma carga de apreensão apenas um pouco menor.

25

Chega um momento na vida de todo menino bem formado em que ele sente um louco desejo de ir para algum lugar e cavar em busca de um tesouro escondido. Esse desejo subitamente se manifestou em Tom, que saiu procurando Joe Harper, mas não obteve sucesso. Em seguida, foi atrás de Ben Rogers, que saíra para pescar. Então, deparou com Huck Finn, o Mão Vermelha. Huck seria a resposta. Tom o levou a um lugar isolado e revelou o assunto a ele. Huck se mostrou disposto. Ele estava sempre disposto a ajudar em qualquer empreitada que prometesse diversão e não exigisse nenhum capital, pois tinha uma perturbadora abundância daquele tipo de tempo que não é dinheiro.

— Onde vamos cavar? — disse Huck.

— Oh, em qualquer lugar praticamente.

— Ora, o tesouro está em vários lugares?

— Não, na verdade, não. Tesouros costumam ficar em lugares bem específicos, às vezes em ilhas, às vezes em baús apodrecidos, embaixo de um galho torto de uma velha árvore morta, onde as sombras caem à meia-noite. Mas, quase sempre, embaixo do assoalho de casas mal-assombradas.

— Quem enterra os tesouros?

— Ladrões, é claro. Quem você achou que fosse? Superintendentes de escolas dominicais?

— Não sei. Se eu tivesse um tesouro, não iria enterrar. Eu gastaria tudo me divertindo muito.

— Eu também, mas os ladrões não fazem assim. Eles sempre escondem e deixam lá.

— E eles não voltam mais para buscar?

— Não. Pensam que vão voltar, mas geralmente esquecem o local ou morrem antes. Seja como for, o tesouro fica lá muito tempo e acaba enferrujando. Um dia, alguém encontra um papel antigo e amarelado que mostra onde está enterrado, um papel que leva uma semana para ser decifrado, porque é basicamente feito de sinais e hieróglifos.

— Hiero... quê?

— Hieróglifos. Desenhos e coisas, você sabe, que parecem não querer dizer nada.

— Você já viu um papel desses, Tom?

— Não.

— Pois então como você vai encontrar o local?

— Não preciso de papel indicando o local. Eles sempre enterram embaixo de uma casa mal-assombrada, numa ilha, ou embaixo de uma árvore morta que tem um galho torto. Bem, já exploramos um pouco a ilha Jackson e podemos explorar de novo. Podemos tentar a velha casa assombrada depois do ribeirão do alambique. Lá tem muitas árvores mortas e tortas, uma quantidade mortal dessas árvores.

— E tem tesouro em todas elas?

— Pense no que você fala! Claro que não!

— Então, como vai saber embaixo de qual deve cavar?

— Vamos cavar embaixo de todas!

— Ora, Tom, isso vai levar o verão inteiro.

— E daí? Imagine se você acha um pote de lata com cem dólares dentro, todo enferrujado e sujo, ou um baú podre cheio de diamantes. Que tal?

Os olhos de Huck brilharam.

— Isso já é demais. Para mim, já estava bom. Só me dê os cem dólares e não quero saber de diamantes.

— Está bem. Mas aposto que você não ia querer jogar fora os diamantes. Alguns valem vinte dólares. Mas nenhum, quase nenhum, vale menos de setenta e cinco centavos ou um dólar.

— Não é possível! É mesmo?

— Claro, todo mundo sabe disso. Você nunca viu diamante, Huck?

— Não que me lembre.

— Os reis fazem pilhas de diamantes.

— Bem, não conheço nenhum rei.

— Sei que não. Mas, se fosse à Europa, veria bandos deles saltitando por lá.

— Reis saltitam?

— Saltitam? Só se for na sua avó! Não.

— Bem, por que você disse que eles saltitam?

— Jesus, eu só quis dizer que você veria muitos reis. Não saltitando, é claro. Por que eles haveriam de saltitar? Eu quis dizer que você veria reis por toda parte, você sabe, de modo geral. Como aquele velho corcunda, Ricardo.

— Só Ricardo? E o sobrenome?

— Ele não tinha sobrenome. Rei só tem nome próprio.

— Não me diga?!

— Pois é verdade.

— Bem, se os reis gostam disso, tudo bem. Mas não quero ser rei e só ter o nome próprio, como um escravo. Mas me diga, afinal, onde quer cavar primeiro?

— Bem, não sei. Que tal aquela velha árvore morta na colina depois do ribeirão do alambique?

— Concordo.

Eles pegaram uma picareta torta e uma velha pá e iniciaram a caminhada de três milhas. Chegaram suados e ofegantes, deitaram-se à sombra de um plátano vizinho para descansar e fumar.

— Gostei daqui — disse Tom.

— Também gostei.

— Ei, Huck, se encontrarmos um tesouro aqui, o que vai fazer com sua parte?

— Vou comer torta e tomar soda todo dia. E vou ao circo sempre que ele vier. Aposto que vou me divertir.

— Você não vai guardar nada?

— Guardar? Para quê?

— Ora, para ir gastando aos poucos, para ter com que se sustentar.

— Isso não funciona. Meu pai volta para a cidade qualquer dia desses e leva tudo embora se eu não gastar logo, e garanto que ele ia gastar tudo bem depressa. O que vai fazer com sua parte?

— Vou comprar um tambor novo, uma espada, uma gravata vermelha, um bezerro e me casar.

— Casar?

— Isso mesmo.

— Tom, você... Você deve ter ficado louco.

— Espere só, você vai ver.

— É a coisa mais estúpida que você poderia fazer. Veja meu pai e minha mãe. Só brigavam! Eles brigavam o tempo inteiro. Eu me lembro muito bem.

— Isso não quer dizer nada. A menina com quem vou me casar não vai brigar comigo.

— Acho que elas são todas iguais. São cheias de manias. Então é melhor você pensar bem nisso. Estou dizendo. Como se chama a garota?

— Não é nenhuma garota, é uma menina.

— É a mesma coisa, acho. Tem gente que fala garota, outros falam menina. Os dois estão certos, tenho quase certeza. Em todo caso, como ela se chama?

— Um dia conto, mas não agora.

— Está bem. Por mim, está combinado. Só que se você se casar, vou ficar mais sozinho ainda.

— Não vai, nada. Você vai morar comigo. Agora chega dessa conversa e vamos cavar.

Eles trabalharam e suaram por meia hora. Sem resultado. Tornaram a cavar mais meia hora. Ainda sem resultado, Huck disse:

— Eles sempre enterram assim tão fundo?

— Às vezes não, sempre. Geralmente, não. Acho que não estamos no lugar certo.

AS AVENTURAS DE TOM SAWYER

Então, escolheram um novo local e começaram de novo. O trabalho se estendeu um pouco, mas continuaram fazendo progressos. Ficaram algum tempo trabalhando em silêncio, até que Huck se apoiou na pá, enxugou o suor da testa com a manga da camisa e perguntou:

— Onde quer cavar depois que terminar aqui?

— Acho que podemos experimentar embaixo daquela velha árvore em Cardiff Hill atrás da casa da viúva.

— Acho que essa vai ser boa. Mas será que a viúva não vai tirar nosso tesouro, Tom? Está no terreno dela.

— Até parece! Ela pode até querer tentar. Quem encontra um tesouro enterrado automaticamente fica sendo o dono dele. Não faz a menor diferença quem é o dono do terreno.

Isso foi satisfatório. O trabalho prosseguiu, até que Huck disse:

— Deus me livre! Acho que estamos cavando no lugar errado de novo. O que você acha?

— Que estranho, Huck! Não estou entendendo. Às vezes as bruxas se intrometem. Acho que talvez seja esse o problema agora.

— Jesus! Bruxas não têm poder durante o dia.

— Isso é verdade. Não tinha pensado nisso. Oh, já sei qual é o problema! Como somos burros! Precisamos achar onde a sombra do galho torto cai à meia-noite e cavamos ali!

— Quer dizer que nos enganamos e tivemos todo esse trabalho por nada? Vamos parar agora, precisamos voltar à noite. Vai demorar muito. Você pode sair mais tarde?

— Aposto que consigo. Precisa ser hoje à noite mesmo, porque se alguém vir esses buracos vai saber na hora o que tem aqui e querer desenterrar primeiro.

— Bem, à noite passo miando na sua casa.

— Combinado. Vamos esconder as ferramentas nesses arbustos.

Os meninos saíram naquela noite, por volta do horário marcado. Sentaram-se embaixo da árvore e esperaram. Era um lugar solitário, e um horário a que velhas tradições deram solenidade. Espíritos sussurravam por entre as folhas farfalhantes, fantasmas espreitavam em recantos lúgubres, o uivo grave de um cão flutuou na distância, uma coruja respondeu com sua nota sepulcral. Os meninos ficaram impressionados com tais solenidades e conversaram pouco. Até que julgaram ter chegado a meia-noite. Marcaram o ponto onde a sombra da ponta do galho torto caía e começaram a cavar. Suas esperanças foram aumentando. Seu interesse foi ficando mais forte, e o ritmo de sua produtividade foi acompanhando. O buraco ficou mais e mais fundo, mas toda vez que o coração deles saltava ao ouvir a picareta atingir algo duro, vinha nova decepção. Era sempre só uma pedra ou um cepo. Por fim, Tom se resignou:

— Não adianta, Huck, erramos de novo.

— Bem, mas não pode ser. Achamos o ponto certo da sombra.

— Eu sei, mas tem outra coisa...

— O quê?

— Adivinhamos a hora. Provavelmente marcamos o local um pouco depois ou um pouco antes da meia-noite.

Huck largou a pá.

— É isso — disse ele. — Esse é o problema. Vamos ter que parar. Nunca vamos saber a hora certa, e além disso esse tipo de coisa é muito apavorante, vir aqui a essa hora da noite com as bruxas e os fantasmas voando por aí desse jeito... Toda hora sinto que tem alguma coisa atrás de mim. Tenho medo de virar, porque talvez tenha outra na minha frente só esperando uma oportunidade de atacar. Estou todo arrepiado de calafrios desde que cheguei aqui.

— Eu também. Quase sempre enterram um homem perto quando enterram um tesouro embaixo de uma árvore, para ficar vigiando.

— Jesus!

— Sim, eles fazem isso. Sempre ouvi dizer.

— Não gosto de ficar brincando onde tem gente morta. Quase sempre dá confusão.

— Também não gosto de acordar os mortos. Imagine se esse morto resolvesse mexer a caveira e falasse alguma coisa?

— Não, Tom. Que horror!

— Bem, é isso. Também não estou confortável aqui.
— Ei, Tom, que tal ir embora daqui e procurar em outro lugar?
— Acho melhor.
— Aonde vamos agora?

Tom refletiu um pouco e disse:
— À casa mal-assombrada. É lá.
— Deus me livre! Não gosto de casa mal-assombrada. É ainda pior do que ver gente morta. Morto pode até falar, mas não vem voando embaixo de um lençol quando você não está vendo e espia por cima do seu ombro de repente e range os dentes, como fantasma faz. Não sei se vou conseguir passar por essa agora. Ninguém aguenta.
— Eu sei, Huck, mas fantasma não aparece só à noite? Eles não vão se incomodar se cavarmos durante o dia.
— Bem, isso é verdade. Mas você sabe muito bem que ninguém vai àquela casa mal-assombrada nem de dia nem de noite.
— Isso só porque ninguém gosta de ir aonde alguém foi assassinado, principalmente. Mas nunca ninguém viu nada naquela casa que não fosse à noite, e foi só uma luz azul passando pela fresta das janelas, e não um fantasma de verdade.
— Bem, se você vir essa luz azul no ar, pode apostar que tem um fantasma bem perto por trás dela. Porque você sabe que só fantasma tem essa luz.
— Sim, isso é verdade. Mas, de todo jeito, eles não aparecem durante o dia, então por que ter medo?
— Está certo. Vamos tentar a casa mal-assombrada, se você está dizendo. Mas acho arriscado.

Eles começaram a descer a colina. Lá embaixo, no meio do vale enluarado, ficava a casa "mal-assombrada", totalmente isolada, com as cercas todas derrubadas há muito tempo, musgo crescendo na entrada, a lareira de pedras arruinada, as janelas soltas dos caixilhos, um canto do teto caído. Os meninos ficaram contemplando-a por um tempo, com a expectativa de ver alguma luz azul passando por alguma fresta. Em seguida, conversando em voz baixa, como cabia naquela hora e naquela circunstância, foram desviando cada vez mais para a direita, tomando uma boa distância da casa assombrada, e seguiram no caminho de casa passando pelo bosque que adornava os fundos de Cardiff Hill.

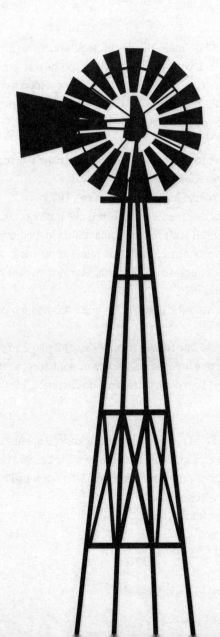

26

Por volta do meio-dia do dia seguinte, os meninos chegaram à árvore morta. Haviam ido buscar suas ferramentas. Tom estava impaciente para ir logo à casa mal-assombrada. Huck também estava, até certo ponto, mas de repente disse:

— Escute aqui, Tom, você sabe que dia é hoje?

Tom mentalmente percorreu os dias da semana e arregalou os olhos com expressão sobressaltada:

— Meu Deus! Eu não havia pensado nisso, Huck!

— Nem eu, mas de repente me ocorreu que hoje é sexta-feira.

— Deus me livre! É sempre bom tomar cuidado. Podíamos estar enrascados, arriscando uma coisa dessas numa sexta-feira.

— Podíamos? Era enrascada na certa, isso sim. Alguns dias dão sorte, mas sexta-feira não.

— Qualquer tonto sabe disso. Acho que você não é o primeiro, Huck.

— Eu nunca disse que fui o primeiro, disse? E não é só porque é sexta-feira. Ontem tive um pesadelo horrível: sonhei com ratos.

— Não me diga! Isso é um claro sinal de encrenca. Eles estavam brigando?

— Não.

— Isso é bom. Se os ratos não estão brigando, é apenas um sinal de que vai acontecer alguma coisa ruim, você sabe. Só temos que ficar bem atentos para evitar que aconteça. Não faremos isso hoje e vamos brincar. Sabe Robin Hood?

— Não. Quem é Robin Hood?

— Ele foi um dos maiores homens que já existiram na Inglaterra; o melhor, para mim. Ele era um ladrão.

— Que loucura! Eu queria ser ladrão. Quem ele roubava?

— Só xerifes, bispos, ricos e reis, esse tipo de gente. Mas nunca fazia nada contra os pobres. Ele adorava pobre. Sempre dividia tudo com eles igualmente.

— Bem, devia ser um sujeito genuíno.

— Aposto que era, Huck. Oh, ele foi o homem mais nobre que já existiu. Não temos muitos assim hoje em dia, é o que digo. Ele era capaz de bater qualquer homem na Inglaterra com uma das mãos amarrada nas costas. Ele mirava seu arco de teixo e acertava em cheio uma moeda de dez centavos, toda vez, a dois quilômetros de distância.

— O que é arco de teixo?

— Sei lá. Deve ser um tipo de arco, é claro. Se ele acertava esse centavo só de raspão, sentava, chorava e xingava. Vamos brincar de Robin Hood. É uma brincadeira nobre, eu ensino.

— Estamos de acordo.

Eles brincaram de Robin Hood a tarde inteira, de quando em quando olhando de olhos compridos para a casa mal-assombrada e comentando as perspectivas e as possibilidades do dia seguinte. Conforme o sol começou a se esconder no oeste, tomaram o caminho de casa pelas sombras compridas das árvores e logo desapareceram no meio das florestas de Cardiff Hill.

No sábado, pouco depois do meio-dia, os meninos estavam outra vez diante da árvore morta. Fumaram seus cachimbos, conversaram à sombra e cavaram um pouco no último buraco aberto, sem muita esperança, apenas porque Tom disse que, em muitos casos, as pessoas desistiam de um tesouro quando estavam a dez centímetros dele, e então chegava alguém e desenterrava o tesouro com uma única cavada. A coisa falhou dessa vez, os meninos puseram as ferramentas nos ombros e foram embora sentindo que não haviam deparado com a fortuna, mas que haviam cumprido todos os requisitos do ofício da caça ao tesouro.

Quando chegaram à casa mal-assombrada, havia algo tão estranho e macabro naquele silêncio mortal que reinava sob o sol escaldante, algo tão deprimente na solidão e na desolação daquele lugar, que eles ficaram por um momento com medo de entrar. Esgueiraram-se até a porta e espiaram amedrontados. Viram um cômodo sem assoalho, coberto de mato, sem reboco nas paredes, uma lareira antiga, janelas sem vidros, uma escada em ruínas. Aqui, ali e em toda parte pendiam pedaços de teias de aranha abandonadas. Entraram suavemente, com pulso acelerado, sussurrantes, de ouvidos atentos ao menor ruído, com músculos tensos e prontos para uma retirada a qualquer momento.

Dali a pouco, a familiaridade modificou seus medos e eles fizeram um exame crítico e interessado do lugar, ao mesmo tempo admirando a própria ousadia e espantando-se com ela. Depois, quiseram ver o andar de cima. Isso significaria desistir da rota de fuga. Mas começaram a se desafiar, e isso só podia ter um resultado. Deixaram as ferramentas no canto e subiram. Lá em cima viram os mesmos sinais de decadência. A um canto, encontraram um armário que prometia conter algum mistério, mas a promessa se revelaria uma fraude, já que não havia nada dentro. A coragem deles cresceu em boa hora. Estavam prestes a descer e começar a trabalhar quando Tom exclamou:

— Psiu!

— O que foi? — sussurrou Huck, empalidecendo de medo.

— Psiu! Agora. Ouviu?

— Sim. Oh, Deus! Vamos fugir!

— Parado! Não se mexa! Eles estão vindo direto para a porta.

Os meninos deitaram-se no chão e ficaram espiando pelos furos nas tábuas. Ali ficaram esperando, com um medo desgraçado.

— Pararam. Não, estão vindo. Eles entraram. Não diga mais nada, Huck. Santo Deus! Quero ver escaparmos dessa.

Dois homens entraram. Os meninos pensaram consigo mesmos: "Lá está o velho Espanhol, surdo-mudo, que apareceu na cidade uma ou duas vezes nos últimos tempos, e outro fulano, que nunca vi".

O tal "fulano" era uma criatura esfarrapada, desgrenhada, sem nada de simpático no rosto. O Espanhol usava uma manta, tinha um bigodão branco, cabelo branco comprido aparecendo embaixo do sombreiro e óculos de natação com lentes verdes. Quando entraram, o desconhecido falava baixinho. Sentaram-se no chão, virados para a porta, de costas para a parede, e o sujeito continuou falando. Sua atitude ficou menos defensiva e suas palavras, mais distintas, conforme prosseguiu:

— Não, já pensei bem e não estou gostando disso. É muito perigoso.

— Perigoso? — resmungou o Espanhol "surdo-mudo", para a imensa surpresa dos meninos. — Maricas!

Essa voz fez com que os meninos engasgassem e estremecessem. Era Injun Joe! Houve silêncio por alguns momentos, até que Joe disse:

— O que poderia ser mais perigoso do que aquele nosso serviço rio acima... Mas não aconteceu nada.

— Aquele foi diferente. Rio acima e tudo, sem nenhuma casa por perto. Ninguém nunca ficaria sabendo, se tivesse dado errado.

— Bem, e o que pode ser mais perigoso do que vir aqui durante o dia? Qualquer um que nos vir vai desconfiar.

— Eu sei. Mas não tinha outro esconderijo mais perto depois daquela loucura toda. Quero ir embora dessa tapera. Quis fugir ontem, mas não foi possível, com aqueles meninos dos infernos brincando na colina. Eles teriam me visto.

— Aqueles meninos dos infernos!

Estremeceram de novo sob inspiração desse comentário, pensando na sorte que tiveram ao lembrar que era sexta-feira e resolver esperar um dia. No fundo, ambos teriam preferido esperar um ano.

Os dois homens desembrulharam comida e fizeram uma refeição. Depois de um silêncio longo e ponderado, Injun Joe disse:

— Escute aqui, rapaz, você volta rio acima, onde é seu lugar. Espere por lá até ter notícias minhas. Vou ficar mais um pouco nesta cidade para averiguar uma coisa. Depois disso vamos fazer esse serviço perigoso. Antes, preciso vigiar mais um pouco e esperar o melhor momento. Depois vamos para o Texas. Vamos cruzar juntos a fronteira.

Isso foi satisfatório. Ambos começaram a bocejar e Injun Joe disse:
— Estou morrendo de sono! É sua vez de ficar vigiando.

Ele se encolheu no meio do mato e logo começou a roncar. Seu companheiro o cutucou uma ou duas vezes e ele ficou quieto. Então, o vigia começou a adormecer. A cabeça foi baixando, até que estavam ambos roncando.

Os meninos respiraram fundo, aliviados. Tom sussurrou:
— Agora é a nossa chance. Vamos!

Huck disse:
— Não vou conseguir. Vou morrer, se eles acordarem.

Tom insistiu, Huck resistiu. Enfim, Tom se levantou lenta e delicadamente e começou a sair sozinho. Mas o primeiro passo que deu fez um rangido tão medonho naquelas tábuas desengonçadas que ele logo se deitou de novo, morto de medo. Não faria uma segunda tentativa. Os meninos ficaram ali deitados, contando as horas arrastadas, até sentirem que passara tanto tempo que a eternidade devia estar de cabelos brancos. Depois, ficaram contentes ao notar que, enfim, o sol estava se pondo.

Nesse instante, um dos roncos cessou. Injun Joe se levantou, olhou ao redor. Sorriu sombriamente para o companheiro, cuja cabeça pendia sobre os joelhos, cutucou-o com o pé e disse:
— Ei! Você é o vigia, não? Está bem, na verdade não aconteceu nada.
— Jesus! Será que eu peguei no sono?
— Parece que sim, um pouco. Está quase na hora de ir embora, parceiro. O que vamos fazer com o que restou do nosso butim?
— Sei lá. Acho que podemos deixar aqui como sempre fazemos. Só vamos precisar quando formos para o sul. Seiscentos e cinquenta em dólares de prata não é pouca coisa para carregar.
— Bem, está certo. Podemos voltar aqui mais uma vez.

— Não, acho melhor voltarmos à noite, como sempre. É muito melhor.

— Sim. Mas, veja bem, pode ser que eu demore algum tempo para conseguir uma oportunidade de terminar esse serviço. Acidentes podem acontecer. Não é um lugar muito bom. Vamos enterrar, e enterrar bem fundo.

— Boa ideia — concordou o comparsa, que atravessou a sala, ajoelhou-se, afastou uma pedra do fundo da lareira e tirou um saco que tilintava agradavelmente. Retirou do saco vinte ou trinta dólares para si mesmo e o mesmo tanto para Injun Joe. Depois, passou o saco para ele, que estava ajoelhado no canto, cavucando com sua faca Bowie.

Os meninos esqueceram todos os seus medos, suas angústias, num instante. Com olhos ávidos, observaram cada movimento. Sorte! O esplendor daquilo ia além de toda imaginação! Seiscentos dólares era dinheiro suficiente para enriquecer uma dúzia de meninos! Ali estava uma caça ao tesouro com a mais feliz das perspectivas; não haveria mais a incômoda incerteza sobre onde cavar. Eles ficaram acenando com a cabeça um para o outro a cada momento, assentimentos eloquentes e facilmente compreendidos, que significavam: "E agora, não está contente por termos vindo?"

A faca de Joe encontrou alguma coisa.

— Ora, ora — comentou.

— O que é? — indagou o comparsa.

— Uma tábua meio apodrecida. Não, é uma caixa, acho. Venha aqui, dê uma ajuda e vamos ver o que tem aqui. Não precisa mais, abri um buraco.

Ele enfiou a mão e puxou para fora:

— Rapaz, é dinheiro!

Os dois homens examinaram aqueles punhados de moedas. Eram de ouro. Os meninos, no andar de cima, ficaram tão excitados quanto eles, e da mesma forma satisfeitos.

O comparsa de Joe disse:

— Vamos fazer isso de uma vez. Há uma velha picareta enferrujada ali perto do mato do canto, do outro lado da lareira. Acabei de ver, não faz um minuto.

Ele correu e trouxe a picareta e a pá dos meninos. Injun Joe pegou a picareta, avaliou-a, balançou a cabeça, resmungou algo consigo mesmo e começou a usá-la. A caixa logo foi desenterrada. Não era muito grande. Era reforçada com ferro e devia ter sido muito resistente antes de o lento trabalho dos anos a deteriorar. Os homens contemplaram o tesouro por algum tempo com um silêncio extasiado.

— Parceiro, aqui tem milhares de dólares — disse Injun Joe.

— Todo mundo diz que o bando do Murrell se escondeu aqui um verão — comentou o desconhecido.

— Eu sei — disse Injun Joe. — E isso parece ser prova disso, eu diria.

— Agora você não precisa mais fazer aquele serviço.

O mestiço franziu o cenho e proferiu tais palavras:

— Você não me conhece. Pelo menos, não sabe nada do que estou falando. Não vou roubar nada, é uma vingança. — Uma fagulha de crueldade se acendeu em seus olhos. — Vou precisar da sua ajuda. Depois de acabar, vamos para o Texas. Agora vá para casa, para sua Nance e seus filhos, e fique de prontidão até receber notícias minhas.

— Bem, se você está dizendo... O que fazemos agora com isso? Enterramos de novo?

— Sim.

(Delírio de prazer no andar de cima.)

— Não! Pelo grande cacique, não!

(Profunda aflição no andar de cima.)

— Eu ia me esquecendo... Aquela picareta estava suja de terra fresca!

(Os meninos ficaram aterrorizados no mesmo instante.)

— O que estariam fazendo aqui essa picareta e essa pá? E por que estariam sujas de terra fresca? Quem as trouxe para cá, e aonde teria ido? Você ouviu alguém? Viu alguém? O quê? Enterrar de novo e deixar que vejam a terra revolvida? Não. Vamos levar para meu esconderijo.

— Mas é claro! Eu devia ter pensado nisso antes. Você quer dizer o Número Um?

— Não, o Número Dois, embaixo da cruz. O outro lugar é muito ruim, muito comum.

— Está bem. Já está escuro o suficiente para irmos.

Injun Joe levantou-se e foi, de janela em janela, cuidadosamente espiando através de cada uma. Até que falou:

— Quem pode ter trazido essas ferramentas? Você acha que podem estar lá em cima?

Os meninos ficaram sem ar. Injun Joe levou a mão à faca, parou um momento, indeciso, e se virou para a escada. Os meninos cogitaram o armário, mas haviam perdido toda a força. Os passos foram subindo a escada rangente. A aflição insuportável da situação despertou a obstinada resolução dos rapazes. Eles estavam prestes a sair correndo para dentro do armário quando houve um estalo de ripas podres e Injun Joe despencou no chão em meio aos destroços da escada em ruínas. Recompôs-se, esbravejando, e seu comparsa disse:

— Que adianta? Se tem alguém, se estiverem aí em cima, podem ficar lá. Quem se importa? Se quiserem pular aqui para baixo agora e enfrentar a situação, quem teria alguma objeção? Vai escurecer em quinze minutos. Depois, eles que nos sigam, se quiserem. Estou pronto. Na minha opinião, quem quer que tenha trazido essas coisas para cá e nos viu achou que fôssemos fantasmas, demônios ou coisa que o valha. Aposto que estão correndo até agora.

Joe resmungou mais um pouco, concordando com o amigo que o que restava de luz do dia devia ser economizado para dar tempo de arrumar tudo para a partida. Pouco depois, esgueiraram-se para fora da casa em pleno crepúsculo e foram na direção do rio com a preciosa caixa.

Tom e Huck se levantaram, fracos mas imensamente aliviados, e ficaram olhando para eles pelas frestas entre os troncos da parede.

Segui-los? Não. Estavam contentes de pisar o chão outra vez sem o pescoço quebrado e de tomar o caminho da cidade pela colina. Nem conversaram muito. Estavam absortos demais em odiar a si mesmos, odiando o azar que havia sido terem deixado a pá e a picareta lá. Não fosse isso, Injun Joe jamais teria desconfiado. Ele teria escondido a prata com o ouro e deixaria ali esperando até satisfazer sua "vingança". Depois, teria o infortúnio de descobrir que o dinheiro sumira. Azar, azar, azar de terem levado ferramentas!

Decidiram ficar vigiando aquele Espanhol quando aparecesse na cidade para esperar uma oportunidade de terminar seu serviço vingativo e segui-lo até o Número Dois, onde quer que isso fosse. Então um pensamento lúgubre ocorreu a Tom.

— Vingança? E se a vingança dele for contra nós, Huck?

— Oh, não! — disse Huck, quase desmaiando.

Conversaram bastante sobre isso. Quando chegaram à cidade, concordaram em acreditar que talvez a vingança fosse contra outra pessoa, ou pelo menos talvez apenas contra Tom, uma vez que só ele havia testemunhado.

Era um consolo muito pequeno para Tom ser o único em perigo. "Companhia nessa hora seria um grande avanço", pensou.

A AVENTURA DO dia atormentou demais os sonhos de Tom naquela noite. Quatro vezes pusera as mãos naquele rico tesouro e quatro vezes tudo virou nada entre seus dedos, fazendo-o perder o sono. Acordar trouxe de volta a dura realidade de seu infortúnio. Deitado de madrugada lembrando os incidentes de sua grande aventura, reparou que tudo parecia curiosamente atenuado e remoto, como se tivesse acontecido em outro mundo ou em outra época muito distante. Então, ocorreu-lhe que aquela grande aventura toda devia ter sido um sonho. Havia um argumento muito forte em favor dessa ideia: o de que a quantidade de moedas que ele vira era muito grande para ser real.

Ele nunca tinha visto mais do que cinquenta dólares juntos de uma vez antes. Era como todo menino de sua idade e posição na vida, que imaginava que todas as referências a "centenas" e "milhares" eram meros modos extravagantes de dizer as coisas e não existiam realmente no mundo. Ele nunca supôs, nem por um momento, que uma quantia tão grande como cem dólares pudesse ser encontrada em dinheiro de verdade no bolso de alguém. Se sua ideia de tesouro tivesse sido analisada, descobriria que consistia num punhado de centavos reais e um saco de dólares vagos, esplêndidos, inatingíveis.

Os incidentes de sua aventura, no entanto, foram ficando mais agudos e claros sob o atrito de tanto pensá-los. Ele se viu pender para a impressão de que a coisa talvez não tivesse sido um sonho, afinal. Essa incerteza devia ser afastada. Faria um rápido desjejum e sairia para encontrar Huck.

Huck estava sentado no banco de um barco, apático, balançando os pés dentro da água e com expressão muito melancólica. Tom resolveu deixá-lo tocar no assunto. Se não tocasse, estaria provado que a aventura toda fora apenas um sonho.

— Olá, Huck!

— Olá, você.

Silêncio por um minuto.

— Tom, se tivéssemos deixado as malditas ferramentas na árvore morta, teríamos ficado com o dinheiro. Não é horrível?

— Não foi sonho, então. Não foi sonho! Eu até estava querendo que fosse. Ah, como eu queria que fosse, Huck...

— O que não foi sonho?

— Oh, aquilo de ontem. Eu estava até pensando que talvez tivesse sido.

— Sonho? Se aquela escada não tivesse quebrado, você é que teria virado sonho! Sonhei um bocado a noite inteira. Aquele demônio do Espanhol vindo atrás de mim. Ele que apodreça!

— Não, não, apodrecer, não. Vamos encontrá-lo. Vamos seguir o dinheiro.

— Tom, não vamos nunca encontrá-lo. Uma pilha dessas só aparece uma vez na vida, e essa vez passou. De todo jeito, eu ficaria tremendo de medo se o visse de novo.

— Bem, eu também ficaria, mas mesmo assim eu gostaria. Seguiria atrás dele até o tal Número Dois.

— Número Dois. Sim, é isso mesmo. Eu estava mesmo pensando nisso. Mas não consegui imaginar o que seria. O que acha que é?

— Sei lá. É muito obscuro. Ei, Huck, talvez seja o número de uma casa.

— Boa ideia! Não, Tom, não é isso. Se for, não é nesse arraial de cidade. Aqui não tem número.

— Isso é verdade. Deixe-me pensar um minuto. Pronto! É o número de um quarto. Na taverna, claro.

— Esse é o problema. Só tem duas tavernas. Vamos logo saber qual.

— Você espera aqui, Huck. Já volto.

Tom foi logo à primeira taverna. Não queria ser visto com Huck em público. Ficou meia hora fora. Descobriu que, na melhor taverna, o quarto número 2 estava ocupado havia muito tempo por um jovem advogado, que ainda morava lá. No estabelecimento mais humilde, o quarto número 2 era um mistério. O filho caçula do dono da taverna disse que estava sempre trancado e que nunca via ninguém entrar ou sair, exceto à noite. Ele não sabia o motivo exato dessa situação; tivera alguma curiosidade, mas pouca. Criara parte desse mistério para se entreter com a ideia de que o quarto era "mal-assombrado", e notara que na noite anterior havia uma luz acesa lá dentro.

— Foi isso que descobri, Huck. Acho que é esse o Número Dois que estamos procurando.

— Acho que sim. E agora, o que você vai fazer?

— Deixe-me pensar.

Tom pensou bastante e disse:

— Vou lhe dizer o que vamos fazer. A porta dos fundos do quarto número 2 dá para aquele beco sem saída entre a taverna e aquele galpão caindo aos pedaços. Junte todas as chaves que encontrar. Vou pegar todas as chaves da minha tia, e na primeira noite sem lua vamos lá e tentamos abrir. Não se esqueça: fique atento caso encontre o Injun Joe, porque ele disse que ia aparecer na cidade mais uma vez para obter sua vingança. Se você o encontrar, é só ver aonde ele vai. Se ele não for para esse Número 2, não é esse o lugar.

— Jesus, não quero ir atrás dele sozinho!

— Ora, vai ser de noite, na certa. Talvez ele nem veja você. E, se vir, talvez ele nem pense em nada...

— Se estiver bem escuro, acho que consigo seguir o rastro dele. Não sei, sei lá. Vou tentar.

— Se eu fosse você, seguiria o rastro dele quando estiver bem escuro, Huck. Ele pode concluir que não vai conseguir se vingar e decidir ir direto atrás do dinheiro.

— É verdade. Vou atrás dele, juro que vou!

— Estou gostando de ver. Nunca se deixe abater, Huck, que também não me abato.

28

NAQUELA NOITE, Tom e Huck estavam prontos para a aventura. Ficaram à toa nas imediações da taverna até depois das nove, um vigiando o beco a certa distância e o outro à porta da taverna. Ninguém entrou ou saiu do beco; ninguém parecido com o Espanhol entrou ou saiu pela porta da taverna. A noite prometia ser de bom tempo, de modo que Tom foi para casa sabendo que, se houvesse um grau de escuridão considerável, Huck viria "miar", momento em que ele iria escapulir e experimentar as chaves. Mas a noite continuou clara, Huck encerrou seu turno de vigia e foi dormir numa barrica de açúcar vazia por volta da meia-noite.

Na terça-feira, os meninos tiveram o mesmo azar. E também na quarta-feira. Mas na quinta-feira a noite prometia ser melhor. Tom escapuliu a tempo com a velha lanterna de lata da tia e uma grande toalha para cobri-la. Escondeu a lanterna na barrica de Huck e começou a vigiar. Uma hora antes da meia-noite, a taverna fechou e suas luzes — as únicas acesas em toda a região — foram apagadas. Nada do Espanhol. Ninguém entrou ou saiu do beco. Tudo parecia propício. O negrume das trevas reinava, a perfeita quietude era interrompida apenas por ocasionais murmúrios de um trovão distante.

Tom pegou sua lanterna, acendeu-a dentro da barrica, envolveu-a na toalha, e os dois aventureiros rastejaram no escuro em direção à taverna. Huck ficou de sentinela e Tom tateou seu caminho beco adentro. Depois veio uma angustiante temporada de espera que pesou sobre o espírito de Huck como uma montanha. Ele começou a desejar que aparecesse algum sinal da lanterna. Ficaria apavorado, mas pelo menos diria que Tom ainda estava vivo. Parecia que haviam se passado horas que Tom desaparecera. Sem dúvida devia estar desacordado. Talvez estivesse morto, ou com o coração estourado de terror e excitação. Em sua inquietação, Huck se viu chegando cada vez mais perto do beco, temendo todo tipo de coisa apavorante e esperando acontecer alguma catástrofe que lhe tirasse o fôlego. Não havia muito fôlego para ser tirado, pois ele mal parecia capaz de respirar. Seu coração logo ficaria exausto, do jeito que estava batendo. Subitamente, houve um lampejo de luz e Tom veio correndo até ele:

— Corre! — gritou. — Salve-se quem puder!

Ele nem precisou repetir. Huck estava correndo a trinta ou quarenta milhas por hora antes de a repetição ser pronunciada. Os meninos não pararam de correr até chegarem ao abrigo de um matadouro deserto na saída da cidade rio abaixo. Assim que entraram ali, estourou uma tempestade. Tom recuperou o fôlego e disse:

— Huck, foi péssimo. Experimentei duas chaves, com o maior cuidado, mas elas chocalhavam tanto. Eu mal conseguia respirar de tão assustado que estava. Nenhuma girava na fechadura. Sem perceber o que estava fazendo, peguei na maçaneta: a porta estava aberta. Pulei para dentro, tirei a toalha e, pelo fantasma do grande César...

— O que você viu, Tom?

— Quase pisei na mão do Injun Joe.

— Não me diga!

— Sim. Ele estava deitado, dormindo no chão, com o velho tapa-olho e de braços abertos.

— Santo Deus! O que você fez? Ele acordou?

— Não, nem se mexeu. Bêbado, acho. Simplesmente peguei a toalha e saí correndo.

— Aposto que eu teria esquecido a toalha.

— Eu me lembrei. Minha tia ficaria louca se eu perdesse.

— Ei, Tom, você viu a caixa afinal?

— Huck, não esperei para ver. Não vi a caixa nem a cruz. Só uma garrafa e um copo de lata no chão ao lado do Injun Joe. Vi dois barris e muitas outras garrafas no quarto. Você está vendo agora qual é a assombração daquele quarto?

— Como assim?

— A assombração é o uísque! Todas as tavernas abstêmias têm seu quarto mal-assombrado.

— Bem, acho que talvez seja isso mesmo. Quem pensaria numa coisa dessas? Mas então é uma boa hora para pegarmos a caixa, se o Injun Joe está bêbado.

— É mesmo. Você pode ir.

Huck estremeceu.

— Bem, acho que não.

— Também acho que não, Huck. Uma garrafa só ao lado do Injun Joe não é o suficiente. Se houvesse três, ele estaria bêbado o bastante, e eu iria.

Houve uma longa pausa reflexiva, até que Tom disse:

— Escuta aqui, Huck, não vamos mais tentar fazer isso até termos certeza de que o Injun Joe não está mais lá. É muito assustador. Agora, se ficarmos de tocaia toda noite, teremos certeza absoluta quando ele sair, e então pegamos a caixa mais depressa que um raio.

— Concordo. Fico vigiando a noite inteira, toda noite, se você fizer a outra parte do serviço.

— Está bem. Tudo o que você tem a fazer é subir correndo a Hooper Street mais um quarteirão e miar. Se eu estiver dormindo, jogue pedrinhas na janela que eu acordo.

— Combinado!

— A tempestade passou, vou para casa. Daqui a algumas horas vai amanhecer. Você pode voltar e vigiar mais essas duas horas?

— Falei que vigiaria, Tom, e vou vigiar. Vou rondar essa taverna toda noite por um ano. Vou dormir o dia inteiro e ficar vigiando a noite.

— Muito bem. Onde você vai dormir?

— No palheiro do Ben Rogers. Ele deixa eu dormir lá, e também o escravo do pai dele, o tio Jake. Sempre levo água para o tio Jake quando ele pede. Toda vez que peço comida, ele me dá alguma coisa, se tiver. É um escravo muito bom. Ele gosta de mim, porque nunca me coloco como se estivesse acima dele. Às vezes me sento para comer com ele. Mas você não precisa espalhar isso por aí. A pessoa tem que fazer coisas quando está com fome que não faria sempre.

— Bem, se eu não precisar de você durante o dia, você pode dormir. Não vou lá incomodar. Qualquer coisa que você vir durante a noite, é só correr até minha casa e miar.

29

A PRIMEIRA COISA que Tom ouviu na sexta-feira de manhã foi uma boa notícia: a família do juiz Thatcher havia voltado para a cidade na noite anterior. Tanto Injun Joe quanto o tesouro adquiriram momentaneamente importância secundária, e Becky assumiu o lugar principal dos interesses do menino. Ele a viu, e os dois se divertiram à exaustão brincando de pega-pega e esconde-esconde com um bando de colegas. O dia ficou completo e coroado de modo particularmente satisfatório. Becky insistiu com a mãe para marcar no dia seguinte o tão prometido e postergado piquenique. A mãe concordou. O prazer da menina foi imenso; o de Tom, não mais moderado. Os convites foram enviados antes do fim da tarde, e logo os jovens da vila se lançaram num frenesi de preparativos e prazerosa expectativa. A excitação de Tom fez com que ficasse acordado até bem tarde, com esperanças de ouvir o "miado" de Huck e de ficar com o tesouro para impressionar Becky e as outras pessoas no piquenique do dia seguinte. Mas ele ficou decepcionado, porque não se ouviu nenhum sinal naquela noite.

Veio a manhã. Por volta das dez ou onze horas, um grupo animado e fanfarrão se reuniu na casa do juiz Thatcher, e tudo ficou pronto para começar. Não era costume que as pessoas mais velhas estragassem os piqueniques com sua presença. Considerava-se que as crianças estavam seguras sob as asas de algumas mocinhas de dezoito e alguns rapazes de vinte e três, mais ou menos. O velho barco a vapor foi alugado para a ocasião. Uma fila entusiasmada desfilou pela rua principal com cestas de quitutes. Sid ficou doente e perdeu a diversão, Mary ficou em casa para fazer companhia. A última coisa que a sra. Thatcher disse a Becky foi:

— Você vai voltar tarde. Talvez seja melhor passar a noite com as meninas que moram perto do ancoradouro, minha filha.

— Então vou dormir na casa da Susy Harper, mamãe.

— Muito bem. E lembre-se de se comportar e não causar nenhum problema.

Enquanto caminhavam, Tom disse a Becky:

— Ei, Becky, vou lhe dizer o que vamos fazer. Em vez de irmos para a casa do Joe Harper, vamos subir direto pela colina e parar na casa da viúva Douglas. Ela sempre tem sorvete. Quase todo dia ela tem montanhas de sorvete. Vai adorar nossa visita. Vai ser divertido.

Becky refletiu um momento e disse:

— Mas o que a minha mãe vai dizer?

— Como ela ficaria sabendo?

A menina revirou a ideia em sua cabeça e disse relutantemente:

— Acho que seria errado. Mas...

— Mas nenhum! Sua mãe não vai ficar sabendo. Qual é o perigo? Ela só se preocupa com que você esteja bem, e aposto que ela deixaria se soubesse. Tenho certeza de que deixaria.

A esplêndida hospitalidade da viúva Douglas foi uma isca tentadora. Isso e mais a persuasão de Tom levaram a melhor. Ficou decidido que não diriam nada a ninguém sobre o programa daquela noite. Foi quando ocorreu a Tom que talvez Huck fosse passar naquela noite e dar o sinal. Esse pensamento tirou um bocado do entusiasmo de sua antecipação. Ainda assim, não podia abrir mão da diversão na viúva Douglas. E por que haveria de abrir mão, ponderou, se na noite anterior não viera nenhum sinal? Por que seria mais provável que viesse aquela noite? A diversão garantida da noite superou a incerteza do tesouro. Como um menino, ele resolveu ceder à inclinação mais forte e não se deixar pensar mais na caixa de dinheiro pelo resto do dia.

Três milhas distante da cidade, o barco a vapor parou na boca de uma clareira cercada de bosques e atracou. A multidão desceu em terra firme e logo a densa mata e os penhascos escarpados ecoavam com gritos e gargalhadas. Esgotaram todos os diferentes modos de suar e se cansar, até que voltaram para o acampamento fortalecidos por um apetite correspondente e a destruição das guloseimas começou. Depois do banquete, houve um refrescante intervalo de descanso e conversa à sombra dos plátanos frondosos. Até que alguém berrou:

— Quem já está pronto para entrar na caverna?

Todo mundo estava. Maços de velas foram passados, e logo houve uma correria generalizada colina acima. A boca da caverna ficava no alto da encosta, uma abertura com a forma da letra A. Sua enorme porta de carvalho não ficava trancada. Do lado de dentro, havia uma pequena câmara, gélida como uma neveira e emparedada pela natureza com sólido calcário que ficava orvalhado com um suor frio. Era romântico e misterioso ficar ali na escuridão profunda sob o vale verde que brilhava ao sol. Mas a imponência da situação rapidamente passou e as brincadeiras recomeçaram.

No momento em que uma vela foi acesa, houve uma correria generalizada em direção ao dono da vela. Seguiram-se empurrões e uma defesa corajosa, mas a vela logo foi derrubada e se apagou. Assim, houve um clamor alegre de risadas e uma nova perseguição. Mas todas as coisas têm um fim.

Enfim, a procissão começou a seguir pela íngreme descida da trilha principal, e a fileira bruxuleante de velas acesas suavemente revelou as amplas galerias de rocha quase até o ponto em que se juntavam no alto, cerca de vinte metros acima de suas cabeças. A trilha principal não tinha mais de dois ou três metros de largura. A cada tantos passos, outras reentrâncias altas e mais estreitas brotavam de cada lado do caminho, pois a caverna McDougal não passava de um vasto labirinto de corredores tortos que se comunicavam, bifurcavam e não levavam a lugar algum. Diziam que era possível percorrer aquele intricado emaranhado de fendas e abismos durante dias e noites inteiros sem chegar ao fim da caverna. Também se dizia que se podia descer, descer e continuar descendo para dentro da terra que era tudo igual: labirinto atrás de labirinto, todos sem fim. Ninguém "dominava" a caverna. Era algo impossível. A maioria dos rapazes dominava apenas uma parte dela, e não era costume se arriscar além dessa parte conhecida. Tom Sawyer dominava a caverna tanto quanto qualquer outra pessoa.

A procissão se deslocou pela trilha principal por mais de um quilômetro. Grupos e duplas começaram a percorrer avenidas laterais, fugindo por corredores lúgubres e a dar sustos uns nos outros onde os corredores tornavam a se juntar. Esses grupos se esconderam uns dos outros durante meia hora sem sair do terreno "conhecido". Até que todos os grupos, um atrás do outro, começaram a voltar para a boca da caverna, ofegantes, extasiados, sujos da cabeça aos pés de gotas de cera, cobertos de barro, deliciados com o sucesso daquele dia.

Eles ficaram perplexos ao descobrir que não haviam reparado na hora e que a noite estava prestes a cair. O clangor do sino já estava no ar havia meia hora. No entanto, esse tipo de encerramento para as aventuras do dia era romântico e, portanto, satisfatório. Quando o barco com sua carga esbaforida zarpou rio acima, ninguém deu a mínima para o tempo perdido, além do capitão.

Huck já estava em seu posto de sentinela quando as luzes cintilantes do barco passaram pelo ancoradouro. Não ouviu nenhum barulho a bordo, haja vista que os jovens passageiros estavam hipnotizados e imóveis como as pessoas costumam ficar quando estão mortas de cansaço. Perguntou-se que barco seria aquele e por que não havia atracado, mas logo tirou o barco da cabeça e pôs toda a atenção em sua tarefa.

A noite estava ficando nublada e escura. Às dez horas, o barulho dos veículos havia parado, luzes esparsas começaram a se apagar, os últimos pedestres atrasados desapareceram, a vila inteira foi tomada pelo sono, deixando o pequeno sentinela sozinho com o silêncio e os fantasmas.

Às onze horas, as luzes da taverna se apagaram e tudo ficou escuro. Huck esperou por um tempo que lhe pareceu exaustivamente longo, mas nada aconteceu. Sua fé começou a ficar abalada. Será que aquilo daria certo? Por que não desistir logo e ir dormir?

Então, ouviu alguma coisa. Num instante, era todo ouvidos. A porta no beco se fechou suavemente. Ele correu até o galpão vizinho. No momento seguinte, dois homens passaram por ele, e um deles parecia levar algo embaixo do braço. Devia ser a caixa. Pelo visto, estavam levando o tesouro. Por que chamar Tom agora? Seria absurdo. Os homens fugiriam com a caixa e nunca mais seriam encontrados. Não, ele ficaria no rastro deles e os perseguiria; confiaria na escuridão para evitar ser descoberto. Pensando assim consigo mesmo, Huck partiu, esgueirando-se atrás dos homens, como um gato, descalço, dando-lhes certa vantagem, mas não a ponto de deixar que ficassem invisíveis.

Eles seguiram pela rua do rio por três quarteirões e viraram à esquerda na primeira travessa. Foram em frente, até chegarem à trilha para Cardiff Hill, pela qual seguiram. Passaram a casa do velho galês, na metade da encosta, sem hesitação, e continuaram subindo. "Bem", pensou Huck, "vão enterrar na antiga pedreira". Mas eles não pararam na pedreira. Continuaram subindo até o topo da colina. Mergulharam na trilha estreita entre os altos arbustos de sumagre e imediatamente sumiram na escuridão. Huck apertou o passo e encurtou a distância, tendo em vista que eles jamais conseguiriam enxergá-lo.

Trotou um pouco e diminuiu o ritmo, com medo de se aproximar muito depressa. Deu mais um passo, parou totalmente e apurou os ouvidos. Nenhum som, nada além do fato de que ele parecia estar ouvindo as batidas do próprio coração. O pio de uma coruja soou sobre a colina. Som agourento, mas nada de passos. Céus, estava tudo perdido! Ele estava prestes a fugir correndo com pés alados quando um homem pigarreou a pouco mais de um metro dele. O coração de Huck foi parar na boca, mas ele tornou a engolir e ficou ali tremendo como se estivesse com dez malárias ao mesmo tempo. Estava tão fraco que achou que cairia no chão. Ele sabia onde estava. Sabia que estava a cinco passos da cancela das terras da viúva Douglas. "Muito bem", pensou, "podem enterrar aí. Não vai ser difícil encontrar depois".

Ele ouviu uma voz muito grave. Era Injun Joe:

— Maldita viúva, talvez ela tenha companhia. Está com a luz acesa, mesmo tão tarde.

— Não estou vendo nada.

Essa era a voz do desconhecido da casa mal-assombrada. Um calafrio mortal invadiu o coração de Huck. Era essa a "vingança". Seu primeiro pensamento foi fugir. Mas ele lembrou que a viúva Douglas fora boa com ele mais de uma vez e que talvez aqueles homens fossem matá-la. Desejou ter a ousadia de se arriscar para avisá-la, mas sabia que não ousaria. Eles poderiam vê-lo e apanhá-lo. Pensou tudo isso e mais coisas no momento transcorrido entre o comentário do desconhecido e a frase seguinte de Injun Joe:

— É porque o arbusto está na frente. Olhe por aqui. Está vendo, não?

— Sim. Bem, acho que tem alguém lá com ela. Melhor desistir.

— Desistir? Estou indo embora deste país para sempre. Se eu desistir, talvez nunca tenha outra oportunidade. Vou lhe dizer de novo o que eu já disse antes: não estou interessado no dinheiro dela, você pode ficar com tudo. Mas o marido dela era duro comigo, muitas vezes foi duro comigo, principalmente porque ele foi o juiz de paz que me condenou por vadiagem. Não é só isso. Essa é só a milionésima parte da história. Ele me chicoteou. Chicoteou como se eu fosse um cavalo, na frente da cadeia, como se eu fosse um escravo, com a cidade toda olhando. Com um chicote de cavalo. Você está me entendendo? Antes que eu o matasse, ele morreu. Mas vou me vingar nela.

— Oh, não mate a viúva! Não mate!

— Matar? Quem falou em matar? Eu queria matar o juiz, se ele estivesse aqui, mas não ela. Quando você quer se vingar de uma mulher, você não mata. Bobagem! Você estraga a aparência dela. Rasga as narinas, arranca as orelhas, como uma porca.

— Santo Deus! Isso é...

— Guarde sua opinião para si mesmo. É mais seguro para você. Vou amarrá-la na cama. Se ela sangrar até morrer, a culpa é minha? Não vou chorar se ela morrer. Meu amigo, você vai me ajudar com isso, é para isso que veio. Talvez eu não conseguisse sozinho. Se você fraquejar, eu o mato. Entendeu? E se eu precisar matá-lo, vou matar também a viúva, e acho que ninguém nunca vai ficar sabendo quem fez isso.

— Bem, se precisa ser feito, vamos logo com isso. Quanto mais depressa, melhor. Estou tremendo de medo.

— Fazer isso agora? E a visita com ela? Escute aqui, estou começando a desconfiar de você. Nada disso. Vamos esperar até todas as luzes se apagarem. Não há pressa alguma.

Huck sentiu que o silêncio ia começar de novo, algo ainda mais terrível que aquela conversa de assassinos. Ele prendeu a respiração e começou a voltar cuidadosamente. Pisou com cautela e firmeza, equilibrou-se numa perna só, quase caindo, e pisou com o outro pé. Deu outro passo, com a mesma elaboração e os mesmos riscos, depois outro e mais outro. Um graveto estalou embaixo de seu pé. Ele parou de respirar e apurou os ouvidos. Nenhum som, a quietude era total. Sua gratidão, imensa. Virou-se, entre as sebes de sumagre, cauteloso como se fosse um navio, e começou a andar depressa, mas ainda com cautela. Quando chegou à pedreira, sentiu-se a salvo, pôs sebo nas canelas e sumiu correndo. Colina abaixo, acelerou até chegar à casa do galês. Bateu na porta, e logo a cabeça do velho e a de seus dois filhos parrudos apareceram nas janelas.

— Que barulheira é essa aí? Quem é? O que você quer?
— Deixe-me entrar, depressa. Vou explicar tudo.
— Ora, mas quem é?
— Huckleberry Finn. Depressa, deixe-me entrar!
— Huckleberry Finn, quem diria?! Não é um nome que abra muitas portas a essa hora da noite. Mas deixem ele entrar e vamos ver o que está acontecendo.

— Por favor, não falem para ninguém que contei. — Essas foram as primeiras palavras de Huck ao entrar. — Por favor, não falem nada, senão vão me matar. Mas a viúva às vezes é boa comigo, e quero dizer... Vou contar e vocês juram que nunca vão dizer que fui que contei.

— Por são Jorge, parece que ele tem mesmo alguma coisa para dizer, ou não fingiria desse jeito! — exclamou o velho. — Vamos logo com isso, ninguém aqui vai contar nada, rapaz.

Três minutos depois, o velho e seus filhos, bem armados, estavam subindo a colina e entrando pela trilha de sumagres na ponta dos pés, com armas nas mãos. Huck os acompanhou só até ali. Escondeu-se atrás de uma pedra grande e ficou de ouvidos atentos. Houve um silêncio demorado, aflito, seguido de uma explosão de tiros e um grito.

Huck não esperou para saber os detalhes. Correu colina abaixo o mais depressa que suas pernas podiam correr.

30

Assim que a primeira suspeita de aurora apareceu na manhã do domingo, Huck veio lentamente subindo a colina e bateu de leve na porta do velho galês. Os moradores estavam dormindo, mas era um sono levíssimo, por conta do excitante episódio da noite anterior. Um grito veio de uma janela:

— Quem é?

A voz assustada de Huck respondeu em tom grave:

— Por favor, deixe-me entrar! É só o Huck Finn!

— Esse nome abre a nossa porta a qualquer hora, seja de noite ou de dia, rapaz. Bem-vindo.

Eram palavras estranhas aos ouvidos daquele menino vadio, as mais agradáveis que ele já ouvira. Ele não se lembrava de jamais ter ouvido algo assim aplicado ao seu caso antes. A porta foi rapidamente destrancada e ele entrou. Ofereceram uma cadeira a Huck, e o velho e seu par de filhos altos se vestiram.

— Meu menino, espero que você esteja com bastante fome, porque o café da manhã ficará pronto assim que o sol se levantar. Vamos comer bem quente e temperado, pode ficar tranquilo quanto a isso. Eu e os meninos achamos que você viria ontem à noite.

— Fiquei muito assustado e saí correndo — admitiu. — Fugi quando as pistolas dispararam e só parei depois de correr três milhas. Vim porque queria saber como foi, o senhor sabe. Vim antes de clarear porque não queria cruzar com aqueles demônios no caminho, mesmo que tenham morrido.

— Pobrezinho, parece que você mal dormiu à noite. Mas aqui temos uma cama para você depois de comer. Não, eles não morreram, rapaz. Infelizmente para nós. Pela sua descrição, sabíamos exatamente onde eles estavam, então fomos na ponta dos pés até chegar a uns cinco metros deles. Aquela trilha dos sumagres é escura como um porão. Bem nessa hora, senti que eu ia espirrar. Foi um azar desgraçado! Tentei evitar, mas não adiantou. Estava prestes a espirrar e espirrei. Eu estava na frente com a pistola erguida quando o espirro assustou aqueles canalhas, que saltaram fora da trilha. Gritei: "Fogo, rapazes" e atirei onde o sumagre tinha balançado. E os meninos também. Mas os malditos escaparam por um triz. Fomos atrás deles através da mata. Acho que não acertamos. Eles também atiraram na fuga, mas as balas deles passaram zunindo e não nos acertaram. Quando não ouvimos mais os passos, paramos de correr, descemos para a vila e acordamos a polícia. Eles formaram um grupo de busca, foram para a ribanceira do rio, e assim que clarear o xerife e uma escolta vão vasculhar a mata. Meus meninos vão com eles. Eu gostaria de uma descrição daqueles canalhas. Isso ajudaria um bocado. Mas imagino que você não tenha conseguido vê-los no escuro, meu rapaz...

— Oh, vi, sim; eu vi os dois na vila e segui atrás deles.

— Esplêndido! Descreva-os, meu garoto!

— Um é aquele velho Espanhol surdo-mudo que esteve uma ou duas vezes na vila, e o outro é um com cara de mau, todo esfarrapado...

— É o suficiente, rapaz. Sabemos agora quem são eles. Encontramos os dois por acaso outro dia no bosque dos fundos da casa da viúva e eles fugiram correndo. Andem logo, meninos, e avisem o xerife. Amanhã vocês tomam o café da manhã.

Os filhos do galês partiram imediatamente. Na saída, Huck se levantou e exclamou:

— Por favor, não digam a ninguém que fui eu que os dedurei. Por favor!

— Se você prefere assim, Huck... Mas devia levar o crédito pelo que fez.

— Oh, não, não! Por favor, não digam que fui eu!

Quando os rapazes foram embora, o velho galês disse:

— Eles não vão contar. Nem eu. Mas por que você não quer que ninguém saiba?

Huck não quis explicar, disse apenas que já sabia demais sobre um daqueles homens e não queria que o sujeito soubesse que ele sabia algo contra ele por nada nesse mundo. Certamente ele o mataria por isso.

O velho jurou segredo outra vez e disse:

— Por que você estava seguindo esses sujeitos, rapaz? Eles pareciam suspeitos?

Huck ficou calado enquanto formulava uma resposta devidamente cautelosa. Então disse:

— O senhor sabe, sou uma espécie de caso perdido, pelo menos é o que todo mundo diz, e não pretendo contrariar. Às vezes não consigo dormir de tanto pensar nisso, tentando arranjar outro jeito de ser. Foi o que aconteceu ontem à noite. Não consegui dormir, saí para a rua por volta da meia-noite, fiquei vagando e, quando cheguei àquele galpão velho do lado da taverna, eu me encostei na parede e fiquei pensando. Nisso chegaram aqueles dois sujeitos e passaram perto de mim com alguma coisa embaixo do braço, que acho que eles roubaram. Um deles estava fumando e o outro pediu fogo. Eles pararam bem na minha frente, acenderam seus charutos, iluminaram seus rostos e vi que o grandalhão era o Espanhol surdo-mudo, por causa do bigode branco e do tapa-olho que ele usa. O outro era um desgraçado desbotado e coberto de farrapos.

— Você conseguiu ver os farrapos com a luz dos charutos?

Isso deteve Huck por um momento, até que ele disse:

— Não sei. De algum jeito, é como se eu tivesse visto.

— Depois eles seguiram em frente, e você...

— Fui atrás deles. Foi isso. Eu quis entender o que estava acontecendo, por que eles estavam se escondendo daquele jeito. Fui até a cancela da viúva, parei ali no escuro, ouvi o esfarrapado implorando para poupar a viúva e o Espanhol dizendo que ia estragar a aparência dela, como contei ao senhor e aos seus dois...

— Como assim? O surdo-mudo disse isso?!

Huck havia cometido outro erro terrível. Estava tentando ao máximo evitar que o velho tivesse qualquer suspeita de quem o Espanhol podia ser, no entanto sua língua parecia determinada a lhe arranjar confusão. Fez várias tentativas de escapar dessa enrascada, mas os olhos do velho estavam arregalados e ele cometeu engano atrás de engano. Até que o velho galês disse:

— Meu garoto, não tenha medo de mim. Eu não tocaria num fio de cabelo seu por nada neste mundo. Eu iria protegê-lo. Esse Espanhol não é surdo nem mudo, você deixou isso escapar sem perceber, agora não adianta disfarçar. Você sabe alguma coisa sobre esse Espanhol que não quer revelar. Confie em mim, diga o que é. Não vou traí-lo.

Huck olhou para os olhos honestos do velho por um momento, inclinou-se e sussurrou no ouvido dele:

— Não é Espanhol nenhum, é o Injun Joe.

O velho galês quase caiu da cadeira. No momento seguinte, ele disse:

— Agora está tudo explicado. Quando você falou em arrancar orelha e rasgar narina, achei que você estivesse floreando a história, porque homens brancos não fazem esse tipo de vingança. Mas um índio! É um caso totalmente diferente.

No café da manhã, a conversa continuou, e durante a refeição o velho disse que a última coisa que ele e os filhos haviam feito antes de dormir foi levar uma lanterna e examinar a cancela e os arredores em busca de sinais de sangue. Não encontraram sangue, mas acharam algumas...

— Algumas o quê?

Se as palavras fossem raios, não teriam escapado mais subitamente dos lábios empalidecidos de Huck. Seus olhos se arregalaram e ele prendeu a respiração, esperando a resposta. O galês teve um sobressalto, encarou o menino por alguns segundos e respondeu:

— Algumas ferramentas de ladrão. O que há de errado com você?

Huck tornou a se recostar na cadeira, suavemente ofegante, mas aliviado. O galês olhou sério para ele, curioso, e disse:

— Sim, ferramentas de ladrão. Aparentemente, isso lhe deu um grande alívio. Mas por que você reagiu assim? O que achou que podíamos ter encontrado?

Huck ficou encurralado com os olhos inquisitivos do velho. Daria qualquer coisa em troca de argumentos para uma resposta plausível. Nada lhe ocorreu. Os olhos inquisitivos penetravam cada vez mais fundo e uma resposta absurda se ofereceu. Não havia tempo de ponderar, de modo que arriscou, sem ênfase:

— Talvez livros da escola dominical.

Pobre Huck, estava aflito demais para sorrir! Mas o velho deu uma gargalhada alta e alegre, fazendo tremer todos os detalhes de sua anatomia da cabeça aos pés, e terminou dizendo que uma boa gargalhada como aquela lhe faria economizar dinheiro, pois evitava as despesas com médicos como nada neste mundo. Depois, acrescentou:

— Pobrezinho, você está pálido e abatido. Não parece nada bem. Não é para menos que você esteja tão avoado e desequilibrado. Mas vai superar isso. Um bom descanso e um bom sono deixarão você bem de novo, espero.

Huck ficou irritado ao ver que havia sido um verdadeiro pato ao se trair com aquela excitação tão suspeita, pois já havia desistido da ideia de que o embrulho levado da taverna era o tesouro assim que ouvira a conversa junto à cancela da viúva. Mas até então ele só *achava* que não fosse o tesouro, ainda não sabia que não era mesmo, de modo que a mera sugestão de terem encontrado alguma coisa foi demais para seu autocontrole. Mas, em geral, ficou contente que esse pequeno episódio tivesse ocorrido, pois agora sabia, sem sombra de dúvida, que não se tratava do tesouro. Assim, seus pensamentos descansaram e ficaram extremamente confortáveis. Na verdade, tudo parecia estar se encaminhando na direção certa. O tesouro ainda devia estar no Número Dois, os homens seriam capturados e presos naquele mesmo dia e ele e Tom poderiam buscar o ouro à noite sem nenhum problema ou medo de serem interrompidos.

Assim que terminaram de comer, houve uma batida na porta. Huck logo foi se esconder, pois não tinha intenção de ser associado mesmo que remotamente com os últimos acontecimentos. O galês abriu a porta para diversas senhoras e senhores, entre elas a viúva Douglas, e reparou que havia um grupo de cidadãos subindo a colina, só para xeretar na cancela. A notícia se espalhara. O galês precisou contar a história da noite anterior às visitas. A gratidão da viúva por sua salvação foi explícita.

— Não precisa dizer mais nada, madame. Existe outra pessoa a quem a senhora deve mais do que a mim e aos meus meninos, talvez, mas ele não me deixa dizer seu nome. Não teríamos ido até lá se não fosse ele.

Evidentemente, isso excitou uma curiosidade tão vasta que quase diminuiu o assunto principal, mas o galês deixou que as visitas se roessem por dentro e que a cidade inteira soubesse por intermédio delas, já que se recusou a abrir mão de seu segredo. Quando todo o resto foi esclarecido, a viúva disse:

— Fui dormir lendo um livro na cama e adormeci mesmo com todo aquele barulho. Por que você não veio me acordar?

— Achamos que não era preciso. Os sujeitos não iriam voltar. Eles não tinham mais as ferramentas para trabalhar. E de que adiantaria acordar a senhora e matá-la de susto? Meus três escravos ficaram de guarda na sua casa pelo resto da noite. Eles acabaram de voltar.

Outras visitas chegaram, e a história precisou ser contada e recontada por mais algumas horas.

Não haveria aula de catecismo no fim de semana, mas todo mundo chegou cedo à igreja. O perturbador acontecimento foi bem examinado. Chegaram notícias de que não haviam encontrado nem sinal dos dois bandidos. Depois do sermão, a esposa do juiz Thatcher se aproximou da sra. Harper no corredor, em meio à congregação, e disse:

— Será que minha Becky vai dormir o dia inteiro? Imaginei que ela fosse ficar morta de cansada.

— Sua Becky?

— Sim. Ela não dormiu na sua casa ontem à noite?

— Não.

A sra. Thatcher ficou pálida e se sentou num banco da igreja quando tia Polly, conversando acaloradamente com uma amiga, passou. Tia Polly disse:

— Bom dia, sra. Thatcher. Bom dia, sra. Harper. Tenho um menino que não apareceu em casa hoje cedo. Acho que meu Tom ficou na sua casa ontem à noite. Ou na sua. E agora ele deve estar com medo de vir à igreja. Preciso acertar as contas com ele.

A sra. Thatcher balançou a cabeça, sem forças, e ficou mais pálida ainda.

— Ele não dormiu conosco — disse a sra. Harper, começando a ficar inquieta. Uma angústia evidente surgiu no semblante da tia Polly.

— Joe Harper, você viu meu Tom hoje cedo?

— Não, senhora.

— Quando o viu pela última vez?

Joe tentou se lembrar, mas não tinha certeza se sabia. As pessoas pararam na saída da igreja. Começaram os cochichos, e pressentimentos inquietantes se apossaram de todos os semblantes. As crianças foram ansiosamente questionadas, bem como as jovens professoras. Todos disseram que não haviam visto se Tom e Becky estavam a bordo do barco na viagem de volta. Estava escuro. Ninguém pensou em verificar se havia alguém faltando. Um rapaz finalmente extravasou seu medo de que ainda estivessem na caverna. A sra. Thatcher desmaiou. Tia Polly começou a chorar e a torcer as mãos de desespero.

O alarme foi passado de boca em boca, de grupo em grupo, de rua em rua, e dentro de cinco minutos os sinos badalavam loucamente e a vila inteira acordou. O episódio de Cardiff Hill afundou na irrelevância, os ladrões foram esquecidos, cavalos foram selados, esquifes foram tripulados, o barco a vapor foi avisado, e antes que o horror chegasse a uma hora de vida, duzentos homens estavam pegando a estrada e o rio em direção à caverna.

Ao longo daquela longa tarde a vila pareceu vazia e morta. Muitas mulheres visitaram tia Polly e a sra. Thatcher, tentando consolá-las.

Choraram também com elas, e isso foi ainda melhor que palavras. Durante a noite tediosa, a cidade inteira ficou à espera de notícias. Mas, quando a manhã finalmente chegou, a única notícia que tiveram foi: "Enviem mais velas e comida". A sra. Thatcher e tia Polly quase enlouqueceram. O juiz Thatcher enviou mensagens de esperança e encorajamento da caverna, mas que não transmitiam genuíno entusiasmo. O velho galês voltou para casa quando já era dia, sujo de cera de vela, coberto de barro, quase exaurido. Encontrou Huck ainda na cama que lhe fora oferecida, delirando de febre. Os médicos estavam todos na caverna, de modo que a viúva Douglas veio e cuidou do paciente. Ela disse que faria o melhor para ele, porque, fosse ele bom ou mau, ou indiferente, era um filho de Deus, e nada que fosse de Deus podia ser negligenciado. O galês disse que Huck dera sinais de ter coisas boas também dentro de si, e a viúva disse:

— Pode contar que sim. São os sinais do Senhor. Ele nunca deixa ninguém de fora. Jamais. Ele põe esses sinais em todas as criaturas que saem de Suas mãos.

Por volta do meio-dia, grupos de homens abatidos começaram a voltar para a vila, mas os cidadãos mais fortes continuaram a busca. A única novidade que se obteve foi que estavam sendo vasculhadas partes da caverna que nunca haviam sido visitadas antes; que cada canto ou fenda estava sendo completamente esquadrinhado; que, em toda parte daquele labirinto de passagens por onde perambularam, viam-se luzes balançando aqui e ali na distância, gritos e disparos de pistola enviavam suas reverberações ocas aos ouvidos pelos corredores sombrios. Num lugar, longe do trecho geralmente percorrido por turistas, os nomes "Becky e Tom" foram encontrados traçados na parede de pedra com fumaça de vela. Ao lado, um pedaço de fita sujo de cera.

A sra. Thatcher reconheceu a fita e chorou sobre ela. Disse que era a última lembrança que jamais teria da filha. Nenhum outro monumento em sua memória seria tão precioso, porque aquela fita foi a última coisa que esteve no corpo dela em vida antes que a morte terrível viesse. Alguém disse que, de quando em quando, dentro da caverna, uma faísca remota de luz cintilava, e então um grito de glória era lançado e um grupo de homens descia o corredor atrás do eco, seguido de uma mórbida decepção: as crianças não estavam lá. Era apenas a vela de algum voluntário.

Três pavorosos dias e noites arrastaram suas horas de tédio, e a vila mergulhou no torpor da desesperança. Ninguém tinha mais ânimo para nada. A descoberta acidental, recente, de que o dono da taverna guardava aguardente em seu estabelecimento pouco influiu na pressão do público, por mais tremendo que fosse o fato em si. Num intervalo de lucidez, Huck, com voz fraca, puxou o assunto da taverna e perguntou discretamente, temendo o pior, se haviam encontrado alguma coisa desde que ele adoecera.

— Sim — disse a viúva.

Huck se sentou de repente na cama, de olhos arregalados:

— O quê? O que encontraram?

— Aguardente! E o estabelecimento foi fechado. Agora deite-se, menino. Que susto você me deu!

— Só me diga mais uma coisa, por favor. Quem encontrou foi o Tom Sawyer?

A viúva não conteve as lágrimas.

— Pronto, pronto, já chega, meu menino! Já falei, você não pode falar muito. Você está doente, muito doente.

Nada além de aguardente havia sido encontrado; teria havido um grande alvoroço se houvessem encontrado ouro. E o tesouro estaria perdido para sempre — perdido para sempre! Mas por que ela estaria chorando, afinal? Aquele choro foi curioso.

Esses pensamentos passaram difusamente pela cabeça de Huck. O cansaço de sua passagem lhe deu sono e ele adormeceu. A viúva disse consigo mesma:

— Pronto, dormiu! Pobre coitado. Quem encontrou foi Tom Sawyer... Quem dera alguém tivesse encontrado o Tom Sawyer, isso sim! Já não sobraram muitos com esperança, ou com força suficiente, para continuar a busca.

31

AGORA VOLTEMOS à parte de Tom e Becky do piquenique. Eles percorreram os corredores lúgubres com o resto da turma, visitando as maravilhas familiares da caverna, maravilhas apelidadas com nomes ultradescritivos, como Sala de Desenho, Catedral, Palácio de Aladim, e assim por diante. Então começou a brincadeira de esconder, e Tom e Becky brincaram com afinco, até que aquilo começou a ficar um pouco cansativo. Depois, desceram por uma avenida sinuosa, segurando bem alto suas velas e lendo o emaranhado de nomes, datas, endereços postais e lemas — pintados com fumaça de velas — dos afrescos das paredes rochosas.

Sempre andando e conversando, mal repararam que estavam na parte da caverna cujas paredes não tinham aqueles afrescos. Esfumaçaram os próprios nomes sob uma prateleira alta de pedra e seguiram em frente. Chegaram a um lugar onde um pequeno curso de água, escorrendo de uma saliência e trazendo consigo sedimentos de calcário, havia, no lento arrastar dos anos, formado uma verdadeira catarata do Niágara de rendas e babados de pedra reluzente e imperecível.

Tom espremeu seu pequeno corpo atrás dela e a iluminou para agradar Becky. Descobriu que o véu de pedra escondia uma espécie de escadaria natural íngreme, que subia entre paredes estreitas, e imediatamente a ambição de ser um descobridor tomou conta do menino. Becky respondeu ao seu chamado. Os dois marcaram um sinal de fumaça ali para orientá-los no futuro e começaram a exploração.

Serpentearam por aqui e por ali, bem longe, no fundo dos segredos da caverna, fizeram outra marca de fumaça e embarcaram em busca de novidades para depois contar ao mundo lá fora. Num lugar, encontraram uma caverna espaçosa, de cujo teto pendia uma infinidade de estalactites brilhantes do tamanho e da circunferência de uma perna de homem. Caminharam, maravilhados, admirando, e saíram por uma das numerosas passagens que ali desembocavam. Isso logo os levou a uma encantadora fonte, cujo lago era incrustado de flores de cristal cintilantes. Ficava no meio de uma caverna cujas paredes eram sustentadas por fantásticos pilares formados pela união de grandes estalactites e estalagmites, resultado do gotejar incessante dos séculos.

Embaixo daquele teto, imensos morcegos se agrupavam bem unidos, milhares em cada feixe. As luzes perturbaram as criaturas, que vieram em revoadas, às centenas, guinchando e voando furiosamente na direção das velas. Tom sabia como eram os morcegos e o perigo daquele tipo de conduta. Agarrou Becky pela mão e correu com ela para o primeiro corredor que apareceu. Foi em boa hora, porque um morcego havia apagado a vela de Becky com a asa quando saía da caverna. Os animais perseguiram as crianças por uma boa distância, mas os fugitivos foram se desviando por novas passagens que apareciam na frente e se livraram das perigosas criaturas. Tom logo encontrou um lago subterrâneo, que se estendia na penumbra até que sua forma se perdia nas sombras. Quis explorar suas margens, mas concluiu que primeiro seria melhor se sentar e descansar um pouco. Só então, pela primeira vez, a profunda quietude do lugar tranquilizou as crianças. Becky notou:

— Ora, eu não tinha reparado, mas parece que faz muito tempo que não ouço mais ninguém do nosso grupo.

— Pense bem, Becky, estamos muito abaixo deles, e também bem longe para o norte, o sul ou o leste. Não conseguiríamos ouvi-los daqui.

Becky ficou apreensiva.

— Há quanto tempo será que estamos aqui embaixo, Tom? Melhor começarmos a voltar.

— Sim, acho melhor. Talvez seja melhor.

— Você consegue encontrar a saída? Para mim, é tudo parecido e confuso.

— Acho que consigo achar. Mas e os morcegos? Se eles apagarem nossas velas, vai ser péssimo. Vamos tentar encontrar outro caminho, para não termos que passar por lá.

— Está bem. Só espero não me perder. Seria realmente péssimo.

A menina estremeceu só de pensar nas pavorosas possibilidades. Eles atravessaram um corredor e seguiram em silêncio por um bom trecho, olhando de relance um para o outro a cada nova abertura, para ver se havia algo familiar. Mas não reconheceram nada. Toda vez que Tom examinava alguma coisa, Becky olhava para ele em busca de algum sinal encorajador, e ele dizia com entusiasmo:

— Tudo certo. Não é o mesmo lugar, mas já vamos encontrar.

Ele, todavia, foi se sentindo menos esperançoso a cada fracasso e começou a escolher a esmo um caminho a cada avenida que se bifurcava, na desesperada tentativa de encontrar o que queria. Continuou dizendo que estava "tudo certo", mas havia um medo de chumbo em seu peito, as palavras perderam o vigor e soaram como se ele tivesse dito: "Estamos perdidos". Becky se agarrou a ele angustiada de medo e tentou conter as lágrimas, que viriam mesmo assim. Ela disse:

— Oh, Tom, não vamos nos incomodar com os morcegos. Vamos voltar por lá mesmo! Parece que estamos cada vez mais perdidos.

— Escute — pediu ele.

Um profundo silêncio, tão profundo que suas respirações ficavam evidentes naquela euforia. Tom gritou. O chamado ecoou pelos corredores vazios e morreu na distância como um som fraco parecido com uma gargalhada zombeteira.

— Oh, não faça mais isso, Tom, é horrível demais — clamou Becky.

— É horrível, mas é melhor. Talvez alguém nos ouça, você sabe.

Ele gritou de novo.

Esse "talvez" foi um horror ainda mais arrepiante que a gargalhada macabra, de tanto que confessava uma esperança moribunda.

As crianças ficaram imóveis, de ouvidos atentos, mas não adiantou. Tom tentou voltar pelo mesmo caminho, apressado. Mas pouco depois uma indecisão sua revelou outro fato assustador a Becky: ele não sabia o caminho de volta.

— Ai, Tom, você não fez nenhuma marca no caminho!

— Como fui burro! Que burro! Nem pensei que fôssemos voltar. Não encontro mais o caminho. Está tudo parecido e confuso.

— Tom, Tom, estamos perdidos. Nunca mais vamos sair deste lugar horrível. Por que nos separamos dos outros?

Ela se atirou no chão e começou a chorar tão freneticamente que Tom ficou assustado com a ideia de que ela fosse morrer ou perder a razão ali mesmo. Sentou-se ao lado dela e a abraçou. Ela escondeu o rosto em seu peito, agarrou-se a ele, despejou seus terrores, seus remorsos vãos, e o eco distante os transformou no escárnio de uma gargalhada distante. Tom implorou que ela retomasse a esperança, e ela disse que não conseguiria. Ele passou a se culpar e se ofender por colocá-la naquela situação miserável. Isso surtiu mais efeito. Ela disse que tentaria retomar a esperança, iria se levantar e o seguiria aonde quer que ele a levasse, desde que prometesse não falar mais assim. A culpa era tanto dele quanto dela, disse ela.

Os dois voltaram a caminhar a esmo, ao acaso. Era a única coisa que podiam fazer: continuar caminhando. Por algum tempo, a esperança deu sinais de reviver. Não por alguma razão específica, mas porque é da natureza da esperança reviver enquanto a fonte não é interrompida pela idade e pela familiaridade com o fracasso.

A certa altura, Tom pegou a vela de Becky e a apagou. Essa economia seria muito importante. Não foi preciso dizer nada. Becky entendeu, e sua esperança voltou a morrer. Ela sabia que Tom tinha outra vela inteira e três ou quatro tocos no bolso, mesmo assim precisava economizar. Enfim, a fadiga começou a exercer seu jugo sobre as crianças, que tentaram prestar atenção a esse fato, pois era terrível pensar em se sentar quando o tempo era cada vez mais precioso. Estar em movimento, em alguma direção, era ao menos um progresso e poderia render frutos, mas descansar era chamar a morte e encurtar sua perseguição.

Até que as pernas fracas de Becky se recusaram a prosseguir e ela se sentou. Tom descansou com ela. Os dois falaram de suas casas, de seus amigos, das camas confortáveis e, sobretudo, da luz.

Becky chorou, e Tom tentou pensar em algum modo de consolá-la, mas todos os seus estímulos estavam gastos pelo uso e soaram como sarcasmo. A fadiga cobrava tanto de Becky que ela começou a pegar no sono. Tom ficou aliviado. Sentou-se ali, olhando para o rosto exausto dela, até ver seu semblante relaxar e ficar pacificado sob a influência de sonhos agradáveis. Então, um sorriso surgiu e permaneceu em seus lábios. Aquele rosto sereno refletiu de alguma forma a paz e o alívio do espírito dele, e seus pensamentos vagaram por tempos idos e lembranças idealizadas. Enquanto ele estava profundamente absorto nessas divagações, Becky acordou com uma risadinha alegre, mas que morreu em seus lábios. Um gemido se seguiu.

— Oh, estava em um sono tão profundo! Quem me dera não tivesse acordado! Não. Não quis dizer isso, Tom. Não fique assim. Não vou dizer mais isso.

— Fico contente que você tenha dormido. Agora você está mais descansada e vamos encontrar essa saída.

— Podemos tentar, mas vi um lugar tão bonito no meu sonho... Acho que vamos para lá.

— Talvez não, talvez não. Anime-se, Becky. Vamos continuar tentando.

Levantaram-se e perambularam de mãos dadas, desesperadamente. Tentaram estimar havia quanto tempo estavam na caverna, mas a única coisa que sabiam é que pareciam estar ali fazia dias, semanas. No entanto, era claro que não podia ser, já que suas velas ainda estavam acesas. Muito tempo depois, não teriam como dizer quanto, Tom disse que deviam ir devagar e tentar ouvir barulho de água. Precisavam encontrar uma fonte. Encontraram uma, e Tom disse que era hora de descansar de novo. Estavam ambos exaustos, mas Becky disse que achava que conseguia continuar mais um pouco. Ela ficou surpresa ao ouvir Tom discordar e não entendeu. Sentaram-se. Tom prendeu sua vela na parede na frente deles com um pouco de argila. Logo seus pensamentos se agitaram; nada foi dito por algum tempo. Até que Becky rompeu o silêncio:

— Estou com muita fome!

Tom tirou algo do bolso.

— Você se lembra disso? — disse ele.

Becky quase sorriu.

— É o nosso bolo de casamento...

— Sim. Eu queria que fosse grande como um barril, pois é a única coisa que temos.

— Guardei do piquenique para sonharmos depois, como os adultos fazem com bolo de casamento. Mas isso vai ser nossa...

Ela interrompeu a frase onde estava. Tom dividiu o bolo e Becky comeu com apetite, enquanto ele mordiscou sua metade. Havia bastante água fresca para ajudar a encerrar o banquete. Logo Becky sugeriu que continuassem a caminhar. Tom ficou calado por um momento e falou:

— Becky, se eu disser uma coisa você vai concordar?

O rosto de Becky empalideceu, mas ela achava que sim.

— Vamos ficar aqui mesmo, onde teremos água para beber. Esse toco é nossa última vela.

Becky deu vazão às lágrimas e às lamúrias. Tom fez o que pôde para consolá-la, mas com pouco efeito. Enfim Becky disse:

— Tom!

— O que foi, Becky?

— Eles vão perceber nossa falta e vão nos procurar.

— Sim, certamente.

— Talvez estejam nos procurando agora.

— Talvez estejam. Espero que sim.

— Quando será que deram pela nossa falta?

— Acho que quando voltaram para o barco.

— Talvez já estivesse escuro. Será que perceberam que não voltamos?

— Não sei. Mas, de todo modo, sua mãe vai perceber assim que você não voltar para casa.

Uma expressão de pavor no rosto de Becky fez Tom cair em si e ver que havia se confundido. Becky não dormiria em casa aquela noite. As crianças ficaram caladas e pensativas. Num momento, um novo surto de melancolia de Becky mostrou a Tom que aquilo que havia pensado também ocorrera a ela: que talvez se passasse metade da manhã de domingo até a sra. Thatcher descobrir que Becky não estava com a sra. Harper. As crianças fixaram o olhar no toco da vela e ficaram assistindo-a derreter lenta e impiedosamente. Viram o último centímetro de pavio parar sozinho em pé; viram a chama fraca subir e descer, escalar a fina coluna de fumaça, pairar no alto por um momento, e depois o horror da total escuridão impôs seu reinado.

Quanto tempo se passou até que Becky começasse lentamente a ter consciência de que estava chorando nos braços de Tom, nenhum dos dois saberia dizer. A única coisa que sabiam era que, depois do que lhes pareceu um tempo longuíssimo, ambos acordaram do estupor do sono e continuaram a remoer suas angústias. Tom disse que devia ser domingo, talvez segunda-feira. Tentou fazer Becky falar, mas a tristeza dela era muito opressiva; todas as suas esperanças haviam acabado. Tom disse que já deviam ter dado pela falta deles fazia tempo, e sem dúvida o grupo de resgate estava vindo.

Ele começaria a gritar e talvez alguém ouvisse. Tentou, mas no escuro os ecos distantes soaram tão hediondos que não tentou mais. As horas se passaram, e a fome voltou a atormentar os cativos. Havia sobrado uma parte da metade do bolo de Tom. Eles dividiram e comeram. Mas ficaram mais famintos do que antes. As pobres migalhas de comida só lhes atiçaram o desejo.

Tom disse:

— Psiu! Você ouviu isso?

Ambos prenderam a respiração e apuraram os ouvidos. Havia um som parecido com um grito fraco, remoto. Instantaneamente, Tom respondeu. Levando Becky pela mão, começou a tatear pelo corredor naquela direção do grito. Apurou os ouvidos outra vez, e outra vez o som foi ouvido, aparentemente mais de perto.

— São eles — entusiasmou-se. — Estão vindo! Venha, Becky. Vai ficar tudo bem agora.

A alegria das crianças foi quase incontrolável. Sua velocidade, contudo, foi baixa, porque as "armadilhas" eram um tanto comuns e era preciso se precaver. Logo chegaram a um buraco e precisaram parar. Talvez tivesse um metro de profundidade, talvez trinta. Não havia como passar, de qualquer jeito. Tom se deitou no chão e se esticou o máximo que pôde para baixo. Sem fundo. Deviam ficar ali e esperar o resgate chegar. Ficaram ouvindo. Os gritos estavam ficando mais distantes. Numa questão de segundos, sumiram totalmente. Que angústia sentiram apertar-lhe o coração! Tom berrou até ficar rouco, mas não adiantou. Ficou falando com Becky, mas se passou uma eternidade de espera angustiada e não ouviram mais nenhum som.

As crianças tatearam seu caminho de volta à fonte. Um tempo exaustivo se arrastou. Dormiram de novo, acordaram famintos e doloridos. Tom achava que devia ser terça-feira àquela altura.

Então, ele teve uma ideia. Havia algumas passagens laterais por ali. Seria melhor explorar algumas delas do que suportar o fardo pesado do tempo sem fazer nada. Pegou uma linha de empinar pipa do bolso, amarrou a uma saliência e partiram, com Tom na frente, soltando a linha conforme iam tateando. Ao fim de vinte passos, o corredor terminava num despenhadeiro. Tom se ajoelhou e tateou em busca do chão. Depois, esticou a mão o máximo que podia contornando a curva da parede. Tentou se esticar um pouco mais para a direita. Nesse momento, a menos de vinte metros, uma mão humana, segurando uma vela, apareceu detrás de uma pedra. Tom soltou um grito de glória, e instantaneamente a mão foi seguida pelo corpo ao qual pertencia. Era Injun Joe.

Tom ficou paralisado, não conseguiu se mexer. Ficou imensamente aliviado no momento seguinte, ao ver o Espanhol fugir correndo e sumir. Perguntou-se se Joe não teria reconhecido sua voz e se não teria vindo matá-lo por testemunhar no tribunal. Mas os ecos deviam ter disfarçado sua voz. Sem dúvida, era isso, refletiu. O medo de Tom enfraqueceu todos os músculos de seu corpo. Ele disse consigo mesmo que, se tivesse força suficiente para voltar à fonte, ficaria lá e nada o faria correr o risco de encontrar Injun Joe outra vez. Tomou o cuidado de não contar a Becky o que havia visto. Disse que gritara "só para dar sorte".

A fome e a desgraça, todavia, venceram o medo no longo prazo. Outra espera tediosa junto à fonte e outro longo sono trouxeram mudanças. As crianças acordaram torturadas por uma fome atroz. Tom achou que devia ser quarta ou quinta-feira, ou mesmo sexta-feira ou sábado, e que as buscas deviam ter terminado. Propôs explorarem outra passagem. Sentia-se disposto a enfrentar Injun Joe e todos os outros terrores. Mas Becky estava fraca. Ela mergulhara numa soturna apatia e dela não se levantaria. Disse que preferia esperar ali onde estava e morrer, o que não demoraria muito. Disse a Tom para ir com a linha e explorar sozinho, se quisesse. Mas implorou que voltasse às vezes e falasse com ela. Fê-lo prometer que, quando a hora indesejada chegasse, ficaria ao lado dela e seguraria sua mão até que estivesse tudo acabado.

Tom a beijou, com uma sensação de aperto na garganta, mostrando-se confiante de encontrar o grupo de resgate ou uma saída da caverna. Depois, pegou sua linha e foi engatinhando por uma das passagens, aflito de fome e abatido pelos pressentimentos da catástrofe iminente.

32

CHEGOU A tarde da terça-feira e logo veio o crepúsculo. A vila de St. Petersburg ainda estava de luto. As crianças perdidas não haviam sido encontradas. Orações públicas foram oferecidas por elas, e muitas orações privadas foram feitas de todo o coração. Ainda assim, nenhuma notícia boa veio da caverna. A maioria dos voluntários do grupo de resgate desistira da busca e voltara para seus afazeres diários, dizendo que estava claro que as crianças jamais seriam encontradas. A sra. Thatcher ficou muito mal e delirava a maior parte do tempo. As pessoas diziam que era de partir o coração ouvi-la chamar pela filha, erguer a cabeça, ficar um minuto parada, ouvindo, tornar a baixar a cabeça e gemer exaurida. Tia Polly se deixara cair numa melancolia resignada, e seus cabelos grisalhos ficaram quase brancos. A vila foi descansar, na noite de terça-feira, triste e desolada.

Lá pelo meio da noite, um repicar desvairado começou nos sinos da vila. No momento seguinte, as ruas estavam tomadas de pessoas frenéticas ainda se vestindo e gritando: "Eles apareceram! Eles apareceram! Foram encontrados! Foram encontrados!". Panelas de lata e buzinas agregadas à balbúrdia, a população em massa partiu na direção do rio, encontraram as crianças vindo em carruagem aberta puxada por cidadãos aos brados, enfileiraram-se ao redor, juntaram-se à marcha de volta para casa e desfilaram magnificamente pela rua principal aos gritos de "Viva!".

A vila acendeu suas luzes, ninguém mais queria dormir, foi a maior noitada que aquela cidadezinha já vira. Durante a primeira meia hora, uma procissão de moradores foi até a casa do juiz

Thatcher, abraçaram as crianças salvas e as beijaram, apertaram a mão da sra. Thatcher, tentaram falar mas não conseguiram e espalharam uma chuva de lágrimas pela casa inteira.

A felicidade da tia Polly foi completa, e a da senhora Thatcher, quase igual. Seria completa, no entanto, assim que o mensageiro enviado com a boa notícia à caverna avisasse ao marido. Tom se sentou num sofá com um ávido auditório à sua volta e contou a história de sua maravilhosa aventura, incluindo muitos acréscimos impressionantes para enfeitá-la. Encerrou com uma descrição de como deixara Becky e seguira numa expedição exploratória; como seguiu por duas avenidas até o fim da linha e estava prestes a voltar quando viu de relance uma mancha distante que parecia luz do dia, largou a linha e foi tateando até lá, passou a cabeça e os ombros por um buraquinho e viu o largo Mississippi passando lá fora.

E se por acaso fosse noite, ele não teria visto aquela mancha de luz e não teria explorado mais aquela passagem. Ele contou que voltou para buscar Becky, deu a boa notícia e ela disse para não a aborrecer com esse tipo de coisa, pois estava cansada e sabia que morreria. Queria morrer. Descreveu como insistiu e a convenceu; como ela quase morreu de alegria quando chegou a um ponto em que viu de verdade um pedaço azul de céu; como ele passou pelo buraco e a ajudou a sair; como os dois se sentaram lá e choraram de contentamento; como alguns homens passaram num esquife e Tom os chamou, explicando a situação e que estavam famintos; como os homens a princípio não acreditaram na história, "porque", eles disseram, "vocês estão cinco milhas rio abaixo do vale onde fica a caverna". Depois subiram a bordo, remaram até uma casa, deram-lhes comida, fizeram com que descansassem duas ou três horas e os levaram para casa.

Antes da madrugada, o juiz Thatcher e os últimos voluntários foram encontrados dentro da caverna seguindo as meadas de linha que haviam deixado atrás de si e informados da grande notícia.

Três dias e noites de esforço e fome na caverna não seriam recuperados de uma vez, como Tom e Becky logo descobririam. Ficaram de cama quarta e quinta-feira inteiras. Pareciam cada vez mais cansados e exaustos o tempo todo. Tom melhorou um pouco na quinta-feira, foi ao centro na sexta-feira e estava praticamente bom no sábado. Mas Becky só saiu do quarto no domingo, e parecia que havia passado por uma doença devastadora.

Tom ficara sabendo da doença de Huck e foi visitá-lo na sexta, mas não deixaram que ele entrasse no quarto. Nem no sábado nem no domingo. Depois disso, pôde entrar todos os dias, mas foi avisado para não mencionar sua aventura nem introduzir assuntos excitantes. A viúva Douglas ficava junto para ver se ele obedecia. Em casa, Tom ficou sabendo dos acontecimentos em Cardiff Hill, que o corpo do "esfarrapado" fora encontrado no rio perto do ancoradouro e que devia ter se afogado quando tentava escapar.

Cerca de duas semanas depois da volta da caverna, Tom foi visitar Huck, que já estava forte o suficiente para falar de assuntos excitantes. Tom tinha alguns que o interessariam. A casa do juiz Thatcher ficava no caminho de Tom, que parou para ver Becky. O juiz e alguns amigos quiseram que Tom conversasse um pouco. Alguns deles lhe perguntaram ironicamente se não queria voltar para a caverna algum dia. Tom disse que achava que não se importaria de voltar. O juiz disse:

— Existem outros que pensam como você, Tom, não tenho a menor dúvida. Mas tomamos uma providência a esse respeito. Ninguém nunca mais vai se perder nessa caverna.

— Por quê?

— Porque mandei lacrar a porta com ferro fundido há duas semanas, com uma fechadura tripla, e as chaves ficam comigo.

Tom ficou branco como uma folha de papel.

— O que foi, menino? Alguém ajude. Traga um copo d'água.

A água foi trazida e jogada no rosto de Tom.

— Ah, agora você parece melhor. O que aconteceu?

— Juiz, o Injun Joe está na caverna.

33

EM QUESTÃO de poucos minutos a notícia se espalhou, e uma dúzia de esquifes com seus remadores partiu em direção à caverna McDougal. O barco a vapor, cheio de passageiros, logo seguiu atrás. Tom Sawyer foi no esquife com o juiz Thatcher.

Quando a porta da caverna foi aberta, uma visão penosa se apresentou na penumbra do lugar. Injun Joe estava estendido no chão, morto, com o rosto perto da fresta da porta, como se seus olhos ansiosos estivessem fixos, até o último momento, na luz e na animação do mundo livre lá fora. Tom ficou comovido, porque sabia, por experiência própria, como aquele desgraçado devia ter sofrido. Sua compaixão fora tocada, mas mesmo assim sentiu um alívio e uma segurança enormes, como ainda não havia avaliado plenamente até então, por estar livre do enorme peso que vinha carregando desde o dia em que levantara a voz contra aquele marginal sanguinário.

A faca Bowie de Injun Joe estava ao lado, com a lâmina partida ao meio. A grande viga da soleira da porta fora lascada e forçada, com tedioso esforço, um esforço inútil, pois a rocha natural formava um batente por fora da madeira, e contra material tão obstinado a faca não obtivera nenhum efeito. O único estrago sofrido fora o da própria faca. Mas ainda que não houvesse obstáculo de pedra, o esforço também teria sido inútil, já que se a viga tivesse sido inteiramente cortada, Injun Joe não teria conseguido espremer o corpo por baixo da porta. E ele sabia disso. De modo que causara aquele estrago todo apenas para estar fazendo alguma coisa, para passar o tempo aflitivo, para empregar suas faculdades atormentadas.

Geralmente, seriam encontrados meia dúzia de tocos de velas espetados nas frestas daquele vestíbulo, ali deixados pelos turistas, mas não havia nenhum. O prisioneiro devia ter encontrado todos e comido. Ele também havia conseguido capturar alguns morcegos, os quais comera, deixando só as garras. O pobre infeliz morrera de fome. Num lugar perto dele, uma estalagmite crescera lentamente do chão durante eras, construída a partir de gotas que escorriam de uma estalactite no teto. O cativo havia quebrado a estalagmite e, sobre a base, colocado uma pedra, na qual escavara uma cavidade para recolher as gotas preciosas que pingavam a cada três minutos com a macabra regularidade de um relógio — uma colher de sobremesa a cada vinte e quatro horas.

Aquelas gotas estavam caindo quando as pirâmides eram novas, quando Troia caiu, quando lançaram as fundações de Roma, quando Cristo foi crucificado, quando o Conquistador criou o Império Britânico, quando Colombo zarpou, quando o massacre em Lexington era novidade. Está caindo agora e ainda estará caindo quando todas essas coisas tiverem mergulhado no entardecer da história, no crepúsculo da tradição, quando tiverem sido engolidas pela densa noite do esquecimento. Será que tudo tem um propósito e uma missão? Será que essa gota tem caído pacientemente por cinco mil anos só para estar disponível para as necessidades daquele inseto humano fugaz? E será que terá outro importante objetivo a realizar nos próximos dez mil anos? Não importa. Já se passaram muitos anos desde que o mestiço infeliz escavou a pedra para captar as valiosíssimas gotas, mas até hoje os turistas contemplam essa pedra patética e seu gotejar lento quando visitam as maravilhas da caverna McDougal. A xícara de Injun Joe é a primeira da lista das maravilhas da caverna. Nem o Palácio de Aladim compete com ela.

Injun Joe foi enterrado perto da entrada da caverna. Vieram pessoas de barco e carroças das cidades, de todas as fazendas e sítios, num raio de sete milhas, para assistir. Levaram os filhos, todo tipo de provisões, e confessaram ter gostado tanto do funeral quanto teriam gostado do enforcamento.

O funeral interrompeu qualquer tentativa de uma petição ao governador pelo perdão de Injun Joe. Muita gente havia assinado a petição, muitos encontros eloquentes e lacrimosos haviam ocorrido. Um comitê de mulheres piegas foi formado para comparecer em luto completo e chorar na frente do governador e implorar para que ele fosse um asno piedoso e não cumprisse seu dever. Acreditava-se que Injun Joe houvesse matado cinco cidadãos da vila, mas e daí? Mesmo que fosse Satanás em pessoa, haveria um bocado de fracotes prontos a rabiscar seus nomes numa petição de perdão e derramar uma lágrima de seus encanamentos estragados e sempre vazando.

Na manhã seguinte ao funeral, Tom levou Huck a um lugar isolado para ter uma importante conversa. Huck havia ficado sabendo da aventura de Tom por intermédio do galês e da viúva Douglas, mas Tom disse que achava que havia uma coisa que eles não haviam lhe contado; era sobre isso que ele queria conversar agora. Huck disse:

— Já sei o que é. Você entrou no quarto número 2 e não encontrou nada além de uísque. Ninguém me disse que era você, mas eu soube na hora que devia ser, assim que ouvi essa história do uísque. Soube que você não encontrou o dinheiro, porque já teria me contado, de um jeito ou de outro, mesmo que tivesse mantido segredo para todo mundo. Tom, algo me dizia que nunca ficaríamos com aquele tesouro.

— Ora, Huck, não fui eu que dedurei o taverneiro. Você ficou vigiando a taverna no sábado em que eu fui ao piquenique. Você não lembra que foi sua noite de sentinela?

— Oh, é mesmo! Ora, parece que foi um ano atrás. Foi na mesma noite que segui o Injun Joe até a casa da viúva.

— Você seguiu?

— Segui, mas é segredo. Acho que o Injun Joe deixou alguns aliados na cidade, e não quero que eles tenham raiva de mim e venham me amolar. Se não fosse por mim, ele já estaria no Texas a uma hora dessas.

Huck segredou toda a sua aventura a Tom, que só ouvira a parte do galês.

— Bem, a mesma pessoa que passou a mão no uísque no quarto número 2, passou a mão no dinheiro também, acho — disse Huck, voltando ao assunto principal. — Seja como for, perdemos, Tom.

— O dinheiro nunca esteve no quarto número 2.

— Como assim? — Huck examinou o rosto de seu amigo atentamente. — Você descobriu o rastro do dinheiro outra vez?

— Está na caverna.

Os olhos de Huck faiscaram.

— Você pode repetir?

— O dinheiro está na caverna.

— Tom, palavra de honra: você está de brincadeira ou é sério?

— É sério, Huck. Nunca fui tão sério na minha vida. Você vem comigo e me ajuda a buscar?

— Pode apostar. Eu vou se pudermos chegar lá sem nos perder.

— Huck, vamos chegar lá sem a menor dificuldade.

— Tomara! Por que você acha que o dinheiro es...

— Huck, espere só até chegarmos lá. Se não encontrarmos, você pode ficar com o meu tambor e todas as minhas coisas, juro por Deus.

— Está certo. Quando você quer ir?

— Agora mesmo, se você puder. Já está recuperado?

— É muito longe dentro da caverna? Andei mal três ou quatro dias, não sei se consigo caminhar mais de uma milha. Pelo menos, acho que não consigo.

— Qualquer outra pessoa além de mim teria que andar umas cinco milhas dentro da caverna, mas existe um atalho que ninguém além de mim conhece. Huck, vou te levar lá de esquife e buscar o tesouro lá dentro sozinho. Você não vai precisar fazer mais nada.

— Então, vamos já.

— Tudo bem. Precisamos de pão, carne, nossos cachimbos, um ou dois sacos, dois ou três carretéis de linha de empinar pipa e alguns desses novos palitos que chamam de fósforos de enxofre. Vou te dizer que muitas vezes desejei ter alguns desses comigo lá dentro.

Pouco depois do meio-dia, os meninos pegaram emprestado um esquife pequeno de um cidadão ausente e seguiram logo seu caminho. Quando estavam várias milhas abaixo da altura da caverna, Tom disse:

— Está vendo aquele rochedo ali que parece igual até o fim da caverna? Nenhuma casa, nenhum quintal, arbustos todos parecidos? Está vendo um ponto branco mais para cima, onde houve um deslizamento de terra? Aquele é um dos meus sinais. Vamos sair.

Desembarcaram.

— Aqui onde estamos dá para tocar com uma vara de pescar no buraco por onde saí. Veja se você consegue encontrar.

Huck procurou e não achou nada. Tom caminhou para dentro de uma moita de arbustos de sumagre e disse:

— Aqui está! Veja você mesmo, Huck. É o buraco mais aconchegante do país. Guarde segredo sobre ele. Sempre quis ser ladrão, mas sabia que precisava de uma coisa assim. Só me faltava encontrá-la. Agora que temos, vamos ficar calados, só vamos deixar o Joe Harper e o Ben Rogers saberem, porque precisamos de um bando, ou não teria nenhum estilo na coisa toda. Bando do Tom Sawyer. Soa magnífico, não é?

— Soa, sim. E quem vamos roubar?

— Qualquer pessoa. Ficamos de tocaia e atacamos qualquer um. É basicamente isso.

— E matamos essas pessoas?

— Não, nem sempre. Prendemos na caverna até conseguirem pagar o resgate.

— O que é resgate?

— Dinheiro. Você obriga a pessoa a conseguir o máximo de dinheiro que puder, com a família. Depois de ficar um ano com a pessoa, se não conseguir o dinheiro, você mata. Geralmente é assim. Só não mata mulher. Você amordaça a boca das mulheres, mas não mata. Elas são sempre bonitas e ricas, muito apavoradas. Você rouba os relógios e essas coisas, mas sempre tira o chapéu na presença delas e conversa polidamente. Ninguém é mais polido que um ladrão. Você vê isso em todos os livros. Bem, as mulheres se apaixonam por você. Depois de uma ou duas semanas na caverna, param de chorar e você pode deixá-las sair. Quando elas podem sair, logo dão meia-volta e retornam para dentro. É assim nos livros.

— Pelo jeito é a melhor coisa que tem. Acho melhor até que ser pirata.

— Sim, é melhor em algumas coisas, porque é mais perto de casa, dos circos e tudo o mais.

A certa altura estava tudo pronto e os meninos entraram pelo buraco, Tom na frente. Esgueiraram-se até o fim do túnel, amarraram as linhas e seguiram em frente. Alguns passos depois chegaram à fonte, e Tom sentiu um calafrio percorrê-lo inteiro. Mostrou a Huck o resto do pavio da vela preso num pedaço de argila grudado à parede, descrevendo como ele e Becky ficaram assistindo à chama expirar.

Os meninos começaram a abaixar a voz até os sussurros, pois a quietude e a escuridão do lugar oprimiam seus espíritos. Prosseguiram. Entraram e seguiram pelo corredor que Tom havia percorrido, que dava no despenhadeiro. As velas revelaram o fato de que não era na verdade um precipício, mas uma colina íngreme de argila de uns seis ou nove metros. Tom sussurrou:

— Agora vou lhe mostrar uma coisa.

Ele ergueu a vela bem alto e pediu:

— Olhe o mais longe que puder para lá, contornando a parede de pedra. Está vendo? Ali, naquela rocha grande, feito com fumaça de vela.

— É uma cruz.

— Onde é o Número Dois? Embaixo da cruz, certo? Foi bem ali que vi Injun Joe passar com a vela.

Huck contemplou o sinal místico mais um pouco e clamou com voz trêmula:

— Tom, vamos embora daqui!

— Como assim? E deixar o tesouro?

— Sim, vamos deixar aqui. O fantasma do Injun Joe deve estar por lá, com certeza.

— Não, não está, não, Huck, não, não está. Ele ficaria assombrando o lugar onde morreu, lá em cima na boca da caverna, a cinco milhas daqui.

— Não assombraria lá, não. Ele ia ficar rondando perto do dinheiro. Sei bem como são os fantasmas, e você também.

Tom começou a recear que Huck estivesse certo. Hesitações se acumularam em sua mente. Mas então lhe ocorreu uma ideia:

— Escute aqui, veja o papel de bobos que estamos fazendo. O fantasma do Injun Joe não vai ficar onde tem uma cruz.

O ponto foi bem observado e surtiu efeito.

— Eu não tinha pensado nisso, mas é mesmo. Sorte nossa que tem aquela cruz. Acho melhor descermos até lá e procurar aquela caixa.

Tom foi primeiro, cortando rústicos degraus na encosta de argila ao descer. Huck veio em seguida. Quatro avenidas se abriam na pequena caverna onde se encontrava a rocha grande com a cruz. Os meninos examinaram três delas sem resultado. Encontraram um pequeno recesso na mais próxima da base da rocha, com um leito de cobertores espalhados, um velho suspensório, um pouco de toucinho e os ossos bem roídos de três aves. Mas não havia nenhum cofre. Os rapazes viraram e reviraram o local, em vão. Tom comentou:

— Ele disse embaixo da cruz. Aqui é o mais debaixo da cruz possível. Não pode ser embaixo da rocha em si, porque ela está bem firme no chão.

Procuraram em toda parte mais uma vez e se sentaram desestimulados. Huck não sugeriu nada, até que Tom exclamou:

— Estou vendo pegadas e cera de vela no barro deste lado da rocha, mas não dos outros lados! Por que será? Aposto que o dinheiro está embaixo da rocha. Vou cavar na argila.

— Não é má ideia, Tom — concordou Huck, com animação.

O canivete Barlow legítimo de Tom foi logo sacado. Ele não havia cavado dez centímetros quando atingiu a madeira.

— Ei, Huck, você ouviu isso?

Huck começou a cavar e arranhar. Algumas tábuas foram logo descobertas e removidas. Haviam disfarçado uma fenda natural que continuava por debaixo da rocha. Tom entrou pela fenda e estendeu sua vela o máximo que pôde por debaixo da rocha, mas disse que não conseguia ver o fim da fresta. Propôs explorarem mais. Endireitou-se e passou por baixo, o caminho estreito ia descendo aos poucos. Seguiu seu trajeto serpeante, à direita e à esquerda, com Huck logo atrás. Fez uma curva fechada e exclamou:

— Santo Deus, Huck! Veja você!

Era uma caixa do tesouro, sem dúvida, ocupando uma caverninha aconchegante, junto a um barril vazio de pólvora, duas armas em coldres de couro, dois ou três pares de velhos mocassins, um cinto de couro e outras quinquilharias encharcadas do porejar da rocha.

— Encontramos, finalmente — vibrou Huck, enfiando a mão nas moedas azinhavradas. — Meu Deus! Estamos ricos, Tom!

— Sempre achei que fôssemos encontrar. É bom demais para acreditar, mas encontramos. Ei, não vamos perder tempo aqui. Vamos dar o fora. Deixe-me ver se consigo levar a caixa.

Pesava pouco mais de vinte quilos. Tom conseguiu erguê-la, de modo desengonçado, mas não conseguiu carregar confortavelmente.

— Foi o que pensei — disse. — Parecia mesmo pesada quando a levaram aquele dia na casa mal-assombrada. Reparei. Acho que fiz bem em trazer aqueles sacos.

O dinheiro logo passou aos sacos e os meninos os levaram até a rocha da cruz.

— Agora vamos levar as armas e as outras coisas — disse Huck.

— Não, deixe para lá. São coisas boas para guardarmos aqui quando começarmos a roubar. Vamos deixar tudo aí sempre e fazer nossas orgias aqui também. É um lugar aconchegante para orgias.

— Que orgias?

— Sei lá. Mas ladrões sempre fazem orgias. Vamos precisar fazer também. Vamos, já ficamos muito tempo aqui. Está ficando tarde, acho. Também estou com fome. Vamos comer e fumar quando chegarmos ao esquife.

Saíram na moita de arbustos de sumagre, olharam cautelosos para fora e viram que a margem estava livre. Logo estavam almoçando e fumando no esquife. Enquanto o sol descia no horizonte, remaram e foram embora. Tom veio remando pelo raso, ao crepúsculo, conversando animadamente com Huck, e desembarcou pouco depois de escurecer.

— Vamos esconder o dinheiro no palheiro da viúva e voltamos de manhã para contar e dividir — propôs Tom. — Depois vamos atrás de um lugar seguro na mata para esconder tudo. Fique parado aqui e vigie as coisas enquanto corro para buscar o carreto do Benny Taylor, só mais um minuto.

Ele desapareceu, voltou com o carreto, pôs os dois sacos dentro, jogou uns trapos velhos por cima e partiu, puxando sua carga atrás de si. Ao chegarem à casa do galês, pararam para descansar. Quando estavam prestes a seguir em frente, o galês saiu pela porta e perguntou:

— Olá, quem está aí?

— Huck e Tom Sawyer.

— Que bom! Venham comigo, meninos, estão todos esperando. Aqui, depressa, corram, levo o carreto para vocês. Pensei que fosse mais leve. O que vocês têm aí? Tijolos? Ou metal velho?

— Metal velho — respondeu Tom.

— Foi o que pensei. Os meninos daqui preferem se dar ao trabalho inútil de procurar pedacinhos de ferro que valem centavos para vender na fundição a ganhar o dobro com um trabalho útil qualquer. Mas essa é a natureza humana. Depressa, corram!

Os meninos quiseram saber o porquê de toda aquela afobação.

— Não se preocupem. Vocês vão ver ao chegarmos à casa da viúva Douglas.

Huck disse com certa apreensão, pois estava acostumado a ser falsamente acusado:

— Sr. Jones, não fizemos nada.

O galês deu risada.

— Bem, não sei, Huck, meu menino. Isso não sei. Você e a viúva não são bons amigos?

— Sim. Bem, ela sempre foi boa comigo.

— Pois bem, então vamos lá. Do que você tem medo?

Essa pergunta não estava respondida na lenta cabeça de Huck até ele ser empurrado com Tom para dentro da sala da sra. Douglas. O sr. Jones deixou o carreto dos meninos perto da porta e entrou atrás.

O lugar estava muito iluminado, e todas as pessoas de certa posição na vila estavam ali. Os Thatcher, os Harper, os Roger, tia Polly, Sid, Mary, o pastor, o editor e muitas outras pessoas, todas com suas melhores roupas.

A viúva recebeu os meninos o mais calorosamente possível em se tratando de dois seres com aquela aparência. Estavam cobertos de barro e cera de vela. Tia Polly ficou corada de humilhação, franziu o cenho e balançou a cabeça para Tom. Ninguém no entanto estava sofrendo metade do que estavam sofrendo os dois meninos. O sr. Jones disse:

— Tom não estava, então desisti dele. Mas o encontrei com Huck na minha porta e os trouxe depressa.

— Fez muito bem — disse a viúva. — Venham comigo, meninos.

Ela os levou a um quarto e ordenou:

— Agora se lavem e se troquem. Aqui temos dois trajes completos: camisas, meias, tudo completo. São para o Huck. O sr. Jones comprou uma e comprei outra. Mas servem em vocês dois. Vistam-se. Vamos estar esperando. Desçam quando estiverem bem elegantes.

Saiu do quarto.

34

UCK COMENTOU:

— Tom, ainda podemos escapar, se encontrarmos uma corda. A janela não é muito alta.

— Jesus! Por que você quer fugir?

— Bem, não estou acostumado com tanta gente. Não suporto. Não quero descer lá, Tom.

— Oh, pare com isso! Isso não é nada. Não dou a mínima. Fico com você.

Sid chegou.

— Tom, a titia ficou esperando você a tarde inteira. A Mary separou sua roupa de domingo e todo mundo ficou preocupado. Isso não é cera de vela e barro nas suas roupas?

— Sr. Siddy, cuide da sua vida! Que festança é essa lá embaixo?

— É uma festa da viúva, ela sempre faz. Dessa vez é para o galês e os filhos dele, por causa da confusão da qual ajudaram a livrá-la naquela noite. E tem mais. Posso lhe contar uma coisa, se você quiser saber.

— Bem, o que é?

— Ora, o velho sr. Jones vai contar alguma coisa hoje à noite, mas ouvi ele dizer à titia o que é, em segredo, se bem que não acho que seja mais segredo. Todo mundo sabe. Até a viúva, mesmo que tente disfarçar. Ela mandou o sr. Jones buscar o Huck porque não poderia revelar esse grande segredo sem a presença dele.

— Mas que segredo é esse, Sid?

— Que o Huck seguiu os bandidos até a casa da viúva. Acho que o sr. Jones vai fazer um grande suspense para ser uma surpresa, mas aposto que não vai mais funcionar.

Sid gargalhou de um jeito muito satisfeito e contente consigo mesmo.

— Foi você quem contou?

— Não importa quem contou. Alguém contou, é o suficiente.

— Sid, só existe uma pessoa má o suficiente nesta cidade para fazer isso, e essa pessoa é você. Se estivesse no lugar do Huck, você teria fugido colina abaixo e jamais teria contado nada sobre os ladrões. Você só sabe fazer coisas más e não suporta ver alguém ser elogiado por fazer coisas boas. Pronto! Não há de quê, como diz a viúva.

Tom deu um tapa nas orelhas de Sid e o levou até a porta com vários chutes.

— Agora vá contar à titia, se tiver coragem. Amanhã você me paga.

Minutos depois, os convidados da viúva estavam sentados à mesa de jantar. Uma dúzia de crianças haviam sido distribuídas em mesinhas de canto na mesma sala, segundo o costume daquela região e naquela época. Na hora certa, o sr. Jones fez seu pequeno discurso, em que agradeceu à viúva pela honra que concedia a ele e a seus filhos, mas disse que havia outra pessoa, cuja modéstia...

E assim por diante. Revelou o segredo sobre o papel de Huck na aventura da maneira mais dramática que conseguiu, mas a surpresa provocada foi bastante fingida, não tão clamorosa e efusiva quanto poderia ter sido em circunstâncias mais felizes. No entanto, a viúva fez uma bela atuação de espanto, despejando tantos elogios e tanta gratidão sobre Huck que ele esqueceu o incômodo quase intolerável de suas novas roupas diante do incômodo inteiramente intolerável de virar alvo de olhares e louvores de todos. A viúva disse que pretendia dar a Huck um lar sob seu teto e educação; e que, quando sobrasse algum dinheiro disponível, ajudaria Huck a começar um negócio modesto. Foi a deixa para Tom, que bradou:

— O Huck não vai precisar, ele está rico.

Nada além de uma adesão ferrenha às boas maneiras evitou a gargalhada devida e apropriada dos convidados diante daquele comentário jocoso. Mas o silêncio foi um tanto estranho. Tom o rompeu:

— O Huck tem dinheiro. Talvez vocês não acreditem, mas ele tem um bocado. Não adianta rir, acho melhor mostrar. Esperem só um minuto.

Tom correu porta afora. O grupo se entreolhou com interesse perplexo, olhando inquisitivo para Huck, que estava mudo.

— Sid, o que houve com o Tom? — quis saber tia Polly. — Ele... Bem, não consigo entender o que esse menino tem. Nunca entendi.

Tom voltou, levando com dificuldade o peso dos sacos, e tia Polly interrompeu a frase no meio. Ele despejou a massa de moedas douradas na mesa e falou:

— Aí está. O que eu disse? Metade é do Huck, metade é minha.

O espetáculo tirou o fôlego de todos os presentes. Todos olhavam extasiados, sem dizer nada por um momento. Então houve um pedido unânime de explicação. Tom começou a narrá-la. A história foi longa, mas transbordante de interesse. Quase não houve interrupção para quebrar o encanto de seu fluxo. Quando terminou, o sr. Jones disse:

— Pensei que tinha preparado uma surpresinha para esta noite, mas perdeu toda a graça. Esta agora, devo admitir, fez a minha parecer menor.

O dinheiro foi contado. A quantia era de pouco mais de doze mil dólares. Era mais dinheiro do que qualquer um ali presente vira antes, embora várias pessoas ali tivessem muito mais em propriedades.

35

O LEITOR PODE ficar satisfeito em saber que a inesperada fortuna de Tom e Huck causou grande alvoroço no pobre vilarejo de St. Petersburg. Uma quantia tão vasta, em dinheiro vivo, parecia quase inacreditável. Falaram a respeito, gabaram-se, glorificaram, até que o bom senso de muitos cidadãos desabou sob o esforço daquela excitação insalubre. Todas as casas "assombradas" de St. Petersburg e das vilas vizinhas foram dissecadas, tábua por tábua, tiveram suas fundações escavadas e vasculhadas em busca de tesouros escondidos. Não só meninos, mas homens adultos, homens muito graves, alguns deles sem romantismo. Onde quer que Tom e Huck aparecessem, eram cortejados, admirados, observados. Os meninos não se lembravam de ninguém nunca ter levado a sério seus comentários, mas agora tudo o que diziam era valorizado e repetido. Tudo o que faziam parecia ser considerado de alguma forma algo notável. Eles haviam perdido o poder de fazer ou dizer lugares-comuns. Mais do que isso, sua história passada foi revisitada e descobriram haver traços de evidente originalidade. O jornal da vila publicou ensaios biográficos sobre os garotos.

A viúva Douglas investiu o dinheiro de Huck a seis por cento ao ano, e o juiz Thatcher fez o mesmo com o dinheiro de Tom, a pedido da tia Polly. Cada menino agora tinha uma renda, o que era extraordinário. Um dólar por dia da semana ao ano e meio dólar por domingo. Era o que o pastor arrecadava. Não, era o que lhe haviam prometido que arrecadaria, mas geralmente não coletava tudo isso. Com um dólar e vinte e cinco centavos por semana era possível para um menino comer, morar e estudar naqueles velhos tempos mais singelos, sem falar em vestir e lavar.

O juiz Thatcher desenvolveu uma grande estima por Tom, disse que um menino comum jamais teria salvado sua filha daquela caverna. Quando Becky contou ao pai, em estrita confiança, como Tom levara o castigo no lugar dela na escola, o juiz ficou visivelmente emocionado. Quando ela pediu perdão pela mentira que Tom contara ao atrair para si aquele castigo, o juiz disse, com um belo extravasamento, que se tratava de uma mentira nobre, generosa, magnânima, uma mentira que justificava erguer a cabeça e marchar através da história, lado a lado com a elogiada Verdade de George Washington e a machadinha. Becky achou que o pai nunca lhe parecera tão alto e soberbo como quando caminhou pelo assoalho, bateu o pé e disse aquilo. Ela foi logo contar a Tom sobre isso.

O juiz Thatcher esperava ver Tom um dia como um grande advogado ou um grande soldado. Disse que pretendia interceder para que ele fosse admitido na Academia Militar e preparado na melhor faculdade de direito do país, a fim de estar pronto para seguir uma das duas ou ambas as carreiras.

A riqueza de Huck Finn, e o fato de agora viver sob a proteção da viúva Douglas, introduziu-o na sociedade. Aliás, arrastou-o para dentro, atirou-o lá dentro. Seus sofrimentos foram quase maiores do que poderia suportar. As criadas da viúva o mantinham limpo, asseado, penteado e escovado, pondo-o para dormir toda noite em lençóis indiferentes, que não tinham um único furo ou mancha que ele pudesse apertar junto do peito e considerar um amigo. Ele tinha que comer com garfo e faca; tinha que usar guardanapo, copo, prato; tinha que ler seu livro e ir à igreja; tinha que falar tão certo que as frases ficavam quase insípidas em sua boca. Para onde quer que se virasse, as grades e os grilhões da civilização o trancafiavam e lhe prendiam mãos e pés.

Ele suportou suas angústias durante três semanas e um dia desapareceu. Durante quarenta e oito horas, a viúva o procurou em toda parte, com grande aflição. Todos ficaram profundamente preocupados. Procuraram-no em toda parte, dragaram o rio em busca de seu corpo. Bem cedo na terceira manhã, Tom Sawyer explorava alguns velhos barris vazios atrás do matadouro abandonado e, dentro de um deles, encontrou o fugitivo. Huck havia dormido lá. Havia acabado de fazer o desjejum com restos de comida e estava descansando com seu cachimbo. Estava desarrumado, desgrenhado, usando os mesmos trapos arruinados que o haviam tornado pitoresco no tempo em que era livre e feliz. Tom o obrigou a se levantar, contou-lhe sobre os problemas que vinha causando e insistiu que voltasse para casa. O semblante de Huck perdeu seu contentamento tranquilo e assumiu uma expressão melancólica. Ele disse:

— Nem me fale sobre isso, Tom. Já tentei e não deu certo. Não adianta. Não é para mim, não estou acostumado. A viúva é boa comigo e simpática, mas não suporto o jeito das pessoas. Ela me faz acordar sempre na mesma hora toda manhã, manda eu me lavar. Depois me penteiam, o que é um inferno. Ela não me deixa dormir no barracão e tenho que usar aquelas malditas roupas que me apertam. Parece que não passa nem ar dentro delas, e são todas tão elegantes que não consigo sentar, deitar nem rolar no chão. Não abro uma porta de celeiro há... Parece que faz anos. Só faço ir à igreja e suar e suar. Odeio sermão. Não posso apanhar uma mosca ali dentro, não posso mascar tabaco. Tenho que usar sapato o domingo inteiro. A viúva tem um sino para a hora de comer, sino para dormir, sino para acordar. É tudo tão regulado que não há quem aguente.

— Bem, todo mundo faz assim, Huck.

— Tom, para mim tanto faz. Não sou todo mundo e não aguento mais. É horrível ser tão certinho. E a comida vem tão fácil! Vou acabar perdendo o interesse por vitela. Tenho que pedir licença para ir pescar, para ir nadar... Maldição! Vou ter que pedir licença para tudo. Tenho que falar tão bonito que me incomoda. Às vezes vou para o sótão para xingar um pouco, todo dia, para ter algum gostinho na boca, senão morro. A viúva não me deixa fumar, não me deixa gritar, não me deixa abrir a boca. Nem me espreguiçar nem me coçar na frente das visitas.

Com um espasmo especial de irritação e insolência, ele continuou:

— E, cruz-credo, ela reza o tempo todo! Nunca vi mulher assim! Tive que fugir, Tom. Eu precisava fugir. Além do mais, a escola vai abrir e vou ter que ir. Eu não suportaria isso. Sabe, ser rico não é a maravilha que dizem. É só preocupação e mais preocupação, suor e mais suor, e uma vontade de morrer o tempo todo. Estas roupas aqui estão boas para mim, este barril está bom para mim. Nunca mais vou trocar isso por nada. Eu não teria entrado nessa enrascada se não fosse aquele dinheiro. Pois bem, você fica com a minha parte, com a sua, e me dá dez centavos de vez em quando. Não sempre, porque não gosto de nada que a pessoa não teve que lutar para conseguir. Você vai lá e explica meu caso para a viúva.

— Huck, você não pode fazer isso, não é justo. Além do mais, se você tentar mais um pouco, vai acabar gostando.

— Gostando? Sei... Como se alguém gostasse de viver dentro de um forno quente. Não, Tom, não quero ser rico nem viver naquelas malditas casas abafadas. Gosto do mato, do rio, dos barris, e vou ficar com eles. Maldição! Justo quando conseguimos as armas, a caverna, e tudo estava pronto para começarmos a roubar, aí me aparece essa maldita bobagem para estragar tudo!

Tom percebeu uma oportunidade:

— Ser rico não vai me impedir de virar ladrão.

— Não?! Oh, graças a Deus; você está falando sério mesmo, Tom?

— Tão sério quanto estou aqui falando com você. Mas não podemos deixar você entrar no bando se não for respeitável, você sabe.

A alegria de Huck foi saciada.

— Não posso entrar mesmo? Você não tinha deixado eu ser pirata?

— Sim, mas ladrão é diferente. Ladrão é mais que pirata, em geral. Na maioria dos países, os ladrões são da alta nobreza, duques e coisas assim.

— Você não foi sempre meu amigo? Não me deixaria de fora, não é, Tom? Você não faria isso agora, faria?

— Não que eu queira fazer isso. Não quero fazer. Mas o que as pessoas iriam dizer? Elas diriam: "Bando do Tom Sawyer com gente tão desclassificada". Querendo dizer você, Huck. Você não gostaria, nem eu.

Huck ficou calado por algum tempo, envolvido num conflito mental. Finalmente, ele disse:

— Bem, vou voltar para a casa da viúva e ficar um mês para ver se aguento, se você me deixar fazer parte do bando.

— Muito bem. Combinado! Vamos, meu velho, vou pedir à viúva para deixar você um pouco mais solto, Huck.

— Você faria isso agora? Que bom! Se ela pegar leve nas coisas mais pesadas, posso fumar escondido e xingar escondido. E me esforçar ou desistir. Quando está pensando em começar o bando para virarmos ladrões?

— Oh, agora mesmo. Vamos reunir os meninos e fazer a iniciação hoje à noite, se der.

— Fazer o quê?

— A iniciação.

— O que é isso?

— É jurar ajudar uns aos outros, nunca revelar os segredos do bando, mesmo que você seja cortado em pedaços, e jurar matar qualquer pessoa e toda a família dela se ferir um membro do bando.

— Gostei dessa. Gostei muito, devo dizer.

— Aposto que vai ser divertido. Os juramentos têm que ser feitos à meia-noite, no lugar mais deserto e macabro que pudermos encontrar. Uma casa mal-assombrada é o melhor lugar, mas agora acabaram com todas.

— Bem, sendo à meia-noite já é o bastante.

— Sim, então está combinado. Temos que jurar sobre um caixão e assinar com sangue.

— Agora gostei ainda mais. É muito melhor ser ladrão do que pirata. Vou ficar com a viúva até o fim. Acho que, se eu virar um bom ladrão e todo mundo falar sobre mim, ela vai ficar orgulhosa de ter me tirado do relento.

CONCLUSÃO

ASSIM TERMINA a crônica. Sendo estritamente a história de um menino, deve parar por aqui, pois não poderia ir muito além sem se tornar a história de um homem. Quando se escreve um romance sobre adultos, sabe-se exatamente onde parar: com um casamento. Mas, quando se escreve sobre jovens, é preciso parar no melhor momento possível.

A maioria dos personagens que aparecem neste livro ainda está viva e é próspera e feliz. Algum dia, talvez valha a pena retomar a história dos mais jovens e ver que tipo de homens e mulheres se tornaram, portanto será mais prudente não revelar agora nenhuma parte de suas vidas.

DIREÇÃO EDITORIAL
Daniele Cajueiro

EDITORA RESPONSÁVEL
Ana Carla Sousa

PRODUÇÃO EDITORIAL
Adriana Torres
Laiane Flores
Daniel Dargains

REVISÃO DE TRADUÇÃO
Frederico Hartje

REVISÃO
Thais Entriel
Juliana Travassos

PROJETO GRÁFICO DE MIOLO
E DIAGRAMAÇÃO
Anderson Junqueira

Este livro foi impresso em 2022
para a Nova Fronteira.